수레바퀴 아래서

헤르만 헤세 지음 | 박환덕 옮김

범우

차 례

이 책을 읽는 분에게

유년 시절과 고향은 헤세의 영원한 터전이다. 헤세는 이 속에서 자라고 이 속에서 사색하고 이 속에서 활동했다. 이 때문에 유년 시절과 고향은 헤세 자신의 어버이요, 동시에 후예인 것이다.

헤세가 이렇듯 뼈저리게 그리는 고향—그것은 대자연에 숨어드는 봄 안개처럼 언제나 가시지 않는 독일 남쪽 슈바벤의 땅이었다.

그의 모든 작품이 그러하듯이 《수레바퀴 아래서(Unterm Rad)》도 그의 유년 시절의 자화상이요 동시에 그의 고향 슈바벤의 얽히고 설킨 한 토막의 이야기다.

이 작품은 1906년 그의 나이 29세 되던 해 베를린의 피셔사에서 출판되었다. 그의 출세작 《페터 카멘친트(Peter Camenzind, 1904)》에 뒤이어 발표된 이 작품으로 인해 그의 작가로서의 지위는 확고해졌다.

판을 거듭한 횟수는 무려 156판에 달하여 그의 어느 작품도 이를 따를 수 없었다. 이는 오직 만인에게 가장 다정스러운 소년 시절의 즐거움과 슬픔, 희망과 절망을 절실하게 묘사했기 때문이다. 헤세가 겪은 즐거움은 곧 우리들의 즐거움이요, 헤세가 겪은 슬픔은 곧 우리들 자신의 슬픔이었다.

헤세는 1877년 7월 2일 슈바벤의 칼루에서 신교의 목사 아들로 태어났다.

열세 살 때 그는 부모의 슬하를 떠나 괴팅겐의 라틴어 학교에 들어갔다. 그리하여 이듬해에는 수많은 경쟁자를 물리치고 당당하게 관비생으로 마울브론 신학교에 입학하였다.

"슈바벤의 땅에서는 재주가 있는 아이라 해도 양친이 부자가 아닌 한, 오직 하나의 좁은 길이 있을 뿐이었다. 그것은 주州의 시험을 치러서 신학교에 들어가고 다음에는 튀빙겐 대학에 진학하여 거기에서 목사나 교사가 되는 것이었다"라고 이 소설 속에서 밝힌 것만 보더라도 그것이 헤세에게 한한 길만은 아니었다. 그러나 전도사인 조부와 목사인 아버지를 가진 헤세로서는, 관비로 목사가 되는 길을 걷는 것은 당연한 일이었다.

그러나 그는 선천적으로 타고난 시인의 성격으로 판에 박은 듯한 신학교의 기숙사 생활을 견뎌내지 못하고 반년도 못되어 이곳을 도망쳐 그의 조부가 말한 이른바 천재적 여행을 떠난다. 그로 인해서 가문과 자신의 명예를 걸머지고 들어간 신학교로부터 퇴학을 당하게 된다.

'시인이 되거나 그렇지 않으면 아무것도 되고 싶지 않다' 고

느껴 신학교를 도망쳐 나오긴 했으나 시인이 되는 길은 요원했으며 혼미와 우울증으로 자살을 기도하는 등 생사의 기로에서 그는 몇 년 간 신음했다. 그는 기계공이나 서점의 견습 노릇을 하는 등, 그에게 있어서 가장 어려웠던 시기가 얼마간 계속된다.

가장 파란 많았던 이 시절 — 마울브론 신학교 입학 전후에서부터 이 무렵까지 — 의 체험을 자서전적으로 묘사한 것이 바로 이 작품이다.

'수레바퀴 아래서'라는 표제는 "아주 지쳐버리지 않도록 해라. 그렇지 않으면 수레바퀴 아래에 깔리게 될 테니까"라고 작품 속에서 신학교장이 한 말로서, 무리한 공부의 희생양이 된다는 것을 의미하고 있다. 이렇게 말하는 교장 자신도 아이들의 마음을 이해하지 못하는 이른바 교육자로서 수레바퀴 아래의 역할을 하고 있음을 자각하지 못한다.

그러나 이 작품은 사실과 꼭 일치하지는 않는다. 주인공 한스는 어머니가 없었으나 헤세는 인자한 어머니를 가졌고, 한스는 죽었으나 헤세는 죽지 않았다. 소설에서 주인공 한스가 자살하기에 이른 것은 인자한 어머니가 없었기 때문이었는지도 모른다.

항상 자기를 '고독자', '혼자 가는 사람'이라고 일컬은 헤세는 1919년에 독일을 떠나 스위스 남단 아름다운 루가노 호반 몬타뇨라로 옮겨와 누구와도 타협하지 않은 채 혼자 사색하고 혼자 창작에 몰두하다가 1962년에 마침내 세상을 떠났다.

제1차 세계대전에 임하여 그는, 인간과 생활의 가치를 지키

며 그것이 생존할 가치가 있다고 제시하는 것만이 문학자의
사명이라 믿고, 순수한 휴머니즘의 입장에서 전쟁에 반대하고
평화를 지키는 것을 펜과 행동으로 실천할 것을 주장했다.

제2차 세계대전 기간에도 그의 이러한 평화적 태도에는 변
함이 없었으며, 이 사이 10년 간에 대작《유리알 유희》를 완성
함으로써 1946년에 노벨 문학상을 받았다.

옮 긴 이

수레바퀴 아래서

Unterm Rad

신비로운 불꽃

　중매인 겸 대리점 주인인 요세프 기벤라트는 같은 고을 사람들에 비해서 특별히 우수한 점이나 특이한 점을 가지고 있지는 않았다. 다른 사람들과 마찬가지로 그는 건장한 몸집에 남에 못지 않은 상재商才를 지녔다. 금전은 매우 귀중히 여겼지만 정직하였다. 그리고 조그마하나마 정원이 딸린 집을 가지고 있었으며 묘지에는 선조 대대의 산소가 있었다.

　교회에 대한 믿음은 약간 깨우쳐지긴 했으나 매우 고루하였다. 하느님이나 손윗사람에 대해서는 적절한 존경을 잃지 않았으며 시민 생활에서의 예의 범절에는 맹종하였다. 술은 상당히 마시는 편이었으나 결코 만취되는 일은 없었다. 때로는 비난받을 만한 일도 많이 했으나 법이 허용하는 범위를 벗어나는 일은 단 한번도 없었다. 가난한 사람은 그를 아귀餓鬼라고 욕하고 돈 많은 사람은 그를 교만하다고 욕하였다.

　그는 시민회 회원으로서 금요일마다 언제나 음식점 '독수리'에서 체스(서양장기) 놀이에 가담했다. 그리고 빵 굽는 날이나 시식회試食會 또는 순대국 먹기 모임에도 빠지는 일이 없었다. 일을 할 때에는 싸구려 여송연呂宋煙을 피웠지만 식후나 일요일에는 좋은 것을 피웠다.

그의 내적 생활은 바로 속인俗人 그대로였다. 다소나마 지녔던 감정적인 정서는 이미 먼지가 되어버린 지 오래였고 다만 인습적이고 거추장스러운 가족 정신, 자기 자식 자랑, 빈한한 사람에 대한 우발적인 자선심 같은 것이 그의 기질의 전부였다. 그의 정신적인 능력은 천성적인, 전혀 융통성 없는 교활성과 타산성을 벗어나지 못했다.

그의 독서는 신문에 한정되어 있었으며 예술 감상의 욕구를 메우기 위해서는 해마다 시민회에서 베푸는 소인극素人劇이나 때때로 서커스 구경을 하는 정도였다.

이웃에 사는 어느 누구와 그의 이름이나 집을 바꾼다 하더라도 그다지 다른 사람이 되지는 않았을 것이다.

그가 가장 신경을 쓰는 것은 온갖 뛰어난 힘과 인물에 대한 끊임없는 시기와 모든 비범한 것, 자유로운 것, 세련된 것, 정신적인 것에 대한 질투에서 비롯되는 본능적인 적의敵意이며, 이와 같은 것도 역시 이 고을 사람들과 공통된 점이었다.

그에 관한 것은 이것으로 충분하다. 그의 이러한 평범한 생활과 그 자신이 의식하지 않는 비극을 설명한다는 것은 오직 심각한 풍자가諷刺家들만이 하는 일일 것이다.

그런데 이 사람에게는 단 하나의 아들이 있었는데 그에 관해서 이야기하고자 한다.

한스 기벤라트는 의심할 여지 없이 재주 있는 아이였다. 딴 아이들과 함께 어울려서 달리기를 하는 것만 보더라도 그가 얼마나 영리하고 출중한지를 충분히 알 수 있었다.

슈바르츠발트의 작은 고을에는 아직까지 그러한 인물이 없었다. 이 좁은 세계를 벗어나서 밖으로 시선을 던진다든지 활동을 하는 사람이, 이곳에서 나온 일은 전혀 없었다. 이 소년의 엄숙한 눈, 총명하게 생긴 이마와 훌륭한 걸음걸이가 어디서 온 것인지는 아무도 몰랐다.

어쩌면 어머니한테서 물려받았는지 —어머니는 오래 전에 죽었는데 그녀가 살았을 때 눈에 뜨일 만한 일이 있었다면, 언제나 병들어 신음하는 모습이었다.

아버지는 문제가 되지 않았다. 그렇기 때문에 실제로 과거 8, 900년 동안 유능한 시민이 많이 나오기는 하였으나 재주꾼 혹은 천재를 낳은 일은 결코 없는 이 오래 된 작은 고을에 하늘에서 신비로운 불꽃이 떨어진 셈이다.

현대식으로 훈련된 예민한 관찰자는 병약한 어머니와 연공 年功을 쌓은 가문을 상기하여 지력知力의 대비가 쇠퇴하기 시작하는 징조라고 말할 수 있을 것이다.

그러나 다행히도 이 고을에는 이러한 종류의 사람이 살고 있지는 않았다.

관리나 목사 중의 젊고 교활한 사람들만이 신문의 논설에 의해서 그러한 현대적 인간의 존재를 어렴풋이나마 알고 있을 뿐이었다. 또한 이곳에서는 니체가 지은 《차라투스트라의 교설》을 알지 못해도 교양 있는 인간으로 행세할 수가 있었다.

그들의 부부 생활은 대개 견실하고 행복하였으나 생활 전체가 개선하기 어려운 고풍의 습관을 가지고 있었다. 편하고 부족한 것 없이 지내는 고을 사람 중에는 과거 20년 사이에 직공에서 공장주가 된 사람도 적지 않았다. 그들은 관리 앞에 서는 모자를 벗고 예의를 지키며 교제를 하지만 그들끼리는 관리를 '아귀' 혹은 '졸자 서기'라고 불렀다. 그럼에도 불구하고 그들 최고의 야심은 될 수 있는 대로 자기 아들을 공부시켜서 관리를 만들려고 하는 것이었다. 그러나 유감스럽게도 이것은 거의가 이룰 수 없는 무지개 같은 꿈에 불과했다.

왜냐하면 그들의 자녀들은 대개 라틴 어 하급 학교에서조차도 버둥거리면서 몇 번이고 낙제하지 않고는 진급하지 못했기 때문이다.

한스 기벤라트의 타고난 재질에 대해서는 의심할 여지가 없었다. 선생들도 교장도 이웃 사람들도 고을의 목사도 동급생도, 모두가 이 소년은 예리한 두뇌를 가졌고 어쨌든 특별한 존재라고 인정하였다. 그것으로써 그의 장래는 확실하게 결정되었다. 왜냐하면 슈바벤의 땅에서는 재주가 있는 아이라 해도 양친이 부자가 아닌한, 오직 하나의 좁은 길이 있을 뿐이었다. 그것은 주州의 시험을 치러서 신학교에 들어가고, 다음에는 튀빙겐 대학에 진학하여 거기에서 목사나 교사가 되는 것이었다.

매년 4, 50명의 시골 소년이 이 평탄하고 안전한 길을 걸었다. 겨우 견진 성사堅振聖事만을 받고 과도한 공부로 야윈 소년들이 관비로 라틴 어를 중심으로 한 학문의 여러 분야를 배우고서 8, 9년 후에는 일생의 행로—대부분의 경우 훨씬 길다—의 후반에 들어서 국가로부터 받은 은전을 갚아야만 하는 것이다.

수주일 후에는 다시 주의 시험이 행해질 차례였다. 국가가 지방의 수재를 선발하는 예년의 '헤카톰베(그리스 소[牛] 백 마리의 희생)'를 지금은 그와 같이 불렀다. 이 시험이 계속되는 동안 시험이 행해지고 있는 수도는, 작은 도시나 고을로부터 많은 탄식과 기원이 집중되곤 하였다 한스 기벤라트는 이 작은 도시에서 고통스러운 경쟁에 보내질 유일한 후보자였다. 명예는 컸으나 그것은 결코 무상으로 얻어지는 것은 아니었다.

매일 4시까지 계속되는 수업 시간에 이어서 교장 선생으로부터 그리스 어 과외 수업이 있었다. 그리고 나서 여섯 시에는 목사님이 친절하게 라틴 어와 종교의 복습을 하도록 해주었다. 그 외에는 일주일에 두 번, 저녁 식사 후 한 시간씩 수학 선생으로부터 지도를 받았다. 그리스 어에서는 불규칙 동사 다음으로 불변사不變詞에 의해 표현되는 문장 결합의 변화에 중점을 두었고 라틴 어에서는 문체를 간명하게 하는 것, 특히 시형상時形上의 자세한 점을 익히는 데에 중점을 두었다. 또 수학에서는 복잡한 비례법에 주력을 기울였다. 이것은 선생도 종종 강조한 바와 같이 앞으로 연구나 생활에는 아무런 가치가 없는 것처럼 보이나, 그것은 어디까지나 그렇게 보이는 것에 불과했다. 실제로는 매우 중요하였다. 그것은 논리적인 능력을 기르고 모든 명쾌하고 냉정하고 정확한 사고의 기초를 이루는 것이기 때문에 다른 중요 과목보다도 더욱 중요했다.

그러나 한스는 한편으로 두뇌의 부담이 너무 지나쳐 지력의 연마 때문에 정서를 등한히 하거나 고갈시키는 일이 없도록 하기 위해서 매일 아침 학업 시작하기 한 시간 전에 견진 성사를 받는 소년들의 성서 수업에 출석해도 좋다는 허가를 얻었다.

거기에서는 부렌츠의 종교 문답서를 사용하여 감격적인 문답을 암기 낭독하게 함으로써 젊은이의 마음속에 종교적인 생명의 신선한 공기를 불어넣었다.

한스는 유감스럽게도 이 휴양 시간을 스스로 단축시켜 모처럼의 혜택을 버리곤 하였다. 왜냐하면 그는 그리스 어나 라틴 어의 단어와 연습 문제를 적은 종이 쪽지를 문답서에 몰래 끼워서 거의 한 시간 내내 이러한 세속적인 학문에 몰두하고 있었기 때문이다. 그러나 그의 양심은 그처럼 둔하지만은 않았으므로 그러는 중에도 그는 끊임없이 고통스러운 불안과 초조감을 느껴야 했다. 감독 목사가 그의 옆으로 온다든지 그의 이름을 부를 때면 깜짝 놀라 몸을 움츠렸다. 대답을 해야만 할 경우에는 그의 이마에서는 진땀이 났고 가슴은 두근거렸다. 그러나 그의 대답은 틀림없었고 발음까지도 어김없이 정확했다. 목사는 매우 감탄했다.

쓰고 암기하고 복습하고 예습하기 위한 과제는 주간晝間의 과업마다 쌓이기 때문에 밤늦게까지 침침한 남포등 밑에서 그것을 정리하지 않으면 안 되었다. 가정의 평화스러운 분위기에서 하는 공부는 특히 능률적이라고 담임 선생이 말했기 때문에 화요일과 토요일에는 보통 열 시까지 공부했으며 다른 날에는 열한 시, 열두 시, 때로는 더 늦게까지 계속되었다. 아버지는 석유가 많이 소비되는 것을 약간 언짢게 여겼으나 아들이 공부하는 것을 자랑으로 생각하였다.

한가로운 시간이나 일요일 — 우리 생활의 7분의 1을 차지하는 — 에는 학교에서 읽지 못하는 책을 두서너 권 읽는 한편 문법을 복습하였다.

'물론 적당히 해나가야지! 한 주일에 한두 번은 산보를 할 필요가 있다. 그것은 매우 효과적인 일이다. 날씨가 좋으면 책을 들고 교외로 나가는 것도 좋다. 바깥 신선한 공기 속에서는 재미있고도 쉽게 외워지는 것을 알게 될 것이다. 어쨌든 고개를 들고 활발하게 산보할 일이다!'

그래서 한스는 그 후 될 수 있는 대로 고개를 높이 쳐들고 산보하면서 공부를 하였다. 그러고서는 밤잠을 자지 못해 가장자리가 푸르고 피로한 눈을 한 채 묵묵히, 조심스럽게 돌아다녔다.

"기벤라트는 어떨는지요. 합격하겠지요?"

어느 날 담임 선생이 교장에게 물었다

"합격하겠지. 그는 합격할 거야."

교장은 자신있게 이렇게 말했다.

"그애만큼 영리한 아이는 없지. 잘 보시오, 그애는 완전히 영화靈化된 것처럼 보입니다."

마지막 한 주일 동안에 그에게서는 정신 그 자체가 변하는 것을 뚜렷이 볼 수 있었다. 귀엽고 부드러운 얼굴에, 안정을 잃고 깊숙이 들어간 눈이 탁한 빛을 내며 불타고 있었다. 아름다운 이마에는 재기才氣를 나타내는 가는 주름살이 실낱같이 움직이고 있었다. 뿐만 아니라 가늘고 여윈 팔과 손은 보티첼리를 연상케 하는 피곤한 아름다움으로 축 늘어져 있었다.

이윽고 시험 날짜가 닥쳐왔다.

내일 아침이면 한스는 아버지와 함께 슈투트가르트로 가서 주의 시험을 치른 후에 신학교神學校의 좁은 수도원의 문으로 들어갈 자격이 있는지 없는지를 확인할 때가 되었다. 그래서 그는 교장 선생에게 고별 인사를 하러 갔다.

　교장 선생은 이제까지 없었던 부드러운 표정으로 "오늘 밤
에는 더 이상 공부해서는 안 된다. 나에게 약속해라. 너는 내
일 건강한 몸으로 슈투트가르트로 가야만 한다. 지금부터 한
시간 동안 산보하고 나서 일찍 자거라. 젊은 사람은 충분히 잠
을 자야 한다" 하고 말하였다.

　한스는 여러 가지 두려운 충고를 들을 줄로 알고 잔뜩 긴장
하고 있었는데 의외로 이처럼 다정한 말을 듣자 조금은 가뿐
한 기분으로 깊은 숨을 내쉬며 교문을 나섰다. 커다란 키르히
베르크의 보리수가 늦은 오후의 따가운 햇볕 속에 힘없이 서
있었다. 시장 광장에서는 두 개의 커다란 분수가 소리를 내면
서 번쩍이고 있었다.

불규칙한 지붕들의 선 위로는 검푸른 전나무로 덮인 산이 가깝게 나타나 보였다. 소년에게는 이 모든 것이 이미 오랫동안 보지 못했던 것처럼 여겨졌다.

모든 것이 그에게는 대단히 아름답고 매혹적으로 생각되었다. 머리가 아팠으므로 오늘은 더 이상 공부하지 않기로 했다. 그는 천천히 시장터와 옛 시청을 지나서 시장의 좁은 길을 통해 대장간 옆을 지나쳐 옛 다리에 이르렀다.

그곳에서 잠시 동안 서성거리다가 마침내 폭이 넓은 난간에 걸터앉았다. 그는 몇 달 동안 매일 이곳을 네 번씩이나 지나면서도 다리 주변의 작은 고딕식 예배당이나 개울, 수문, 제방, 방앗간을 전혀 눈여겨보지 않았다. 수영을 하는 냇가의 풀

밭과 버들이 우거진 강변도 그대로 지나쳤다. 거기에는 피혁皮革 건조장이 나란히 있었고, 개울은 호수와 같이 깊고 푸르렀으며 잔잔하고 활처럼 굽어 늘어진 가는 버드나무 가지가 물속까지 드리워져 있었다. 한스는 자신이 얼마나 자주 이곳에서 반나절 혹은 하루 종일을 보냈나 하는 생각을 하였다. 또한 이곳에서 수영을 하고 잠수를 하고 노를 젓고 낚시질을 하던 생각도 함께 떠올렸다.

아, 낚시질……! 그러나 그것도 지금은 완전히 잊어 버리고 말았다. 지난해, 시험 때문에 낚시질이 금지되었을 때 그는 몹시 괴로워 울었다

낚시질! 그것은 학교 생활을 하는 동안 가장 재미있던 일이었다. 가느다란 버들 그늘 속에 있으면 방앗간 둑의 물소리가 점점 가까이 들려왔다. 깊고 조용한 물, 수면의 빛놀이, 부드럽게 구부러진 긴 낚싯대……고기가 물려서 끌어올릴 때의 흥분……파닥파닥 뛰는 싱싱하고 살진 고기를 손으로 잡았을 때의 그 설명할 수 없는 기쁨…….

그는 세찬 잉어를 몇 번이고 낚아 올린 적이 있었다. 은어와 백어白魚 그리고 맛있는 잉어, 또한 작고 아름다운 피라미도 낚았었다. 오랫동안 그는 수면을 내려다보았다. 푸른 내 한구석을 멍하니 바라보고 있는 동안 그는 서글픈 생각에 잠겼다.

생각건대 아름답고 자유스러운 방종한 소년의 즐거움은 먼 옛날의 것이 되어버렸다. 그는 무의식중에 빵 한쪽을 호주머니에서 꺼내어 크고 작은 덩어리를 만들어 물 속에 던졌다. 그리고 그 빵이 가라앉으면서 고기에게 뻐끔뻐끔 먹히는 것을

바라보았다.

처음에는 작은 고기들이 달려와서 작은 덩어리만 욕심스럽게 먹고는 큰 덩어리를 먹고 싶어 주둥이로 쿡쿡 쪼았다. 그러는 동안 좀더 큰 은빛 백어가 천천히 조심스럽게 가까이 왔다. 그 넓고 검은 등은 물 밑바닥과 구별이 되지 않았다. 이 고기는 조심조심 빵 주위를 헤엄치다가 별안간 크고 둥근 입을 벌려 그것을 삼켜버렸다. 천천히 흐르는 물에서는 습기 차고 후텁지근한 냄새가 풍겨왔다.

하얀 구름이 두서너 조각 희미하게 푸른 수면에 비쳤다. 물레방앗간에서는 둥근 바퀴가 찌익찌익 소리를 내고, 두 군데의 둑으로 흐르는 서늘하고 낮은 물소리가 끊임없이 들려왔다.

소년은 바로 지난 일요일에 행해진 견진 성사를 생각하고 있었다.

그 날 의식을 올리는 동안 모두가 감동하고 있을 때 그는 그리스 어 동사를 암기하고 있는 자신을 발견하고는 몸을 움츠렸던 것이다. 그 외에도 최근 그는 수업중에도 눈앞에 놓여 있는 공부 대신 지나간 일들 혹은 앞으로 있을 공부에 대해 생각하는 일이 아주 빈번하였다. '그러나 시험은 잘 치러지겠지!' 그는 멍한 기분으로 일어섰으나 어디로 가야 한다는 생각은 없었다. 그때 갑자기 누군가가 억센 손으로 그의 어깨를 붙들었다. 그는 몹시 놀랐다. 그러나 그의 어깨를 잡은 사나이의 목소리는 아주 친절하였다.

"어떠냐 한스, 잠깐 같이 걸어볼까!"

그 사람은 구두장수 플라크 아저씨였다. 이전에 한스는 저

녁이면 종종 한 시간 정도 이 아저씨 곁에서 지낸 일이 있었으
나 이미 오랫동안 찾아가지 못했다. 한스는 이 믿음 깊은 경건
파 신자가 말하는 것을 그다지 주의 깊게 듣지도 않으면서 함
께 걸었다. 플라크 아저씨는 시험에 관한 이야기를 했으며 한
스의 성공을 빌며 격려해주었다. 그러나 그의 이야기의 본의
는 그런 시험이란 그다지 대수로운 것이 아니며 아주 우연한
것이라고 했다. 낙제를 했다고 해서 부끄러울 것은 없으며 어
떠한 사람도 낙제를 할 수 있다고 했다. 만약 한스가 그런 경
우를 당한다면, 신神은 모든 인간에게 하나하나의 독특한 의
견을 갖고서 그들 인간이 각자 알맞은 길을 걷도록 하는 것이
라고 생각해주기 바란다고 말하였다. 한스는 마음속으로 이
아저씨에 대해 다소 미심쩍은 점을 발견했다.

　이 아저씨의 믿음직스럽고 재미있는 태도에 대해서는 한스도 존경하고 있었지만, 그는 어떤 정해진 시간이 올 것을 믿고 이 시간을 기원하는 신자信者에 대한 농담을 듣고서 마음에도 없는 웃음을 덩달아 웃는 일이 종종 있었다.

한스는 지금 날카로운 질문을 당하는 것이 두려워서 훨씬 이전부터 초조하게 구둣방을 피해온 자기의 옹졸함을 부끄럽게 생각하고 있었다.

한스가 선생들의 자랑이 되고 자기 자신도 얼마간 우쭐한 기분이 들면서부터 플라크 아저씨는 종종 그를 우습게 바라보며 골려주려고 했던 것이다.

그러나 그것 때문에 소년의 마음은 모처럼 호의를 갖고 지도해주려는 사람들로부터 멀어져갔다. 그것은 한스가 혈기 왕성한 연령이었고 자기 신념을 해치는 일에 대해서 민감했기 때문이다.

지금도 그는 이 아저씨의 이야기를 들으면서 걷고 있으나 이 사람이 자기를 염려해주는 까닭이나 친절함의 근본적인 의도를 파악할 수 없었다.

두 사람은 한참을 걸어 크로넨 골목에서 목사를 만났다. 구둣방 아저씨는 딱딱하고 냉정하게 인사를 하고는 갑자기 빠른 걸음으로 걸었다. 왜냐하면 이 목사는 신식 유행인으로서 부활을 믿지 않는다는 평판이 돌고 있었기 때문이었다. 목사는 소년을 데리고 걷기 시작했다.

"건강은 어떠냐? 여기까지 왔으니 대단한 일이다."

"네! 아주 좋습니다."

"이제 잘해야 된다. 모두가 너에게 큰 기대를 갖고 있는 것

을 알지? 특히 라틴 어에서는 좋은 성적을 올릴 거라고 나는
믿고 있다."

"그러나 만일 낙제한다면……."

한스는 자신없게 이렇게 말했다.

"낙제?"

목사는 매우 놀라면서 그 자리에 멈추어 섰다.

"낙제란 있을 수 없다. 전혀 있을 수 없어. 그것은 쓸데없는
걱정이다."

"혹 그렇게 되면……하고 생각한 것뿐입니다."

"그런 일은 있을 수 없다. 한스야! 있을 수 없어. 거기에 대
해서는 아예 근심할 필요도 없다. 자! 그러면 아버지에게 안
부 전하고, 원기를 내라."

한스는 목사를 전송하였다. 그리고 나서 구둣방 아저씨를
찾아보았다.

그 아저씨는 무슨 이야기를 했던가? 라틴 어쯤은 그다지 중
요하지 않다. 마음만 올바르고 하느님만 잘 공경하면 된다고
말했다. 그러나 말만은 쉬운 일이다. 그리고 목사님은……만
일 낙제하면 다시는 목사님 앞에 나타날 수도 없다.

그는 침울하게 집으로 돌아와 급경사진 작은 뜰로 들어섰
다. 거기에는 이미 오래 전부터 사용하지 않은 낡은 정자 같은
집이 있었다. 그는 이전에 그 안에다 판잣집을 만들어 3년 동
안이나 토끼를 길렀다. 그러나 지난 가을 시험 때문에 아쉽게
도 토끼를 치워버렸다. 취미나 마음의 위안을 가질 시간적 여
유가 없었던 것이다.

얼마 만에 이 정원으로 들어온 것인지! 텅 빈 판자 벽은 손볼 여지도 없이 되어 있었고, 벽 구석에 있는 종유석鍾乳石 덩어리는 허물어져 있었으며, 조그마한 나무로 만든 물레바퀴가 수관水管 옆에 흩어져 있었다.

그는 이런 것들을 깎고 맞추면서 기뻐하던 때를 회상하였다. 그것은 2년 전 일이었는데 아주 먼 옛날처럼 생각되었다. 그는 조그마한 물레바퀴를 집어들어 홱 구부려 조각조각 분질러서 담장 너머로 내던졌다.

'이런 것은 모두 없애버려라. 이미 오래 전부터 무용지물이 된 것이다.'

이때 언뜻 그의 머리 속에 친구인 아우구스트가 떠올랐다. 아우구스트는 물레방아를 만들고 토끼집을 고치는 일을 도와주었다. 둘은 이곳에서 돌팔매질을 하며 고양이를 쫓고 천막을 치거나, 오후 예배 보는 날에는 당근을 먹으며 흔히 오후 늦게까지 시간 가는 줄 모르고 놀았던 것이다.

그러나 그 후 한스는 열심히 공부하지 않으면 안 되었다. 그리고 아우구스트는 1년 전에 학교를 그만두고 기계공 견습생이 되었다. 그때부터 그는 아우구스트의 얼굴을 두 번밖에는 보지 못했다. 물론 아우구스트도 지금은 정신없이 바빠 시간 낼 틈조차 없다.

구름의 그림자가 급히 골짜기 위를 달려갔다

해는 벌써 산머리 가까이에 왔다. 소년은 순간 자기 몸을 내던져 소리 내어 울고 싶은 충동에 사로잡혔다. 그는 마차 차고에서 손도끼를 들고 나와 야위어 가늘어진 팔을 휘둘러 토끼

집을 마구 부숴 산산조각을 냈다. 판자 조각은 사방으로 흩어지고 못은 찌익찌익 소리를 내면서 구부러졌다. 작년 여름 이래로 그 자리에 있던 썩은 토끼밥이 튀어나왔다. 소년은 그런 모든 것을 내팽개쳤다. 그러면 토끼나 아우구스트나 그 밖의 어린 시절의 추억에 대한 그리움을 살라 없앨 수 있을 것처럼.

"야, 야, 그건 도대체 무어냐? 뭘 하고 있어?"

아버지가 창가에서 외쳤다.

"장작을 팹니다."

한스는 그 이상 대답하지 않고 도끼를 집어던지며 뒷길로 뛰어나와 냇가를 향해 위쪽으로 달려 올라갔다. 양조장 곁에 두 개의 뗏목이 묶여 있었다. 그는 전에 종종 뗏목을 타고 몇 시간이고 내를 따라 떠내려간 일이 있었다.

그리고 무더운 여름날 오후에는 재목 사이에서 철썩철썩 물이 튀어오르는 뗏목을 타고 내려가면서 통쾌함을 맛보고 졸기도 했다.

그는 한가로이 흔들리고 있는 재목 위로 뛰어올라 포개어 쌓인 버드나무 위에 누워 '뗏목은 움직이고 있다. 초원이며 밭이며 마을이며 그리고 서늘한 숲 모퉁이를 지나, 다리와 올려진 수문 밑을 통해서 뗏목은 천천히 물 위를 흘러 내려가고 있다. 나는 그 위에 누워 있다. 모든 것이 다시 옛날처럼 되었다. 카프베르크에서 토끼의 풀을 뜯고 냇가 제혁장製革場에서 낚시질하던 무렵, 두통도 나지 않고 근심 걱정도 없던 때와 같이 되었다'고 생각하려고 애썼다.

그는 피곤하고 불유쾌한 기분으로 저녁 식사 때가 되어서야 집으로 돌아왔다. 아버지는 내일로 다가온 슈투트가르트의 수험 여행 때문에 대단히 흥분되어 가방에 책은 챙겨 넣었느냐, 검정 옷을 준비했느냐, 기차 안에서 문법책을 읽어볼 생각은 없느냐, 기분은 어떠냐는 등 몇 번이고 되풀이해서 물었다.

한스는 짜증 섞인 짧은 대답을 했을 뿐 저녁밥도 먹는 둥 마는 둥 건성건성 마치고 곧 잠자리 인사를 했다.

"자거라 한스야. 푹 자야 한다. 그럼, 내일 아침 여섯 시에 깨워주마. 혹 사전은 잊지 않았느냐?"

"네, 사전 같은 것은 잊지 않아요. 안녕히 주무세요."

한스는 자그마한 자기 방에서 불도 켜지 않은 채 오랫동안 앉아 있었다. 이 방은 오늘까지 시험 소동이 가져다준 유일한 혜택이었다―좁기는 하나마 자신의 방, 이 안에 있기만 하면 자기가 주인이고 누구에게도 방해받지 않았다. 이곳에서 그는 피로와 졸음, 두통과 싸우면서 밤늦게까지 시저나 크세노폰, 문법과 사전 그리고 수학 문제에 머리를 처박고 생각에 잠겼던 것이다. 그는 끈기와 집념 그리고 공명심에 불타고 있었으나 때로는 절망적인 기분에 빠질 때도 있었다. 그러나 한편으론 한꺼번에 빼앗긴 아이들의 놀이 이상으로 가치 있는 시간을 이곳에서 맛볼 수도 있었다. 그것은 자랑과 도취와 승리감에 넘쳐 마치 꿈인 양 뭐라 말할 수 없는 시간이었다.

그럴 때면 그는 학교도 시험도 그 외의 모든 것을 초월해서 보다 더 높은 세계를 꿈꾸고 동경에 잠기는 것이었다. 한스는 볼에 살이 찌고 마음씨 좋은 친구들과는 아주 달라서 자기는 장차 뛰어난 사람이 되어 언젠가 한번은, 속세와는 동떨어진

높은 곳에서 그들을 굽어보게 될 것이라는 행복감에 젖었었
다. 지금도 그는 이 작은 방 안에 자유롭고 서늘한 공기만이
가득 차 있는 것처럼 숨을 깊이 들이마셨다. 그리고 침대 위에
걸터앉아 꿈과 소원과 어슴푸레한 생각에 잠겨 몇 시간을 멍
하니 보냈다. 밝은 눈까풀은 힘든 공부로 인해 까슬까슬해진
큰 눈을 차츰 내리덮었다.

　그리고 나서 그는 다시 한 번 눈을 크게 떴으나 깜박거리며
다시 감겼다. 창백해진 소년의 얼굴은 야윈 어깨 위에 떨어지
고 가느다란 양팔은 힘없이 늘어졌다. 그는 옷을 입은 채 잠들

고 말았다. 졸음의 손이 어머니처럼 격앙된 소년의 심장의 고동을 진정시키고 곱다란 이마의 작은 주름살을 펴주었다.

이제까지 없던 일이었다. 교장 선생이 아침의 이른 시간임에도 불구하고 정거장까지 나와주었다. 기벤라트 씨는 검정색 프록 코트를 입고 있었으나 흥분과 기쁨과 자랑으로 잠시도 가만히 서 있지를 못했다. 그는 신경질적으로 교장 선생과 한스의 주위를 뚜벅뚜벅 거닐면서 역장과 역 직원들로부터 안전한 여행과 아들이 시험에 성공하기를 빈다는 인사를 받아넘겼다. 그리고 자그마하고 딱딱한 여행 가방을 왼손에서 오른손으로 쉴새없이 옮기고 있었다. 또한 양산을 팔에 끼는가 하면 무릎 사이에 끼곤 했다. 그러면서 몇 번인가 양산을 떨어 뜨렸는데, 그럴 때마다 가방을 내려놓고 양산을 다시 집어들었다. 다른 사람들은 그가 왕복 차표를 가지고 슈투트가르트에 가는 것이 아니라 아메리카에라도 가는 모양이라고 생각했을 것이다. 한스는 매우 침착해 보였으나 뭔지 알지 못할 불안이 가득차 있는 것 같았다.

마침내 기차가 역에 도착하자 사람들은 모두 기차에 올라탔다. 교장 선생은 작별의 인사로 손을 흔들어 보였고 아버지는 담배에 불을 붙이고 있었다. 기차가 출발하자 아래 골짜기 사이로 시가와 개울이 감추어졌다. 이 여행은 두 사람에게 있어서 즐거움은커녕 고통이었다.

얼마 후 슈투트가르트에 도착하자 아버지는 갑자기 활기 있어 보였고, 즐거워했으며 친절하여 마치 사교가인 것 같았다. 한스는 아버지에게서 수일간 도시에 나온 시골 사람의 기뿜 같은 것을 느꼈다. 그러나 한스는 점점 더 말이 없어지고 한층 불안해졌으며, 시가를 바라보면 중압감을 느꼈다. 낯선 얼굴들, 사람을 아래로 굽어보는 듯한 다닥다닥 장식되어 세워진 건물들, 감감하리 만큼 긴 도로, 말이 끄는 기차, 거리의 소음, 이런 모든 것들이 그에게는 위압감을 주고 두려움을 주었다.

두 사람은 백모 집에 숙소를 정했다. 그곳에서는 낯선 방, 백모의 수다스러운 친절과 이야기 때문에, 그리고 오랫동안 함께 앉아 멍하니 있어야만 하는 일, 거기에 아버지의 격려하는 끝없는 설교, 이런 것들이 소년의 기분을 상하게 했다. 그는 방 한구석에 멍청하니 쭈그리고 있었다. 그러고는 눈에 익지 않은 주위 환경이나 백모, 백모의 교회풍 의상, 큰 무늬의 벽걸이, 탁상 시계, 벽의 그림 등을 보기도 하고 창 너머 소란스러운 거리를 바라보고 있으려니까 자신이 완전히 도외시당한 느낌이 들었다. 집을 떠난 지 벌써 오랜 시간이 흘러 그 동안에 애써 외운 것들을 일시에 잊어버린 것 같은 기분이 들었다.

그는 오후에 다시 한 번 그리스 어 불변사를 복습하려고 했으나 백모님이 산책을 나가자고 제의했다. 순간 한스의 마음속에는 초원의 푸르름과 숲 속의 바람 소리 같은 것이 떠올랐다.

아버지는 시내에 방문할 곳이 있었기 때문에 백모와 한스 두 사람만이 산책을 하기로 했다.

막 집을 나서려는데 층계에서 비참한 일이 생겼다. 살이 찌고 그럴듯하게 생긴 부인을 만났는데 백모는 그 여인에게 허리를 굽혀 인사를 했다.

그러자 그 여인은 비상한 말솜씨로 지껄이기 시작하였다. 이 이야기는 무려 15분 이상이나 계속되었다.

그 동안 한스는 층계 난간에 몸을 기대고 서 있었는데, 그 부인이 데리고 온 작은 개가 한스를 보고 멍멍 짖기도 하고 그를 향해 으르렁거리기도 하였다. 또 이 뚱뚱한 부인은 코안경 너머로 몇 번이고 한스의 위아래를 훑어보았기 때문에 그는 어렴풋이나마 자기에 대하여 이야기하고 있음을 깨달았다. 그런 후 거리로 나오자 백모는 급히 상점 안으로 들어갔다.

한참을 밖에서 기다렸는데도 백모는 좀처럼 나오질 않았다. 초조하게 서 있는 동안 한스는 통행인들로부터 이리저리 밀리기도 하고 거리의 부랑아들로부터 놀림을 당하기도 하였다. 백모는 상점에서 나오자 한스에게 넓적한 초콜릿 하나를 주었다. 그는 초콜릿이 싫었으나 정중하게 감사하다는 인사를 하고 받았다. 다음 길모퉁이에서 그들은 말이 끄는 전차를 탔다. 거기에서부터 만원이 된 전차는 쉴새없이 방울을 울리면서 여러 군데의 거리를 지나 마침내 가로수가 서 있는 큰길과 공원에 도착했다. 거기에는 분수가 물을 뿜고 있었으며 울타리를 친 화단에는 꽃이 피어 있었고 인공으로 된 작은 연못에는 금붕어가 놀고 있었다.

백모와 한스는 산책하는 사람들 틈에 끼여 이리저리 거닐었다.

많은 사람의 얼굴들, 우아한 의복, 그 밖에 여러 가지 몸차림, 자전거, 환자용 이동 의자, 유모차 등이 눈에 띄었고 소란스러운 소리가 들려왔으며 숨쉬는 공기는 따뜻하고 먼지투성

이였다.

마침내 그들은 다른 사람들과 나란히 벤치에 자리를 잡았다. 백모는 쉬지 않고 이야기하면서 한숨을 내쉬고 한스에게 상냥스럽게 미소지으면서 지금 여기에서 초콜릿을 먹으라고 재촉하였다. 그는 먹고 싶지 않았다.

"지금 사양하고 있는 거냐? 그러지 말고 어서 먹어라, 어서!"

그래서 한스는 넓적한 초콜릿을 꺼내어 잠시 동안 은종이를 만지작거리다가 조금씩 입에 넣었다. 그러나 그는 아무리 생각해도 초콜릿은 먹고 싶지 않았다.

그렇다고 그것을 백모에게 말할 용기가 한스에게는 없었다. 그가 초콜릿 한 조각을 씹어 목구멍을 채우고 있을 동안 백모는 사람들 속에서 아는 사람을 발견했다.

"여기에 앉아 있거라. 곧 돌아올 테니."

한스는 숨을 크게 쉬면서 이 기회를 이용하여 초콜릿을 잔디 위에 던져버렸다. 그러고서 박자를 맞춰 다리를 흔들면서 많은 사람들을 바라보고 있으려니까 갑자기 서글픈 생각이 들었다. 그는 불규칙 동사를 외우려고 노력했으나 아무리 기억을 더듬어도 생각나지 않았다.

한스는 이러한 자신에 대하여 너무도 놀랐기 때문에 그만 얼굴이 파랗게 질리고 말았다.

내일이 주의 시험인데!

이윽고 백모가 돌아왔다. 백모는 금년의 주의 시험에는 118명의 지원자가 몰렸다는 소식을 가지고 왔다. 그러나 단지 36명만이 합격될 수 있다고 했다. 그 말을 들은 소년은 완전히 기운을 잃고 돌아오는 길에는 한마디도 하지 않았다.

얼마 후 집에 돌아온 한스는 머리가 아프기 시작했다. 아무것도 먹고 싶지 않았으며 몹시 절망하고 있었기 때문에 아버지와 백모는 열심히 그를 격려하고 위로해주었다.

한스는 밤에 괴로운 깊은 잠 속에서 무서운 꿈에 쫓겼다—근 117명의 동료와 함께 시험장에 앉아 있었다. 시험관은 고향의 목사와도 비슷했으며 백모와 비슷한 것도 같았다. 그는 한스 앞에 초콜릿을 쌓아놓고는 먹으라고 했다. 한스가 울면서 먹는 사이에 다른 아이들은 차례차례로 일어나서 작은 문으로 나가고 있었다.

모두가 각자 자기 앞에 산더미처럼 쌓인 초콜릿을 다 먹어버렸는데 한스의 것만은 점점 더 불어나서 책상과 의자 위에 가득 쌓여 한스를 질식시킬 것만 같았다.

다음날 아침 한스가 시험에 늦지 않기 위해 시계에서 눈을 떼지 않고 커피를 마시고 있을 때 고향에서는 많은 사람들이 그의 일을 생각하고 있었다.

먼저 구둣방의 플라크—그는 아침 수프를 먹기 전에 하느님께 기도하였다. 가족과 직공과 두 사람의 제자가 식탁에 둘러앉았다. 그는 언제나 하는 아침 기도에 오늘은 다음과 같은 말을 덧붙였다.

"주여! 오늘 시험을 치르는 한스 기벤라트를 지켜주시옵고 그를 축복하고 강하게 해주시옵소서. 훗날 주의 거룩한 이름을 올바르게 알리고 깨우치는 사람이 되게 하옵소서."

고을의 목사는 한스를 위해서 기도하지는 않았으나 아침밥을 먹으면서 부인에게 다음과 같이 말했다.

"이제 기벤라트가 시험 치는 날이 되었어. 그애는 언젠가는 뛰어난 사람이 되고 반드시 사람들이 주목할 만한 인물이 될 거야. 그렇게 되면 라틴 어를 도와준 것도 손해본 일은 아니야."

담임 선생은 수업을 시작하기 전에 학생들에게 다음과 같이 말했다.

"이제 슈투트가르트에서는 주의 시험이 시작된다. 우리들은 한스의 성공을 빌자. 물론 그에게는 그런 일은 필요없겠지. 왜냐하면 너희들 같은 게으른 놈들은 열 명을 한데 뭉쳐도 한스를 당하지 못할 테니까."

학생들도 또한 대부분 이곳에 없는 한스를 생각하고 있었다. 더욱이 한스의 합격 여부에 대해서 서로 내기를 걸고 있던 많은 아이들은 더욱 그랬다.

진심에서 우러나오는 기원과 깊은 동정은 먼 거리를 손쉽게 넘어서 멀리까지 다다르는 법이다. 한스에게도 고향에 있는 사람들 모두가 자기에 대해 생각하고 있다는 것이 느껴졌다.

아버지를 따라 시험장에 들어선 한스는 가슴이 두근거리고, 학교 조수助手의 지시대로 따르는데도 초조하고 두려웠으며, 창백해진 소년들로 가득 찬 큰방을 들여다보니 마치 고문실拷問室에 들어서는 범죄인 같은 느낌도 들었다. 그러나 교수가 들어와서 조용히 하라고 명하고 라틴 어의 문체文體 연습 원문을 받아쓰도록 하였을 때 한스는 비로소 안도의 숨을 내쉬었고 매우 쉽다고 생각하였다.

즐겁다고 해도 좋을 기분으로 초고를 쉽게 만들고 다시 신중하게 깨끗이 정서하였다. 그는 최초로 답안을 낸 사람 중의 한 사람이었다.

그러고 나서 그는 백모의 집으로 돌아가는 길을 잘못 들어 무더운 시내 거리를 두 시간 동안이나 헤매었으나 다시 찾은 후 마음이 그다지 산란해지지는 않았다. 도리어 백모나 아버지로부터 잠시나마 떨어져 있는 것이 즐거웠다. 또한 미지의 소란한 수도 거리를 걷고 있으려니까 마치 무모한 모험가 같은 기분이 들었다. 온갖 노력으로 겨우 길을 묻고 집에 들어선 그는 곧 질문 공세를 받았다.

"어떻게 했느냐? 어떻더냐? 되었느냐?"

"쉬웠어요."

그는 자랑스럽게 말했다.

"그런 것쯤은 이미 5학년 때 번역할 수 있었던 거예요."

그는 몹시 배가 고팠기 때문에 많은 양의 식사를 했다. 오후에는 할 일이 없었으므로 아버지는 한스를 친척과 친구들한테로 데리고 갔다. 그 중 한 집에서 검은옷을 입은 내성적인 소년을 만났다.

그도 마찬가지로 입학 시험을 치르기 위해서 괴팅겐으로부터 온 것이었다.

한스와 그 소년은 왠지 서먹서먹한 듯하면서도 호기심을 갖고 서로 얼굴을 바라보았다.

"라틴 어 문제는 어떻게 생각해? 쉽지! 그렇지 않아?"

한스가 물었다.

"매우 쉬웠어. 그러나 바로 그게 문제야. 쉬운 문제일수록 틀리기 쉽거든. 마음을 놓으니까 거기에 바로 함정이 있었을 거야."

"그럴까?"

"물론이지. 시험관들이 그처럼 바보는 아니니까."

한스는 약간 놀라며 깊은 생각에 잠겼다. 그러고 나서 조심스럽게 물었다.

"원문을 가지고 있어?"

그 소년은 노트를 가지고 왔다. 그들은 함께 문제를 빠짐없이 살펴보았다.

괴팅겐의 소년은 라틴 어에 정통한 것처럼 보였다. 그는 한스가 전혀 들어보지도 못한 문법상의 용어를 두번이나 사용하였다.

"내일은 무슨 시험이 있지?"

괴팅겐의 소년이 물었다.

"그리스 어와 작문이 있어."

"참, 너희 학교에서는 수험생이 몇 명이나 왔니?"

"하나도 없어. 나 혼자야."

한스가 말했다.

"오오, 그래. 우리 괴팅겐에서는 12명이 왔어. 그 중에는 매우 영리한 아이가 세 명 있는데 그들 중의 누군가가 일등을 하리라고 모두들 기대하고 있어. 작년에도 일등은 역시 괴팅겐의 학생이었으니까— 만약 떨어지면 너는 중학교(김나지움)에 가니?"

한스는 아직 그런 것에 대해서는 전혀 생각해본 적이 없었다.

"몰라……아니야, 가지 않으리라고 생각해."

"그래! 나는 이번에 떨어지면 어디든 상급 학교에 간다. 떨어지면 어머니가 울름으로 데리고 갈 거야."

그 말을 들으니 한스에게는 상대방이 강하게 생각되었다. 매우 영리한 세 사람을 포함한 12명의 괴팅겐 학생도 한스를 불안하게 만들었다. 이렇게 되면 자기는 합격할 것 같지 않았다.

그는 집으로 돌아와 책상에 앉아 mi로 끝나는 동사를 다시 한번 조사해보았다. 라틴 어에 대해 그는 자신이 있었기 때문에 전혀 불안을 갖지 않았으나 그리스 어에 대해서는 일종의 독특한 기분을 가지고 있었다. 그는 그리스 어가 좋았을 뿐만 아니라 그것에 열중했으나 다만 그것은 읽기 위한 것이었다. 특히 크세노폰은 매우 아름답고 감동적이었으며 생생하게 씌어 있었다. 모두가 맑고 깨끗하고 힘차게 울렸으며, 경쾌하고 자유스러운 정신을 가졌고 또한 이해하기도 쉬웠다.

그러나 문법 또는 독일어를 그리스 어로 번역하지 않으면 안 될 경우에는 서로 틀리는 규칙과 형태의 혼동에 빠졌으며, 이전에 아직 그리스 어의 알파벳도 읽을 수 없었던 최초의 수업 무렵과 거의 같은 공포감을 이 외국어에서 느꼈다.

다음날은 순서에 따라 그리스 어 시험이 있었고 다음에는 독일어 작문이 있었다. 그리스 어 문제는 매우 길었고 결코 만만치는 않았다.

독일어 작문의 테마는 다루기 힘들었으며 자칫 틀리기 쉬웠다. 열 시경부터 그 큰방은 찌는 듯이 무더워졌다. 한스는 좋은 펜을 가지고 있지 않았으므로 그리스 어 답안을 정서하는 데에는 종이를 두 장이나 버렸다. 작문 시험 때는 옆에 앉은 대담한 학생이 질문을 쓴 종이 쪽지를 한스에게 보내 옆구리를 찌르며 대답을 재촉하여 몹시 난처했다.

같이 앉은 학생과 이야기하는 것은 금지되어 있었으며 만일 이를 어기는 사람은 용서없이 시험에서 제외되는 것이었다. 한스는 공포에 떨면서 그 종이 쪽지에 '방해하지 말라'고 써서 그 아이에게 등을 돌렸다.

날은 몹시 더웠다. 감독 교수는 끈기있게 같은 보조로 방안을 왔다갔다 하며 잠시도 쉬지 않았으나 견진 성사 때의 두터운 옷을 입고 있었기 때문에 땀이 나고 머리가 아팠다.

마침내 한스는 이제 시험은 틀렸다는 기분으로 결함투성이의 답안지를 냈다.

시험을 마치고 집에 돌아온 한스는 식사 도중 한마디도 하지 않았다. 어떤 물음에도 어깨를 움츠릴 뿐 범죄인과 같은 표정을 지었다. 백모는 이런 한스를 위로해 주었으나 아버지는 흥분하며 불쾌해하였다. 식사 후 아버지는 아들을 옆방으로 데리고 가서 꼬치꼬치 캐물었다.

"어찌된 일이냐?"

"실패한 것 같습니다."

한스는 대답했다.

"어째서 주의하지 않았니? 침착했어야 할 텐데……시원찮은 놈!"

한스는 아무 말 없이 잠자코 있었으나 아버지가 나무라는 이 말에는 그도 흥분되어 이렇게 말했다.

"아버지는 그리스 어 같은 것은 전혀 모르시잖아요?"

한스에게 제일 싫었던 것은 두 시에 구두 시험을 치르러 가지 않으면 안 되는 일이었다.

그는 구두 시험을 가장 두려워하고 있었다. 찌는 듯한 무더운 거리를 걷는 동안 그는 몹시 비참한 기분이 들었다. 고통과 불안과 현기증으로 인해 눈을 뜰 수가 없을 정도였다.

그는 10분 동안 큰 녹색 책상에 앉아 있는 세 선생 앞에 마주앉아 두서너 개의 라틴 어 문장을 번역한 뒤 묻는 질문에 대답하였다. 그리고 나서 10분간 또 다른 세 선생 앞에 앉아 그

리스 어를 번역하고 여러 가지 질문을 받았다. 마지막으로 시험관은 그리스 어의 불규칙적인 과거형 하나를 질문하였다. 그러나 그는 여기에 대답하지 못했다.

"가도 좋다. 저 오른쪽 문으로!"

그는 걸어 나가다가 문에서 과거형을 생각해냈다.

"밖으로 나가요."

시험관은 외쳤다.

"밖으로 나가요. 혹 기분이라도 나쁜가?"

"아닙니다. 지금 그 과거형을 생각해냈습니다."

그는 방 안을 향하여 큰소리로 과거형을 말했다.

선생들 중의 한 사람이 웃는 것을 보고 그는 불타는 듯한 머리를 안고 그 방을 뛰쳐나왔다. 그러고 나서 질문과 자기가 한 대답을 생각해내려고 애썼으나 모두가 뒤죽박죽이었다.

다만 커다란 녹색 책상의 표면과 프록 코트를 입은 세 명의 엄숙한 나이 든 선생과 펼쳐져 있던 책, 그리고 그 위에 놓여진 자기의 떨리던 손, 이런 것들이 되풀이되어 떠오를 뿐이었다.

'아! 나는 어떤 대답을 했을까?'

거리를 걷던 한스는 여기에 와서 이미 몇 주일이 지나 돌아갈 수가 없게 된 것 같은 생각이 들었다.

자기 집 정원의 광경과 전나무 숲의 푸른 산, 그리고 냇가의 낚시터 등이 매우 멀리 떨어져 있고 아주 오랜 옛날에 본 듯한 느낌이 들었다.

'아! 오늘중으로 집에 돌아갈 수 있다면……'

이곳에 더 머물러 있을 필요가 없었다. 시험은 모두 허사가 되어버렸다. 그는 밀크 빵을 샀다. 그리고 아버지에게 변명하는 것이 싫었기 때문에 오후 내내 거리를 헤매었다. 그가 집으로 돌아왔을 때는 모두가 그를 걱정하고 있었다. 그가 피곤해 보이고 비참하게 보였기 때문에 달걀 수프를 먹여서 재웠다. 내일은 또 수학과 종교 시험이 있었다. 그러고 나면 집에 돌아갈 수 있는 것이다.

다음날 시험은 매우 수월하게 보았다. 어제 중요한 과목에서 실패한 후에 오늘 모든 것이 잘된 것은 너무도 심한 아이러니였다. 어쨌든 좋다. 이제는 집으로 돌아갈 일만 남았으니까!

"시험은 끝났으니 이제 집으로 돌아가도 됩니다."

그는 백모의 집에 와서 보고하였다.

아버지는 오늘 하루 더 여기에 있자고 말했다. 모두들 간슈타트에 가서 그곳 온천 공원에서 커피를 마시자고 했다. 그러나 한스는 오늘중으로 혼자만이라도 집으로 돌아가는 것을 간

절히 원했기 때문에 아버지는 아들의 뜻을 허락했다.

역에 도착한 한스는 백모로부터 키스를 받고 먹을 것도 함께 받았다. 표를 가지고 기차에 올라탄 그는 피로한 듯 아무런 생각 없이 기차에 흔들리며 푸른 구릉丘陵 지대를 지나 집으로 향하였다.

검고 푸른 전나무 산이 나타났을 때, 비로소 소년은 구출된 기쁨의 감정을 느꼈다. 늙은 하녀와 자기의 작은 방, 그리고 교장 선생과 야트막한 정든 교실과 그 밖의 여러 가지 것들이 기쁨으로 기다려졌다.

다행히도 정거장에는 호기심 많은, 아는 사람은 하나도 없었다. 그래서 그는 사람 눈에 띄지 않고 작은 짐을 들고 집으로 급히 돌아갈 수가 있었다.

"슈투트가르트에서는 재미 좋으셨어요?"

늙은 안나가 물었다.

"좋았느냐고? 시험을 좋은 거라고 생각하고 있나? 돌아온 것만이 즐거울 뿐이야. 아버지는 내일 오셔."

그는 신선한 우유를 한 잔 마신 뒤 창 밖에 걸려 있는 수영 팬츠를 집어들고 뛰어나갔다. 그러나 모든 사람들의 수영장이 되어버린 초원으로는 가지 않았다.

그는 시내에서 훨씬 떨어진 바게로 갔다. 그곳의 물은 깊고 높이 우거진 숲 사이를 느릿느릿 흐르고 있었다. 그는 옷을 벗고 시원한 물 속에 우선 손을, 그리고 발을 어루만지듯이 담갔다. 몸이 좀 떨렸으나 물 속으로 뛰어들었다. 약한 물줄기를 거슬러 천천히 헤엄을 치고 있자니 지난 수일간의 땀과 불안이 자기 몸으로부터 사라져가는 것을 느꼈다. 그의 약한 몸이 흐르는 물 속에 잠겨 있는 동안 그의 마음에는 서늘하게 새로운 기쁨이 넘쳤으며 아름다운 고향을 갖고 있는 것 같았다.

그는 계속해서 헤엄치고는 쉬고 또 헤엄쳤다. 상쾌하고 서늘한 기운과 피곤이 그를 엄습해왔다. 그는 하늘을 보고 누워 하류로 떠내려가면서 은빛의 원을 그리며 떼지어가는 저녁 파리의 붕붕거리는 소리에 귀를 기울였다. 또한 저녁 하늘에 자그마한 비둘기가 빠른 속도로 질러가는 것을 보았다. 벌써 산 너머로 기운 태양은 하늘을 분홍빛으로 물들이고 있었다. 그가 다시 옷을 입고 꿈을 꾸는 듯한 기분으로 어슬렁어슬렁 집으로 돌아올 무렵에는 어느덧 골짜기는 그늘져 있었다.

그는 돌아오는 길에 상인商人 자크만의 정원을 지나왔다. 그곳에서 그는 아주 어렸을 때 두서너 명의 아이들과 함께 익지도 않은 풋살구를 훔친 일을 떠올렸다. 그리고 하얀 전나무를 자른 통나무가 여기저기 굴러다니는 목수들의 일터 킬히너 옆을 지났다.

이전에는 그 재목 아래에서 항상 낚싯밥으로 쓸 지렁이를 찾곤 했다. 그곳에서 다시 검사관 게슬러의 작은 집을 지났다. 2년 전 한스는 스케이팅을 할 때 그 집 딸 엠마와 가까워지고 싶은 강한 충동을 느꼈었다.

엠마는 이 시내의 여학생 중에서 가장 예쁘고 우아했다. 나이도 그와 비슷했다. 그 무렵 한때 그는 엠마와 한번 이야기를 하든가 악수를 했으면 하고 몹시 열망했었다. 그러나 그것은 결국은 이루어지지 않았다. 그는 지나치게 수줍어했기 때문이다.

그 후 엠마는 기숙 학교(양육원)에 들어가버렸다. 그는 지금 엠마의 모습을 거의 기억할 수 없었다. 그러나 이 어렸을 때의 일이 아득한 저편으로 사라져갔던 먼 세계에서부터 되살아나는 것처럼 한스의 머리 속에 순간 다시 떠올랐다. 더욱이 그것은 이제껏 경험한 어떤 것보다도 강한 색채와 이상스럽게도 가슴을 울리는 향기를 품고 있었다. 그 무렵 한스는 저녁에 나숄트의 집 리제와 함께 문간의 통로에 앉아서 감자껍질을 벗기며 여러 가지 이야기를 듣기도 했다. 또한 일요일이면 아침마다 둑 아래에서 바지를 말아 높이 걷어올리고 마음속으로 떨면서도 새우 혹은 고기를 잡느라고 일요일의 나들이옷을 적시곤 하여 아버지한테 매를 얻어맞곤 했다.

또한 그때는 기이하고 이상한 물건과 사람들이 많았다. 그는 그것들을 오랫동안 완전히 잊고 있었다.

고개가 굽은 구둣방 아저씨 ─저 쉬트로마이어 씨가 자기 부인을 독살한 것은 확실하다는 이야기였다. 그리고 엉뚱한 베크 씨 ─그는 지팡이와 점심 보자기를 들고 주의 전역全域을 싸다니지만 예전에는 돈도 많았고 한 대의 마차와 네 마리의 말을 가지고 있었기 때문에 '씨'라고 불렸다.

한스는 이미 이러한 사람들에 관해서는 이름 이외에는 아무것도 몰랐으며, 이 어두컴컴한 작은 골목의 세계는 자기와는 아무런 인연도 없었던 것처럼 느껴졌다. 더욱이 그것은 그에게 어떤 활기를 준다거나 혹은 경험할 가치가 있는 것도 아니었다.

그는 다음날도 휴가를 얻었기 때문에 한낮까지 자면서 자유로운 기분을 즐겼다. 점심 때 그는 아버지를 마중하러 나갔다. 아버지는 아직도 슈투트가르트에서 맛본 여러 가지 즐거움으로 충만되어 행복스럽게 보였다.

"너 합격하기만 하면 갖고 싶은 건 무엇이든 요구해도 좋다. 잘 생각해두어라."

아버지는 즐겁게 말했다.

"틀렸어요, 틀려."

소년은 한숨을 쉬며 말했다.

"틀림없이 떨어질 거예요."

"바보 같은 소리. 어째서 그런 말을 하니! 아버지가 후회하기 전에 무엇이든지 욕심나는 것이 있으면 말해두는 것이 좋을 게다."

"휴가가 되면 다시 낚시질 가고 싶어요. 가도 좋아요?"

"좋아. 시험에 합격만 한다면……."

일요일에는 주먹 같은 소나기가 쏟아졌다. 한스는 몇 시간이고 자기 방에 틀어박혀서 책을 읽거나 생각에 잠기곤 했다. 그리고 다시 한 번 슈투트가르트에서 본 시험 문제를 세밀히 따져보았다. 그러나 몇 번이고 절망적인 패배감을 맛보아야 했으며 훨씬 더 좋은 답안을 만들 수 있었을 텐데 하고 결론을 지었다.

'이젠 절대로 합격할 가망이 없겠지. 이 부질없는 두통!'

그는 차츰 어떤 불안에 싸여서 가슴이 답답해졌다. 마침내는 짓누르는 듯한 근심에 시달리며 아버지에게로 달려갔다.

"아! 아버지!"

"왜 그러느냐?"

"좀 여쭈어볼 말씀이 있어서 그러는데……원하는 일인데
나 낚시질 그만두고 싶어요. 그보다 더 좋은 일이 있거든요."

"뭐? 왜 또 이제 와서 그런 말을 하는 거냐?"

"저……묻고 싶었어요. 가도 좋은지, 안 되는지……."

"다 말해보아라. 그건 실없는 소리냐, 그렇지 않으면 좋은
이야기냐!"

"혹시 낙제하면 중학교에 가도 좋아요?"

기벤라트는 말문이 막혔다.

"뭐? 중학교?"

그는 펄쩍 뛰며 고함을 질렀다.

"네가 중학교에 가……? 누가 너에게 그런 것을 가르쳐주
더냐?"

"아무도 아니에요. 그저 그렇게 생각했을 뿐이에요."

단말마의 괴로움을 소년의 얼굴에서 읽을 수가 있었다.

"가라! 가."

아버지는 성난 얼굴로 말했다.

"당치도 않은 일이다. 중학교라고……! 내가 상업 고문관이
라도 된 걸로 생각하느냐?"

아버지가 단호하게 거절했기 때문에 한스는 단념하고 절망
적인 기분으로 밖으로 나갔다.

"빌어먹을 자식!"

아버지는 자식의 뒤에서 나무랐다.

"그런 일이 있을 법한 노릇인가. 이제는 중학교에 가겠다고! 바보 같은 놈. 당치도 않은 소리야."

한스는 반시간 동안 창턱에 앉아 깨끗이 닦인 마룻바닥을 바라보면서 이제 정말 신학교도 중학교도 학문도 다 틀리게 되면 어떻게 할 것인가 하고 생각해보았다. 아마도 견습생으로서 치즈 점포나 사무소에 들어가게 될 것이다. 그리하여 일생을 평범하고 불쌍한 사람의 하나가 되어 끝마치게 되겠지. 그는 그러한 사람들을 경멸하고 있었으며 어떻게 해서든지 그 사람들보다는 훨씬 뛰어난 사람이 되려고 했다. 그러나 이제 그에게서 귀엽고 영리한 학생다운 모습은 사라지고 분노와 슬픔에 가득 찬 일그러진 모습이 남았다. 그는 미친 듯이 자기 방으로 들어가서는 책상 위에 놓여 있던 라틴 어 발췌 독본을 쥐고서 온 힘을 다하여 벽에 내던졌다. 그러고는 문 밖으로 나와 빗속을 달려갔다.

월요일 아침에 그는 학교에 갔다.

"어떠냐?"

교장 선생이 손을 내밀며 물었다.

"어제 오리라고 생각했는데……도대체 시험은 어떻게 되었느냐?"

한스는 고개를 수그렸다.

"한스야! 어떻게 되었어? 실패했느냐?"

"그렇다고 생각합니다."

"음. 조금만 기다려 보자꾸나!"

교장 선생은 그를 위로해주었다.

"아마 오늘중으로 슈투트가르트에서 통지가 올 것이다."

그 날 하루는 무섭도록 지루했다. 아무런 소식이 없었다. 점심때에도 한스는 가슴속에 치미는 울분 때문에 거의 아무것도 먹지 못하였다.

오후 두 시에 한스가 교실에 들어서니 담임 선생이 먼저 와 있었다.

"한스 기벤라트!"

한스는 앞으로 나갔다. 선생은 손을 내밀었다.

"축하한다, 기벤라트. 너는 주의 시험에 이등으로 합격했다."

교실은 아주 조용해졌다. 그때 문이 열리더니 교장 선생이 들어왔다.

"축하한다. 자, 무엇이든지 말해보아라!"

소년은 의외였고 기쁨에 가득 차 어리둥절하였다.

"오! 왜 아무 말도 하지 않느냐?"

"그것만 알고 있었더라면……."

그는 무의식중에 이런 말이 튀어나왔다.

"완전히 일등이 되었을 텐데."

"자, 빨리 집으로 가보아라."

교장 선생은 말했다.

"그리고 아버지께 알려드려라. 이제는 학교에 나오지 않아도 좋다. 그렇잖아도 일주일만 있으면 학교도 방학이니까."

얼떨떨한 기분으로 소년은 거리로 나왔다. 보리수와 해가 비치고 있는 시장터가 눈에 띄었다. 모두가 전과 다름없었으

나 보다 더 아름답고 의미 깊게 그리고 즐겁게 보였다.

그는 합격한 것이다. 더욱이 그는 이등이었다. 최초의 기쁨의 격정이 지나고 나자 그의 마음은 뜨거운 감사의 정으로 가득 찼다.

이제는 고을의 목사를 피해서 다닐 필요가 없었다. 이제야말로 그는 공부를 할 수 있게 되었다. 이제는 치즈 점포나 사무실에 들어가게 될까봐 두려워할 필요도 없었다. 그리고 낚시질을 갈 수도 있다.

한스가 집에 들어서자 마침 아버지는 현관 문 앞에 서 있었다.

"어떻게 되었니?"

아버지는 간단히 물었다.

"별로 대단한 일이 아니에요. 이제는 학교에 오지 않아도 된대요."

"뭐라고? 도대체 어째서?"

"저는 이제 신학교 학생이니까요."

"그래, 되었구나. 합격했구나!"

한스는 고개를 끄덕였다.

"좋은 성적이더냐?"

"이등이래요."

그것은 늙은 아버지도 전혀 예기치 못했던 일이었다. 아버지는 할말을 잊고 계속해서 아들의 어깨를 두드리고, 웃으며 머리를 흔들었다. 그리고서는 입을 열었으나 아무 말도 못 하고 그저 고개만 끄덕일 뿐이었다.

"장한 일이다."

비로소 그는 외쳤다. 그리고 또 한 번 "장한 일이다" 하며 매우 기뻐했다.

한스는 집 안으로 뛰어들어가 층계를 올라 다락방으로 갔다.

아무도 거처하고 있지 않은 다락방의 벽장 안을 뒤져서 여러 가지 상자와 노끈 다발과 코르크를 끄집어냈다. 그것은 그의 낚시 도구였다.

지금 한스는 무엇보다도 먼저 좋은 낚싯대를 잘라야만 했다. 그는 아버지한테로 갔다.

"아버지, 칼을 빌려주세요."

"무엇에 쓰게?"

"낚싯대를 잘라야만 해요. 고기 낚을……."

아버지는 호주머니에 손을 넣었다.

"자!"

아버지는 웃음 띄운 얼굴로 크게 말했다.

"2마르크다. 이제 너 자신의 칼을 사는 게 좋겠다. 그러나 한프리트한테로 가지 말고 건너편 대장간으로 가거라."

그는 곧 그 대장간으로 달려갔다. 대장간 주인은 시험에 대해서 물었다. 그리고 기쁜 소식을 듣고는 특별히 좋은 칼을 내주었다.

하류의 브뤼엘 다리에는 아름답고 산뜻한 오리나무와 개암나무가 무성하게 서 있다. 한스는 그곳에서 오랫동안 고른 끝에 세차고 탄력이 있는 좋은 가지를 잘라 급히 집으로 돌아왔다.

빨갛게 상기된 얼굴로 눈을 번득이며 그는 낚시 준비를 시작하였다. 그것은 그에게 있어서 낚시질 그 자체에 못지 않은 즐거운 일이었다.

그는 하루 종일 어두워질 때까지 그 일에 열중해 있었다. 흰색, 갈색, 녹색 실을 골라내고 정성스럽게 그것을 잇고 묶은 매듭과 헝클어진 것을 풀었다. 여러 가지 모양과 크기의 코르크와 찌를 검사하고, 또 새로 깎고 각기 다른 무게의 조그만 납덩이를 둥글게 만들고 한 쪽을 베어서 실 무게를 달기도 했다. 그 다음에는 낚시바늘—그것은 저장해둔 것이 아직까지 조금 남아 있었다.

그것을 나누어 일부는 네 겹의 검정 바느질 실과 현악기의 장선腸線에, 나머지는 잘 꼰 말총에 야무지게 잡아맸다.

그 일은 밤이 이슥해서야 완전히 끝났다. 한스는 이것으로써 7주 동안 휴가를 지루하게 지낼 걱정은 없었다. 그는 낚싯대만 있으면 매일 아침부터 밤까지 혼자서 냇가에 앉아 소일할 수 있었기 때문이다.

자유롭고 아름다운 여름날

여름 방학은 이래야 된다. 산 위에는 용담(과남풀, 용담과에 속하는 다년초)처럼 푸른 하늘이 있었다.

햇볕이 내리쬐는 무더운 날이 몇 주일 동안이나 계속되었다. 다만 때때로 줄기찬 뇌우雷雨가 잠깐 동안 내릴 뿐이었다. 냇물은 사암砂岩과 전나무 그늘, 그리고 좁은 골짜기 사이를 흘렀으나 물이 따뜻해졌기 때문에 저녁 늦게까지도 목욕할 수가 있었다. 작은 시내 주변에는 마른 풀과 베어놓은 풀 냄새가 감돌았다.

좁고 긴 보리밭은 누렇게 금갈색으로 변해 있었다. 여기저기 시냇가에는 하얀 꽃이 피는 당근 같은 풀이 사람의 키만큼이나 높이 자라고 있었다.

그 꽃은 삿갓 모양으로 생겼으며 거기에는 조그마한 갑충甲蟲이 담뿍 붙어 있었다. 그것은 가운데 마디를 자르면 크고 작은 피리가 되었다.

수풀가에 털이 있고 노란 꽃이 피는 현삼玄蔘이 보기좋게 열을 지어 늘어서 있었다.

또한 부처꽃과 철쭉꽃이 매끈한 줄기 위에 흔들리면서 골짜기 비탈을 온통 자홍색으로 물들이고 있었다. 전나무 아래에는 이상스럽게 생긴 디기탈리스가 우뚝 솟아 유달리 아름답고 곧게 자라고 있었다. 그 뿌리에서 생긴 잎은 은빛 털이 있고 폭이 넓고 줄기가 세차며, 긴 줄기 위에 술잔처럼 얹혀 핀 꽃은 위쪽으로 나란히 늘어서 있으며 아름다운 빨간색이었다. 그 옆에는 갖가지 종류의 버섯이 자라고 있었다. 윤이 나는 붉은 파리잡이 버섯, 두텁고 폭이 넓은 우산 버섯, 붉은 가지가 많은 싸리 버섯 등이 있었고 이상스럽게 생긴 찔레꽃도 있었다.

또한 기이하게도 빛깔이 없고 병적으로 두터운 석장초錫丈草가 있었고 숲과 풀밭 사이의 잡초가 우거진 경계에는 금작화金雀花가 진황색으로 반짝이고 있었다. 또 가늘고 긴 연자색軟紫色의 석남화石南花, 그리고 초원이 있었다. 거기에는 벌써 두 번째 풀 벨 시기를 앞두고 개구리자리, 세너, 샐비어, 체꽃 등이 다채롭게 우거져 있었다.

활엽수림 속에서는 방울새가 쉬지 않고 지저귀고 전나무 숲에서는 밤색 다람쥐가 나뭇가지 사이를 뛰어다니고 있었다. 길바닥과 담 주위 그리고 메마른 고랑에는 초록색 도마뱀이 따뜻한 것이 기분좋은 듯 숨을 쉬면서 몸뚱이를 반짝이고 있었다. 풀밭을 넘어서는 아주 멀리까지 그칠 줄 모르는 매미의 높은 노랫소리가 울려퍼졌다.

시내는 이때가 되면 농촌과 같은 짙은 인상을 주었다. 건초
차乾草車와 마른풀 냄새와 가마솥을 치는 망치 소리로 거리는
가득 찼다. 두 개의 공장이 없었더라면 아주 시골에 있는 듯한
느낌이 들었을 것이다.

휴가의 첫날 아침, 안나 할멈이 일어나기도 전에 일찍 일어
난 한스는 참을 수가 없어 부엌에 서서 커피가 끓기를 기다리
고 있었다. 그는 불 피우는 일을 도와주고 쟁반에서 빵을 가져
와 신선한 우유로 식힌 커피를 재빨리 마시고는 빵을 호주머
니에 집어넣고 밖으로 뛰어나갔다. 그리고 철도 댐에 멈춰 서
서 바지 호주머니 속에서 둥글고 얇은 양철로 만든 깡통을 끄
집어내어 부지런히 메뚜기를 잡기 시작했다. 기차가 지나갔다
—그러나 빨리 달리지 않았다. 그곳은 선로가 급경사를 이루
고 있었으므로 아주 느리게 달렸다. 기차는 창을 활짝 열어제
치고 많지 않은 승객을 태우고서 증기와 연기를 한가로이 길
게 내뿜으면서 달려갔다. 한스는 하얀 연기가 소용돌이치다가
는 곧 이른 아침의 맑게 개인 하늘로 사라지는 것을 지켜보았
다. 그는 얼마나 오랫동안 이런 것들을 보지 못하고 지냈는가!

그는 크게 심호흡을 했다. 잃어버렸던 아름다운 시간을 지
금 곱으로 되돌려서 아무런 거리낌도, 불안도 없이 다시 한 번
어린 소년 시절로 돌아가고자 하는 것처럼—.

메뚜기를 담은 깡통과 새 낚싯대를 들고서 다리를 건너 야
채밭을 지나 물이 가장 깊은 세마장洗馬場으로 걸어가는 동안
한스의 가슴은 알지 못할 환희와 낚시질의 즐거움으로 두근거
렸다. 그곳은 버드나무로 가려져서 어느 곳보다도 방해받지

않고 편하게 낚시질을 할 수 있는 곳이었다.

그는 실을 늘여서 작은 납덩이를 달아 살진 메뚜기를 무자비하게 낚시 끝에 꽂고는 힘차게 개울 한복판으로 던졌다.

오랫동안 잘 익혀온 유희가 다시 시작되었다. 조그마한 붕어가 낚싯밥에 많이 몰려들어 낚시에서 밥을 떼어먹으려고 했다.

낚싯밥은 곧 먹혀버렸다. 두 번째 메뚜기가 꿰졌다. 그리고 또 하나, 계속해서 네 번째, 다섯 번째의 낚싯밥이 정성들여 차례로 낚시 끝에 꿰졌다.

마침내 또 하나의 납덩이를 실에 달아서 무겁게 했다. 잠시 후 제법 큰 고기가 낚싯밥을 건드렸다. 그 고기는 살짝 낚싯밥을 끌어당기고는 다시 놓고, 다시 한 번 건드리고는 물어버렸다.

익숙한 낚시꾼이라면 실과 낚싯대를 통하여 무엇이 걸렸는지 느낄 수 있는 법이다. 한스는 일부러 한 번 획 잡아채고는 조심조심 끌어당기기 시작했다. 뜻밖에도 고기는 물려 있었다.

고기가 모습을 드러내자 그것은 쥐노래미임을 알 수 있었다. 담황색으로 빛나는 폭이 넓은 몸뚱이와 세모진 머리 그리고 유별나게 아름다운 살빛 지느러미—쥐노래미가 틀림없었다. 무게는 얼마나 될까?

그러나 그것을 채 짐작하기도 전에 그 고기는 세차게 펄쩍 뛰어올라 두려움에 찬 것처럼 수면을 헤엄쳐 도망쳐버렸다. 한스는 그 고기가 물 속에서 서너 번 돌고서 은빛 섬광처럼 물 속 깊이 사라져가는 것을 보았다.

그 후 고기는 잘 물리지 않았다.

낚시꾼에게는 더욱더 고기낚기의 흥분으로 정신 집중이 되었다. 그의 시선은 진득이 물에 젖어 있는 가느다란 갈색 실에 날카롭게 쏠렸다. 그의 볼은 빨갛게 달아 올랐고 그의 동작은 긴장되었으며 민첩하고 정확했다. 드디어 두 번째 쥐노래미가 물렸다. 그는 조심스럽게 끌어올렸다. 그러나 그것은 쥐노래미가 아닌 자그마한 잉어였다. 그는 매우 유감스러웠다.

그리고 계속해서 모래무지 세 마리를 잡았다. 이 고기는 아버지가 좋아했기 때문에 특히 한스를 즐겁게 하였다. 이놈의 길이는 거의 손바닥만했으며 비늘이 작고 기름진 몸뚱이를 하고 있었다. 두터운 머리에는 이상스럽게 생긴 하얀 수염이 있으며 눈은 작고 후반신은 쭉 곧게 생겼다. 빛깔은 녹색과 갈색의 중간색으로 땅에 올려놓으니 동갈색이 되었다.

그러는 동안 해는 높이 솟아올랐으며 위편 둑의 물거품은 하얗게 빛나고 물 위에는 따뜻한 산들바람이 물결치고 있었다. 그리고 물크베르크 위에는 손바닥 크기만 한 눈부신 구름 조각이 두서넛 둥실둥실 떠 있었다.

날은 무더워졌다.

푸른 하늘 한가운데 가만히 떠 있는, 빛을 담뿍 머금고 있는 조용하고 자그마한 구름 조각만큼 맑게 개인 한여름날의 따가움을 잘 나타내주는 것은 없었다. 그런 구름이 없었더라면 얼마만큼 더운지 의식하지 못하는 일이 많을 것이다.

푸른 하늘이나 번쩍번쩍 빛나는 수면이 아닌 둥글게 뭉친 새하얀 한낮의 구름을 보면 갑자기 태양의 찌는 듯한 뜨거움

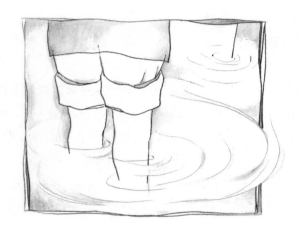

을 느낀다. 그래서 그늘을 찾아 땀으로 젖은 이마를 손으로 가리는 것이었다.

한스는 차츰 낚시 끝에 주의를 기울이지 않게 되었다. 약간 피곤함을 느꼈다.

그리고 한낮이 되면 거의 고기가 낚이지 않는 것이 상례였다.

고기 중에서는 은빛 쥐노래미가 제일 나이를 먹었는데 큰놈이라도 한낮에는 햇볕을 쬐기 위해 수면 위로 올라왔다. 그들은 크고 검은 열을 지어 꿈을 꾸는 듯 수면에 닿을락말락 스쳐서 위쪽을 향해 헤엄쳐갔다. 그리하여 때때로 뚜렷한 이유도 없이 갑자기 놀라는 것이다. 이 시각에는 그것들도 낚시에 잘 걸리지 않았다.

한스는 실을 버드나무 가지 너머로 물 속에 드리운 채 땅바닥에 앉아 푸른 내를 바라보았다. 서서히 고기가 위로 떠올랐

다. 검은 등이 차례차례 수면에 나타났다. 따뜻함에 끌려서 도
도하게 천천히 헤엄쳐나가는 조용한 고기떼. 물이 따뜻해서
기분이 좋은 것임에 틀림없었다. 한스는 운동화를 벗고 물 속
으로 들어가 고기를 잡았다. 물 표면은 아주 따뜻했다. 그는
낚아 올린 고기를 바라보았다. 고기는 커다란 대야 속에 가만
히 떠 있었으며 이따금 가볍게 파닥거릴 뿐이었다.

얼마나 아름다운 고기인가—움직일 때마다 흰색, 갈색, 녹
색, 은빛, 윤이 나지 않는 황금빛, 청색 그리고 그 외의 빛깔이
비늘과 지느러미에서 번쩍였다.

주위는 아주 조용하였다. 다리를 건너가는 차 소리가 거의
들리지 않았고 뗏목 기둥에 물이 닿아서 빙빙 도는 낮은 소
리만이 들렸다. 물방아의 덜그럭거리는 소리도 여기서는 아
주 멀리 들릴 뿐이었다. 그리고 하얗게 거품이 이는 둑의 조
용하고 그침 없는 소리만이 평화롭고 서늘하게 졸리운 듯 울
려왔다.

그리스 어도 라틴 어도 문법도 문체론도 산수도 암기도, 오
랫동안 안정을 잃고 갈팡질팡하던 일 년 동안의 고통스럽던
불안도 빠짐없이 온통 졸음이 오는 이 무더운 잠시의 시간 속
에 조용히 잠겨버렸다. 한스는 두통이 약간 났으나 다른 때보
다는 그다지 심하지 않았다. 이제는 옛날과 같이 냇가에 앉아
있을 수가 있는 것이다. 그는 둑에서 물거품이 튀는 것을 보다
가 낚싯줄이 있는 쪽으로 눈을 가늘게 뜨며 시선을 옮겼다.

옆에 있는 대야 안에서는 낚아 올린 고기들이 헤엄치고 있
었다. 뭐라고 형언할 수 없는 기분이었다.

이따금 한스 자신에게는 주의 시험에 합격하였다, 그리고 이등이었다 하는 생각이 느닷없이 머리에 떠오르곤 하였다.

그러고는 그는 맨발로 물을 철썩거리며 양손을 바지 호주머니 속에 집어넣고 휘파람으로 멜로디를 불기 시작했다.

그는 사실 오래 전부터 휘파람을 잘 불지 못했기 때문에 학교 친구들로부터 몹시 놀림을 받았었다. 그는 단지 이 사이로 나지막한 소리를 낼 수 있을 뿐이었으나 다른 사람에게 들려주는 것이 아니었으므로 그것으로 충분했다.

더욱이 지금은 듣는 사람이라곤 아무도 없었다. 다른 아이들은 지금 교실에 앉아서 지리地理 수업을 받고 있는 것이다. 그 혼자만이 쉬면서 한가로이 지낼 수 있었다. 그는 모든 아이들을 앞질렀고 지금 다른 아이들은 그의 아래에 있는 것이다. 그는 아우구스트 외에는 친구도 없었고 그들의 씨름이나 장난을 즐거워하지도 않았기 때문에 모든 아이들로부터도 몹시 놀림을 받았었다. 그런데 지금은 멍청한 아이들이나 모자란 아이들은 그를 감탄하면서 떠나보내는 것이었다.

그는 그들을 심히 경멸하고 입을 비쭉거리느라고 잠시 휘파람 부는 것을 멈췄다. 그러고 나서 낚싯줄을 감아 올려보니 바늘에는 밥이 아주 없어져버렸다. 그는 웃지 않을 수 없었다. 깡통에 남아 있던 파란 메뚜기를 놓아주니 메뚜기는 비틀비틀하면서 얕은 풀 속으로 기어들어갔다.

옆에 있는 건혁장乾革場에서는 벌써 정오의 휴식을 즐기고 있었다. 점심을 먹으러 돌아갈 시간이었다.

한스는 점심을 먹는 동안 거의 말을 하지 않았다.

"얼마나 잡았니?"

아버지가 물었다.

"다섯 마리."

"오, 그래? 어미 고기는 잡지 않도록 주의해라. 그렇지 않으면 이후에는 새끼 고기가 없어질 테니까."

이야기는 그 이상 계속되지 않았다. 날은 몹시 더웠다. 식후에 바로 목욕을 하지 못하는 것이 무척 유감이었다. 도대체 왜 그게 몸에 해롭다는 것인가! 나쁠 것이 뭐 있단 말인가!

한스는 금지된 일임에도 불구하고 여러 차례 목욕한 일이 있었다. 그러나 이제는 결코 그런 짓은 하지 않는다. 그런 난폭한 짓을 하기에는 이미 어른이 되었다. 더욱이 놀라운 것은 시험 때 자기가 '당신'이라고 불렸던 사실이다.

그래서 그는 뜰의 전나무 밑에서 한 시간 동안 누워서 보내는 것도 나쁘지 않다고 생각했다. 그늘은 충분했다. 책을 읽을 수도 있거니와 나비를 바라볼 수도 있었다. 그래서 그곳에서 두 시까지 뒹굴었다. 조금만 더 있었더라면 잠들어버릴 뻔했다.

"자, 이제는 목욕이다."

수영장 풀밭에는 어린아이들 서너 명만이 있을 뿐이었다. 큰 아이들은 모두 학교에 있었기 때문에 한스는 그것을 마음속으로 유쾌하게 생각했다. 그는 천천히 옷을 벗고 물 속으로 들어갔다.

그는 더운 것과 찬 것을 골고루 즐길 줄을 알고 있었다. 잠시 헤엄치고는 물 속으로 들어가 몸을 뒤집기도 하고 냇가에서 배를 내놓고 드러눕기도 하였다. 그리고 이내 마른 피부에 햇볕이 따갑게 내리쬐는 것을 느꼈다. 어린 소년들은 존경하는 마음으로 그의 곁으로 살며시 다가왔다. 그는 유명한 인물이 된 것이다. 실제로 그는 다른 아이들과 아주 판이한 모습을 하고 있었다. 햇볕에 그을린 가느다란 목 위에 화사한 머리가 맵시 있고 우아하게 얹혀 있었다. 얼굴은 지적知的이었고 탁월한 눈을 가지고 있었으나 다른 부분은 몹시 야위었다. 손발은 가늘고 약했으며 가슴에서도 등에서도 늑골을 셀 수가 있었다. 넓적다리는 거의 없는 거나 다름없었다.

오후 내내 그는 거의 햇볕과 물 속을 뛰어 돌아다녔다. 네 시가 지나자 그의 반 학생들 대부분이 떠들면서 급히 달려왔다.

"야, 기벤라트! 재미있게 노는구나!"

한스는 기분좋게 몸을 쭉 폈다.

"응, 나쁘지 않은데."

"신학교에는 언제 가지?"

"9월이 되면. 지금은 휴가야."

모든 아이들은 그를 부러워하였다. 뒤편에서 누군가가 큰 소리로 욕을 하고 다음과 같은 구절을 읊었을 때에도 한스는 전혀 아무렇지 않았다.

슐체 집안의 리자벳과
똑같은 팔자가 되고 싶은걸!
그애는 대낮에도 잠자리를 찾는데
나는 그렇게 되지 않는걸!

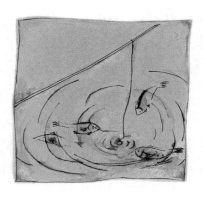

그는 웃을 뿐이었다. 그러는 동안 소년들은 옷을 벗었다. 한 아이가 별안간 물 속으로 뛰어들었다. 다른 아이들은 조심스럽게 몸을 식혔다. 그러기 전에 잠시 동안 풀 속에 눕는 아이도 있었다.

잠수를 잘하는 아이는 종종 칭찬을 받았다. 겁 많은 아이가 뒤에서 물 속으로 떠밀려들어가 사람 죽인다고 외쳤다. 아이들은 서로 쫓고 달리고 헤엄치며, 냇가에서 몸을 말리고 있는 아이에게 물을 끼얹으며 놀았다. 주위는 물을 철벅거리는 소리와 깩깩 떠드는 소리로 몹시 소란스러웠다. 내에는 온통 하얀 육체, 작은 육체, 광채가 나는 육체로 번쩍였다.

한 시간이 지난 후 한스는 사라졌다. 따뜻한 해질 무렵이 되면 고기는 다시 물리는 것이었다. 저녁 때까지 그는 다리 위에서 낚시질을 계속했으나 전혀 물리질 않았다. 고기들은 먹고 싶은 양 낚시 끝으로 몰려들었다. 그러나 매번 밥만 먹을 뿐 한 마리도 걸리질 않았다. 낚시 끝에는 버찌가 달려 있었으나 그것은 지나치게 크거나 너무 연했다.

그는 나중에 다시 한 번 시험해보겠다고 마음먹었다.

저녁때 집으로 돌아온 한스는 많은 친지들이 축하를 하러 왔었다는 이야기를 들었다.

그리고 그는 주보週報를 보았다. 거기에는 〈공보公報〉라는 제목 아래 다음과 같은 기사가 게재되어 있었다.

"금번 우리 시에서는 초급 신학교의 입학 시험에 단 한 명의 후보자 한스 기벤라트를 보냈었다. 그런데 방금 그가 이등으로 합격하였다는 기쁜 통지를 받았다."

그는 주보를 접어서 호주머니에 집어넣고 아무 말도 하지 않았으나 넘치는 자랑과 기쁨으로 가슴이 터지는 듯하였다. 그러고 나서 그는 다시 낚시질을 하러 갔다. 이번에는 고기밥으로 치즈를 한 조각 가지고 갔다. 이것은 고기가 좋아하는 것으로서 어둑어둑해져도 고기에게 잘 보이는 것이었다.

낚싯대를 놓아두고 아주 간단히 낚시 도구만을 가지고 나섰다. 그것은 그가 가장 즐기는 고기잡이였다. 낚싯대도 낚시찌도 없는 실만을 손에 쥐고 낚기 때문에 낚시 도구 전체가 실과 바늘만으로 이루어졌다. 다소 힘이 들었으나 훨씬 재미있었다. 고기밥이 조금만 움직여도 마음대로 조정할 수가 있었고, 고기가 슬쩍 건드리거나 물 때에도 곧 반응이 있었다. 슬쩍 움직이는 실에 의하여 마치 고기를 눈앞에 보는 것처럼 들여다볼 수가 있었다.

물론 낚시질에는 숙련이 필요했으며, 손가락은 기민하고 마치 탐정처럼 주의를 기울이고 있어야만 했다.

좁고 깊숙이 들어간 구불텅한 골짜기에는 황혼이 일찍 찾아들었다. 다리 아래 물은 검고 조용했으며 아래쪽 방앗간에는 벌써 불이 켜져 있었다. 지껄이는 소리와 노랫소리가 다리와 길 위로 흘렀다. 바람은 약간 무더웠다. 냇물에서는 새까만 고기가 끊임없이 물 밖으로 뛰어올랐다. 이런 밤에는 이상스럽게도 고기들이 흥분하여 지그재그로 쉿쉿 달리고 공중으로 뛰어오르고 낚싯줄에 부딪치면서 정신없이 낚싯밥에 달려들었다. 치즈 조각이 없어질 때까지 한스는 자그마한 잉어를 네 마리 낚아 올렸다. 그것을 내일 고을의 목사님에게 가져가기로 마음먹었다.

따뜻한 바람이 내 아래로 불었다. 매우 어두워졌으나 하늘은 아직 밝았다. 어두워지는 시가지 전체에서 교회 탑과 성城의 지붕만이 밝은 하늘에 검게 우뚝 솟아 있었다. 어딘지 아주 먼 곳에서 뇌우가 내리는 듯하였다. 이따금 아주 멀고 조용한 뇌성이 들렸다.

한스가 열 시에 잠자리에 들었을 때에는 이미 머리와 팔다리가 알맞게 피로하여 오랫동안 맛보지 못했던 졸음이 몰려왔다. 오랫동안 계속되는 아름답고 자유로운 여름날―한가로이 목욕하고 고기를 낚고 몽상하면서 지내는 나날이 마음을 안정시키고 유혹하는 듯이 그를 기다리고 있었다.

오직 하나 일등이 되지 못한 것이 그는 분하고 안타까웠다.

아침 일찍 한스는 고을의 목사님 집 문 앞에 서서 낚아온 고기를 내밀었다. 목사가 서재로부터 나왔다.

"오오, 한스 기벤라트냐! 잘 있었니? 축하한다, 진심으로 축하한다. 거기 가지고 온 것은 무엇이냐?"

"몇 마리 되지 않는 물고기예요. 어제 제가 낚은 거예요."

"그래! 보여다오. 매우 고맙다. 자아, 들어오너라."

한스는 마음에 드는 서재로 들어갔다. 그곳은 목사의 방 같지가 않았다. 꽃 냄새도 담배 냄새도 나지 않았다.

굉장히 많은 장서는 어느 것이나 모두 새것이었고 깨끗이 색칠하여 윤이 나는 금박이 등을 가졌다. 이것은 보통 목사의 장서에서 볼 수 있는, 낡고 헐어 좀먹은 구멍투성이의 곰팡이가 핀 그런 책은 아니었다. 잘 살펴본 사람이라면, 정리된 장서의 책이름에서 새로운 정신─사멸해가는 시대의 고전적인, 존경할 만한 사람들 속에서 살고 있는 것과는 다른 정신─을 읽을 수가 있었다. 벵겔이라든지, 외팅거라든지, 슈타인호퍼라든지 목사의 장서의 자랑이 되는 황금 표지의 서책 중에는 묄케에 의하여 '투름하얀' 가운데에서 아름답게 노래 불려져 있는 믿음 깊은 노래의 작자의 것은 전혀 꽂혀 있지 않았다. 또한 그것은 많은 현대의 작품 속에서 자취를 감추고 있었다.

잡지철이나 테이블 그리고 종이가 흩어져 있는 큰 책상 등이 모든 것은 학자답고 엄숙하게 보였다. 여기에서는 열심히 공부를 하고 있다는 인상을 받았다. 실제로도 목사는 열심히 공부를 하고 있었다. 물론 설교나 문답 교시나 성서 강의 등을 위해서보다는 학술 잡지를 위한 연구나 논문 또는 자기의 저서를 위한 예비적인 연구를 위한 것이었다. 몽상적인 신비주의神秘主義나 예감적인 명상은 여기에서는 다루지 않았다. 과학의 심연을 넘어서 사랑과 동정을 가지고 메마른 민중의 마음을 맞아들이는 소박한 심정의 신학神學도 물론 없었다. 그 대신 이곳에서는 성서 비판이 열심히 행해져 '역사상의 그리스도' 가 추구되었다.

신학교에서도 이와 다를 바가 없었다. 예술이라 해도 좋을 신학도 있으며, 일면 과학인 신학도 있으며, 적어도 그러기 위해 노력하는 신학도 있다. 그것은 예나 지금이나 마찬가지였다. 그리하여 과학적인 사람은 새로운 술 주머니 때문에 예술을 잊어버렸고, 예술적인 사람은 가지가지 피상적인 오류를 거리낌없이 고수하면서 많은 사람들에게 위안과 기쁨을 주었던 것이다.

그것은 예로부터의 비판과 창조, 과학과 예술, 이 양자간의 승부 없는 싸움이었다. 그 싸움에서는 항상 전자가 정당했으나 그것은 아무에게도 소용이 없었다. 그러나 이에 반하여 후자는 끊임없이 신앙과 사랑과 위안과 미美와 불멸감의 씨를 뿌려 언제나 좋은 지반을 발견하는 것이었다.

삶은 죽음보다도 강하고 신앙은 의문보다도 강하기 때문이다.

처음으로는 한스는 높은 책상과 창문 사이의 긴 작은 가죽 의자에 앉았다. 목사님은 매우 친절하였다. 마치 동년배처럼 신학교와 그곳에서의 생활이라든지 공부에 관해서 이야기해 주었다.

"신학교에서 네가 맨 처음으로 부딪칠 새로운 것 중에서 제일 중요한 것은……" 하며 말을 시작했다.

"신약 성서의 그리스 어에 들어가는 것이다. 그것에 의해서 새로운 세계가 열리는 것이다. 그것은 공부도 많이 해야 되지만 또한 기쁨도 큰 것이다. 처음에는 그 언어가 힘들 것이다. 그것은 우아한 그리스 어가 아니고 새로운 정신에 새로운 특수한 어법語法이다."

한스는 긴장하며 듣고 있었으나 자신감을 가지고 진실한 학문에 가까워지는 것을 느꼈다.

"이 새로운 세계에서 틀에 박힌 교육을 받기 때문에……물론 이 새로운 세계의 매력도 다소는 상실될 것이다."

목사는 말을 계속하였다.

"다음으로는 아마도 히브리 어에 전력을 기울이지 않으면 안 될 것이다. 만일 너에게 할 마음만 있다면 이 휴가중에 초보만이라도 시작하는 것이 좋을 거다. 그러면 신학교에 가서 다른 일에 시간과 힘의 여유가 좀더 생길 수 있을 테니까 말이다. 누가 복음을 2, 3장 읽어두면 말만은 거의 재미있게 외울 수 있을 것이다. 사전은 내가 빌려줄 테니 매일 한 시간이나 두 시간씩 조금씩만 해보는 거야. 물론 그 이상은 안 돼. 너는 지금 무엇보다도 먼저 휴식을 취하지 않으면 안 되니까. 하지만 이것은 하나의 제안에 불과한 거야. 너의 즐거운 휴가 기분을 망치고 싶지는 않으니까."

한스는 물론 동의하였다. 누가 복음 강의는 그의 자유의 즐거운 창공에 나타난 가벼운 구름처럼 생각되었으나, 그는 그것을 거절하는 것이 부끄럽게 느껴졌다. 더욱이 휴가중에 새로운 언어를 배우는 것은 공부라기보다는 확실히 재미있는 일이다.

　그렇지 않아도 그는 신학교에서 배우게 될 많은 새로운 것에 대해서, 특히 히브리 어에 대해서 은근히 겁을 먹고 있었다.

　그는 유쾌한 기분으로 목사님의 집을 물러나와 낙엽송落葉松 길을 따라 숲 속으로 들어갔다. 자그마한 불만은 이미 사라져버렸다. 목사님의 제안을 곰곰이 생각하면 할수록 즐거운 일로 여겨졌다. 왜냐하면 신학교에서도 동료들보다 뛰어나려면 야심을 갖고 공부에 힘쓰지 않으면 안 된다는 것을 알고 있었기 때문이다. 그래서 그는 단연코 동료들보다 출중하게 되겠다고 마음먹었다. 도대체 무엇 때문인지? 그것은 그 자신도 알 수 없었다. 3년 동안 그는 모든 사람들의 주목의 대상이 되어 선생들, 목사, 아버지뿐만 아니라 교장 선생까지 그를 격려하였고 숨도 쉬지 못하도록 공부를 시켜왔던 것이다.

매년 계속해서 그는 타의 추종을 불허하는 일등이었다. 차츰 그는 자기한테서 수석 자리를 빼앗고 어깨를 겨누는 자를 허용하지 않는다는 것을 자랑으로 삼게 되었다. 어리석은 시험 걱정 같은 것은 이미 그에게는 지나간 과거사가 되어 있었다.

물론 휴가라고 하는 것은 가장 즐거운 일이었다. 자기 외에는 산보하는 사람이 없는 아침의 숲은 유난히 더 아름다웠다. 전나무가 기둥처럼 줄지어 서서 끝없이 넓은 터전에 청록색의 둥근 지붕을 이루고 있었다.

나지막한 나무는 거의 없었다. 단지 여기저기에 굵은 나무딸기가 무성해 있을 뿐이었다. 그 대신 키 작은 산앵도나무와 석남화 풀이 자라고 있는, 사방 몇십 리나 되는 부드러운 모피 같은 이끼 지대가 널리 펼쳐져 있었다. 이슬은 이미 말라버렸다. 곧은 나무 기둥 사이로 아침 숲의 독특한 무더움이 감돌고 있었다. 그것은 태양의 열과 이들의 증기와 이끼의 향기, 그리고 나무 진, 전나무 잎사귀, 버섯 등의 냄새가 뒤엉킨 것으로서 가볍게 마취되는 듯 살며시 오관五官에 스며들었다. 한스는 이끼 위에 벌렁 누워 빽빽이 달려 있는 검은 딸기를 따먹었다. 이곳 저곳에서 딱따구리가 나무를 쪼았고, 질투하는 소쩍새 우는 소리가 들렸다.

검은 빛이 도는 전나무 가지 사이로 티끌 한 점 없는 검푸른 하늘이 보였다. 멀리 가득 차게 늘어선 수천 주의 곧은 나무 기둥이 육중한 갈색의 벽을 이루고 있었다. 여기저기 나무

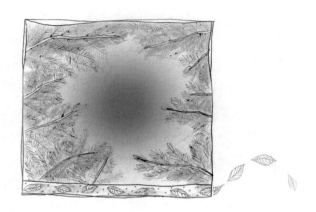

틈으로 새어 비치는 햇빛이 이끼 위에 따스하게 점점이 짙은 광선을 던지고 있었다.

한스는 처음엔 적어도 룃 첼러 호프나 크로쿠스 초원까지 먼 산보를 할 셈이었다. 그러나 그는 지금 이끼 위에 누워 산앵도를 먹으면서 피곤하고 의외로운 기분에 잠겨 주위를 바라보았다. 이처럼 피곤한 것이 그 자신에게도 이상스럽게 느껴졌다. 이전에는 세 시간이나 네 시간쯤 걸어도 아무렇지도 않았다. 그는 기운을 내어 상당한 거리를 걸어보려고 결심하였다. 그리하여 수백 보 걸었으나 어느 사이엔가 자신도 모르게 이끼 위에 누워 쉬고 있었다. 그는 드러누운 채 눈을 가늘게 뜨고 나무 줄기와 가지와 녹색의 지면을 망연히 바라보았다. 이 공기가 어찌나 무겁고 피곤한지!

정오 무렵 집으로 돌아온 한스는 또 두통이 났다. 눈도 아팠다. 숲 언덕길에서는 태양이 견딜 수 없게 눈부셨다. 오후 서너 시간을 불유쾌한 기분으로 집에서 서성거리며 보내다가 목욕을 하고 나니 잠시 기운을 차릴 수 있었다. 그런데 벌써 목사님 집에 갈 시간이었다.

가는 도중 그는 구둣방 플라크 아저씨에게 붙들렸다. 작업장 창가의 삼각 의자에 앉아 있던 플라크 아저씨는 한스를 불러들였다.

"어디 가니? 도무지 볼 수가 없구나."

"지금 목사님한테 가야 돼요."

"또? 시험은 끝나지 않았니?"

"이번에는 다른 일이에요. 신약 성서예요. 말하자면 신약 성서는 그리스 어로 씌어져 있기는 하나 내가 여태껏 배운 것과는 전혀 다른 그리스 어로 씌어 있어요. 이번에는 그것을 배우는 거예요."

구둣방 주인은 모자를 뒤로 휙 젖히더니 명상가冥想家 같은 넓은 이마에 두터운 주름살을 지으면서 무거운 한숨을 쉬었다.

"한스."

그는 나지막하게 불렀다.

"너에게 말하고 싶은 것이 있다. 지금까지는 시험이라 해서 잠자코 있었는데 이제는 더 이상 참을 수가 없구나. 고을 목사는 믿음이 없는 자라는 사실을 알아야만 해. 목사는 너에게 성서를 가르치려는 것이 아니라 거짓을 가르치려 하는 거야. 네가 목사와 함께 신약 성서를 읽으면 너도 모르는 사이에 신앙을 잃어버리게 될 것이다."

"그렇지만 플라크 아저씨. 전 단지 그리스 어를 배울 뿐이에요. 신학교에 가면 꼭 배워야 하는 걸요."

"너까지 그런 말을 하는구나. 성서를 공부하는 데에는 신앙심이 깊고 양심적인 선생한테서 배우는 것과 하느님을 믿지 않는 선생한테서 배우는 것과는 큰 차이가 있다."

"그건 그렇지만 목사님이 정말로 하느님을 믿고 있지 않은지 어떤지 모르는 걸요."

"목사는 하느님을 믿고 있지 않아. 한스, 난 유감스럽게도 그것을 알고 있다."

"그렇지만 어떻게 해요? 간다고 약속했는데."

"그렇다면 물론 가야 된다. 그러나 혹시 목사가, 성서는 인간이 만든 것이고 거짓말이다, 성령聖靈의 암시는 아니다라고 말하면 나한테로 오너라. 그래서 그 일에 대해서 함께 이야기하자꾸나! 알겠니?"

"그렇게 해요, 플라크 아저씨. 그렇지만 그런 가혹한 일은 없을 거예요."

"이제 곧 알게 된다. 내가 말한 것을 명심하고 있거라."

목사는 아직 집에 돌아와 있지 않았다. 한스는 서재에서 기다리지 않으면 안 되었다. 금박이의 책 제목을 바라보고 있으려니까 구둣방 아저씨의 이야기가 생각났다.

고을 목사나 새 시대의 목사에 대해서 그러한 이야기를 하는 것을 그는 이미 여러 차례 들은 적이 있었다. 그러나 자기자신이 지금 처음으로 이러한 일에 끌려 들어감으로써 그는 긴장과 호기심을 느끼지 않을 수 없었다. 그에게 있어서 그 일은 구둣방 아저씨처럼 그렇게 중요하지도 두려운 일로도 생각되지는 않았다. 도리어 여기에 예로부터의 커다란 비밀을 헤쳐볼 가능성이 있을 것 같았다. 학교에 들어가 처음 몇 년 동안은 신의 편재偏在와 영혼의 소재, 악마 또는 지옥에 대한 의문이 때때로 그를 환상적인 사색에 사로잡히게 했다. 그러나 최근 2, 3년 동안은 공부에만 열중했기 때문에 그러한 의문은 완전히 잠들어버렸다. 그의 학교에 알맞은 그리스도에 대한 믿음은 구둣방 아저씨와의 이야기에서 얼마간 개인적인 생명을 불러일으킬 뿐이었다. 한스는 구둣방 아저씨와 목사님을 비교해볼 때 웃지 않을 수 없었다. 다년간 노고에 의해서 얻어진 구둣방 아저씨의 강인성이 소년에게는 이해되지 않았던 것이다.

그리고 또한 플라크 아저씨는 영리하기는 하였으나 단순하고 편파적이었으며 믿음에만 얽매여 있었기 때문에 많은 사람들로부터 조소를 당하고 있었다. 정해진 시간이 온다고 기도를 드리는 신자들의 모임에서 그는 엄격한 판단으로써 또는 성서의 권위 있는 해석자로서의 역할을 다하고 있었다. 또한 여기저기 시골 마을로 예배를 보러 돌아다녔으나, 그 외의 점에서는 미미한 직업인에 불과하였으며 다른 사람들과 마찬가지로 제한된 사람이었다. 이와는 반대로 고을 목사님은 인간으로서나 설교자로서나 노련하고 말을 잘했을 뿐만 아니라 열성적이고 엄정한 학자였다. 한스는 경건한 마음으로 책장을 올려다보았다.

목사님은 잠시 후에 이내 돌아왔다. 프록 코트를 벗고 가벼운 검정 평복으로 갈아입고는 한스에게 누가복음 그리스 어판을 내주며 읽도록 하였다. 그것은 라틴 어 공부와는 아주 딴판이었다. 목사와 한스는 단지 몇 줄의 문장을 읽었다. 그것은 말 하나하나가 아주 면밀하게 번역되어 있었다.

그리고 나서 목사는 눈에 띄지 않는 예를 들어 교묘하게 웅변조로 이 언어의 독특한 정신을 설명하고 이 성서의 성립 시대와 내력을 말해주었다. 목사는 단 한 시간 만에 소년에게 배우고 읽는 것에 대한 전혀 새로운 개념을 넣어주었다.

구절 하나하나 단어 하나하나에 어떤 수수께끼와 문제가 숨어 있으며 이 의문 때문에 옛날부터 얼마나 많은 학자와 사상가와 연구가들이 노력을 해왔겠는가 하는 것이 한스에게 어렴풋이나마 짐작이 되었다. 그 자신도 이 한 시간 동안에 진리 탐구가들의 대열 속에 들어간 듯한 기분이 들었다.

한스는 사전과 문법 책을 빌려 집에서도 밤새워 공부를 했다. 지금 그는 참다운 연구의 길을 걷기 위해서는 공부와 지식의 산을 얼마나 더 넘어야만 할 것인지를 느꼈다. 그리하여 그는 결코 도중에서 흐지부지 되는 일이 없도록 끝까지 최선을 다하겠다고 마음속으로 굳게 다짐하였다. 이런 결심 속에서 그는 잠시 구둣방 아저씨의 모습을 잊어버리고 있었다.

수일 동안 그는 이 새로운 학문에 몰두하였다. 그리고 매일 밤 목사님의 집을 찾아갔다.

날이 갈수록 참된 학문은 미美를 더하고 어려워졌으며, 동시에 노력을 한 보람이 있는 것처럼 생각되었다. 그는 아침 일찍이 낚시질을 하고 오후에는 목욕을 하러 갔으며 그 외에는 거의 외출을 하지 않았다. 시험에 대한 불안과 시험에서의 승리로 인해 잠들어 있던 공명심이 다시 눈뜨기 시작하여 그를 쉬지 못하도록 만들었다. 동시에 지난 수개월 동안 자주 느꼈던 독특한 감정이 다시 머리 속에서 움직이기 시작하였다— 그것은 고통이 아니고 빠른 맥박과 격심하게 흥분된 힘의, 성급하게 개가를 올리려는 활동, 앞으로 똑바로 나아가려는 욕망이었다.

그 후로는 물론 두통은 사라졌으나 그 미묘한 열이 계속되는 동안 독서와 공부가 폭풍처럼 진전되었다. 그전에는 15분이나 걸리던 크세노폰의 가장 어려운 문장도 이제는 장난처럼 읽을 수가 있었다. 그리고 사전을 전혀 찾지 않고도 날카로운 이해력으로써 어려운 곳을 몇 페이지씩 줄줄 즐겁게 읽어내려갔다. 이 상승된 학구열과 지식욕에 자랑스런 자신自信이 결부되어, 그는 학교와 선생과 수학修學 시대는 이미 지나가버리고 지식과 능력의 정상頂上을 향하여 독특한 궤도를 걷고 있는 듯한 기분이 들었다.

그리고 또한 그러한 기분에 사로잡히는 동시에 기묘하게 선명한 꿈을 꾸면서 깜박깜박 깨어나는 어렴풋한 졸음이 찾아왔다. 밤이 되어 가벼운 두통을 느끼면 잠에서 깨어나 더 이상 잘 수가 없게 되어 자신도 모르게 앞으로 나가려고 하는 초조감에 사로잡혔다. 또한 자기가 친구들보다 얼마나 앞섰고, 선생이나 교장 선생이 일종의 존경 혹은 감탄을 하면서 자기를 바라보았나 하는 것을 생각하면 우월감에 사로잡혔다.

교장에게 있어서는, 그가 불러일으킨 아름다운 공명심을 이끌어가고 또 그것이 성장해가는 것을 보는 것은 커다란 즐

거움이었다.

　교사教師란 무정하고 화석化石과 같으며 영혼을 상실한 틀에 박힌 인간이라고는 말할 수 없다. 뿐만 아니라 아이들은 아무리 자극을 받더라도 쉽게 눈뜨지 않던 재능이 싹트고, 소년은 나무 칼이나 딱지치기 놀이나 활, 기타 어린이다운 노리갯감을 버리고 앞으로 나아가려는 노력으로 열심히 공부함으로써 거친 난폭자가 다정하고 진지하고 거의 금욕적인 사람이된다. 그러면 그의 얼굴은 성숙해지고 그 시선은 더욱 깊어져 목적의식이 뚜렷해지며 또한 그 손이 점점 침착해져서 희고조용해진다. 이것을 보는 교사의 영혼은 즐거움과 자랑으로 웃는다. 교사의 의무와 국가로부터 그에게 주어진 직무는 젊은 소년의 내면에 있는 거친 힘과 자연의 욕망을 억제하고 그대신 국가에 의해서 인정된 조용하고 알맞은 이상을 심어주는것이다.

　지금은 행복한 시민 또는 열성적인 관리가 된 사람들 가운데에도 학교의 이러한 교육이 없었더라면 멈출 줄 모르고 나아가는 혁명가나 쓸데없는 사념思念만을 일삼는 몽상가가 된 사람도 적지 않았을 것이다.

소년의 내면에는 거칠고 난잡하고 야만적인 면이 있다. 그것이 먼저 분쇄되지 않으면 안 된다. 또한 소년의 내면에 있는 위험한 불꽃이 먼저 꺼져야 하며 쫓아 내야만 한다.

자연이 만든 그대로의 인간은 측정할 수 없이 불투명하고 불온하다. 그것은 미지의 산으로부터 흘러 떨어지는 분류奔流이며 길도 질서도 없는 원시림이다. 원시림이 잘리고 정리되고 힘으로 제어되지 않으면 안 되는 것처럼 학교도 태어난 그대로의 인간을 붕괴시키고 굴복케 하여 힘으로 제어하지 않으면 안 된다. 학교의 사명은 윗사람에 의하여 시인된 원칙에 따라서 자연 그대로의 인간을 사회의 유용한 일원으로 만들고, 마침내는 병영兵營의 주도 면밀한 훈련에 의하여 최후의 완성을 보게 될 각종 성질을 깨우치게 하는 일이다.

어린 기벤라트는 아주 훌륭하게 성장하였다. 거리를 배회하거나 장난치는 일은 자기 스스로 그만두었다.

학업중에 넋없이 웃는 일은 이미 오래 전에 없어졌고 흙장난이나 토끼 기르기, 그렇게 즐겨 하던 낚시질까지도 어느 틈엔가 그만두었다.

어느 날 밤 교장 선생이 친히 기벤라트의 집을 방문하였다. 영광으로 기쁨에 넘치는 아버지를 정중히 대하고는 한스의 방으로 교장 선생은 들어왔다. 소년은 그 때 누가 복음을 읽고 있었다. 그는 한스에게 아주 친절하게 인사했다.

"기벤라트! 벌써 공부를 시작한 것은 기특한 일이다. 그런데 왜 한번도 나에게 찾아오질 않았느냐? 매일 기다리고 있었는데."

"오려고 했었는데요……."

한스는 사과했다.

"좋은 고기라도 가지고 오려고 생각했어요."

"고기? 무슨 고기 말이냐?"

"잉어 같은 거요."

"응, 그래. 낚시질하나?"

"네, 아버지께서 허락해주셨거든요. 그러나 잠시 동안이에요."

"흠, 그래. 재미있었느냐?"

"네. 아주 재미있어요."

"좋다. 매우 좋은 일이다. 최선을 다하여 분투하였으니 휴가 동안에 쉬는 것은 당연하지. 그럼 지금 공부해볼 마음은 없겠구나."

"교장 선생님! 물론 하고 싶어요."

"너 자신이 하고 싶은 마음이 없다면 무리하게 시키고 싶지는 않다."

"물론 하고 싶은 마음은 있습니다."

교장 선생은 서너 번 깊이 숨을 내쉬고는 수염을 쓰다듬으면서 의자에 앉았다.

"애, 한스야!"

교장 선생은 말했다.

"오래 전에 들은 이야기인데 시험 성적이 아주 좋으면 후에 자칫하면 성적이 갑자기 나빠지는 수가 있단다. 신학교에 가면 많은 새로운 과목을 배우지 않으면 안 된다. 그래서 휴가중에 미리 공부를 해오는 학생이 많이 있다—특히 시험 성적이 별반 좋지 못했던 아이들에게 그런 경우가 많다. 그런 학생들은 갑자기 성적이 좋아져서 휴가중에 영예로운 관冠 위에서 태평하게 잠자고 있던 아이들을 잡아채서 뒤로 밀어버린다."

교장 선생은 한숨을 내쉬며 말을 이었다.

"너는 이곳에선 언제나 쉽게 수석을 할 수 있었으나 신학교의 학생들은 또 다르다. 모두가 천재이거나 매우 근면한 아이들뿐이지. 그러한 아이들을 놀면서 앞설 수는 없을 것이다. 알겠니?"

"네!"

"그래서 이 휴가중에 앞의 내용을 좀 공부해두면 어떨까 하고 나는 생각한다. 물론 알맞게 해야지. 너에게는 충분히 휴가를 즐길 권리와 의무가 있다. 그러나 하루에 한 시간이나 두 시간쯤 공부하는 것은 너에게 오히려 좋으리라고 생각한다. 그렇지 않으면 자칫 탈선해서 다시 본궤도에 올라 순조롭게 가려면 수주일이 소요될 테니까 말이다. 어떻게 생각하니?"

"저는 완전히 결심했습니다. 교장 선생님께서 지도만 해주신다면……."

"좋다. 히브리 어 다음으로 신학교에서는 특히 호머가 새로운 세계를 열어줄 것이다. 지금 확실한 기초를 닦아놓으면 호머를 훨씬 재미있고 빨리 이해할 수 있을 것이다. 호머의 언어는 고대 이오니아의 방언으로서 호머 류의 운율법韻律法과 같이 완전히 독특한 것이다. 이 문학을 감상하려면 부지런히 철저하게 공부하지 않으면 안 될 것이다."

물론 한스는 이 새로운 세계에도 기꺼이 들어갈 심산으로 최선을 다할 것을 약속하였다.

그러나 그는 그 후가 두려웠다. 교장 선생은 다시 친절하게 말을 계속했다.

"덧붙여 말하면 수학에도 두세 시간 할애하면 좋지 않을까 생각하는데. 물론 너는 수학도 서툴지는 않지만 그러나 이제까지 수학은 너의 장기는 아니었다. 신학교에서는 대수代數와 기하幾何를 시작하지 않으면 안 된다. 두서너 과목이라도 미리 해두는 것이 좋을 것이다."

"알겠습니다!"

"나에게는 여느 때처럼 아무 때나 찾아와도 좋다. 네가 훌륭하게 되는 것을 보는 것은 나의 명예이기도 하다. 그러나 수학은 수학 선생의 개인지도를 받도록 아버지께 청해보도록 해라. 일주일에 세 시간이나 네 시간쯤이 좋을 것이다."

"알겠습니다, 교장 선생님."

공부는 또다시 원활히 진행되었다. 이제 한스는 한 시간이라도 낚시질이나 산책을 하거나 하면 그것이 마음에 걸렸다. 헌신적인 수학 선생은 한스가 평소 미역감던 시간을 공부 시간으로 택하였다.

그런데 한스에게는 아무리 공부를 해도 대수 시간은 즐겁게 생각되지 않았다. 무더운 대낮에 미역 감는 대신 선생의 무더운 방에 가서, 모기가 앵앵거리는 탁한 공기 속에서 피로한 머리를 들고 A 플러스 B, A 마이너스 B 를 목쉰 소리로 암송한다는 것은 매우 고통스러운 일이었다.

그리하여 무엇인가 마비시키는 듯 극심하게 압박하는 것이 공중에 감돌고 있었다. 나쁜 날에는 그것이 암담한 절망으로 바뀌었다.

수학은 그에게 아주 묘한 것이었다. 결코 그는 수학 실력이 없는 것은 아니었다. 그는 때때로 아주 훌륭한 풀이와 답을 냈다. 이때는 자신도 그것을 유쾌하게 생각하였다. 수학에는 변칙과 속임수가 없었으며, 문제를 떠나서 불확실한 샛길을 서성거릴 필요가 없는 점이 한스는 마음에 들었다. 같은 이유로 그는 라틴 어도 매우 좋아했다. 이 언어는 아주 분명하고 똑똑했으므로 거의 의문이라는 것을 몰랐다.

그런데 수학에서는 가령 답이 모두 맞았다고 해도 그 이상은 아무것도 얻을 수가 없었다. 수학 공부는 평탄한 국도國道를 걷는 것처럼 생각되었다. 끊임없이 앞으로 나아가고 매일 전날에 몰랐던 것을 알게 된다 하여도 갑자기 넓은 경치가 열리는 산에 올라간다고 하는 일은 기대할 수가 없었다.

교장 선생 집에서의 공부는 얼마간 활기가 있었다. 물론 고을 목사는 신약 성서의 변질된 그리스 어에서도 교장 선생이 생생하고 참신한 호머의 언어를 대하는 것 이상으로 훨씬 매력 있고 훌륭한 것을 알고 있었다. 그러나 결국 호머는 호머였다.

최초의 고난을 극복하고 나자 바로 그 배후에 뜻하지 않은 즐거움이 나타나서 자꾸만 그를 앞으로 유혹하여 이끌고 나갔다. 신비적인 아름다운 울림을 내는 어려운 시구詩句를 앞에 놓고 그는 가슴속에 가득 찬 초조와 긴장에 떠는 일도 종종 있었다. 그리하여 재빨리 사전을 찾아보면 조용하고 명랑한 화원을 열어주는 열쇠를 찾아낼 수가 있는 것이었다.

다시 숙제가 생겼다. 어떤 문제에 들러붙어 밤늦게까지 책상 앞에 앉아 있는 것도 이제는 이상스럽지 않았다.

아버지는 아들이 이처럼 공부하는 모습을 자랑으로 여기고 항상 그를 지켜보고 있었다. 그의 둔하고 무거운 머리 속에는 자기가 어슴푸레 존경을 갖고 올려다보고 있는, 높이 뻗치고 싶어하는 어리석고 평범하고 용렬한 인간들의 이상이 깃들고 있었던 것이다.

휴가의 마지막 주일이 되자 교장 선생과 마을의 목사는 갑자기 눈에 띄도록 부드럽고 알뜰한 정을 베풀었다. 그들은 학과를 중지하고 한스를 산책시키면서 원기를 회복하여 생생하게 새로운 행로로 들어서는 것이 그에게 얼마나 필요한 일인지를 역설하였다.

한스는 낚시질을 서너 번 더 갔다. 자주 두통을 느끼면서 이미 초가을을 비추고 있는 담청색 냇가에 별다른 신경 쓰지 않고 앉아 있었다. 도대체 그때는 왜 그토록 여름 방학을 즐거워했는지 이상하게 생각되었다. 이제는 도리어 여름 방학이 지나서 생판 다른 생활과 공부가 시작되는 신학교에 들어가는 것이 기뻤다.

고기 같은 것에는 전혀 신경을 쓰지 않았기 때문에 거의 낚이질 않았다. 아버지로부터 그 일에 대해서 한번 농을 당한 한스는 이젠 낚시질을 그만두고 낚싯줄을 다락방 상자에 집어넣어버렸다.

앞으로 방학도 며칠 남지 않았다. 한스는 비로소 구둣방 플라크 아저씨에게 수주일 동안이나 가지 않았다는 생각이 갑자기 떠올랐다. 이제라도 찾아가봐야겠다고 마음먹었다.

밤이었다. 구둣방 주인은 작은 아들을 무릎 위에 앉히고 안방 창문 곁에 앉아 있었다. 창문은 열려 있었으나, 가죽과 구두약 냄새가 온통 집안에 배어 있었다. 한스는 멈칫멈칫하면서 자기 손을 플라크 아저씨의 딱딱하고 넓은 오른손 위에 얹었다.

"공부하는 것은 어떠냐?"

구둣방 주인이 물었다.

"목사한테서는 열심히 공부했냐?"

"네, 매일 가서 많이 배웠어요."

"대개 무엇을?"

"주로 그리스 어지만 그 외에도 여러 가지."

"그래서 나에게는 올 마음이 없었구나."

"오고 싶었어요, 플라크 아저씨! 그렇지만 올 시간이 없었어요. 목사님한테 매일 한 시간, 교장 선생님한테 매일 두 시간, 수학 선생님한테 일주일에 네 번 가지 않으면 안 되었으니까요."

"휴가중인데도? 그것은 어리석은 일이다."

"나는 몰라요. 선생님들이 그렇게 하라고 말씀하셨어요. 그리고 공부하는 것은 나에게는 어려운 일이 아니에요."

"그건 그렇겠지."

플라크 아저씨는 이렇게 말하고는 한스의 팔을 잡았다.

"공부하는 것도 좋기는 하겠지만 팔이 이게 뭐냐? 얼굴도 몹시 야위었고…… 또 두통이 나느냐?"

"이따금."

"그것은 바보 같은 짓이야, 한스! 그리고 죄악이다. 너만한 나이에는 밖에 나가서 충분한 운동과 휴양을 하지 않으면 안 돼. 무엇 때문에 있는 휴가니? 설마 방 안에 쪼그리고 앉아서 공부를 계속하기 위한 것은 아니겠지? 네 몸은 온통 뼈와 껍질뿐이구나."

한스는 웃었다.

"너야 물론 해내겠지. 그러나 지나치면 안 한 것만 못하단다. 목사한테서의 공부는 어떻더냐? 무슨 말을 하더냐?"

"여러 가지 이야기를 하셨어요. 그렇지만 나쁜 말은 하나도 하지 않았어요. 그는 매우 박식해요."

"성서를 모독하는 말 같은 것은 안 하더냐?"

"아니오. 단 한번도."

"그건 좋다. 그런데 이것만은 너에게 말해둔다. 넋에 피해를 입느니보다는 육체를 열 번 없애는 편이 낫다. 너는 멀지 않아서 목사가 되려고 하는데 그것은 귀중하고 무거운 직책이다. 그러기 위해서는 어중이떠중이와는 다른 너희들과 같은 젊은이가 필요하다. 아마도 너는 틀림없는 인간으로서 언젠가

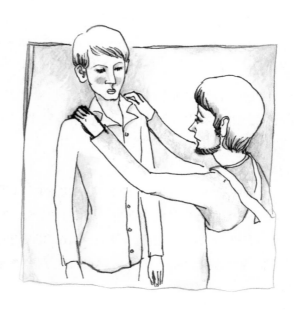

는 영혼을 구하고 가르치는 사람이 될 것이다. 나는 그것을 진심으로 원하고 그것을 위해서 기도드리겠다."

구둣방 주인은 일어서서 소년의 어깨 위에 양손을 힘있게 올려놓았다.

"건투를 빈다, 한스! 올바른 길을 걸어라. 주님이 너를 축복하고 지켜주시기를! 아멘."

구둣방 아저씨의 엄숙함과 기도의 표준어 문구는 소년의 마음을 저리게 하였다. 고을 목사는 작별할 때 그렇게 하지 않았다.

신학교 준비와 작별 인사로 수일 동안은 분주하게 지냈다. 이불과 의복, 책을 넣은 상자는 이미 부쳐졌다. 손가방 짐도

쌌다.

　어느 서늘한 아침 아버지와 아들은 마울브론을 향해 출발
하였다. 고향을 떠나 낯선 학교에 들어가는 것은 어찌 되었든
괴로운 일이었다.

뽐내고 싶은 마음과 푸른 희망

주의 서북쪽 변방 숲의 언덕과 조용하고 작은 몇 개의 호수 사이에는 시토 교단敎團의 마울브론 대수도원이 있다. 넓고 아름다운 오래 된 건물은 확고히 잘 보존되어 있어 내부 구조나 외관으로나 훌륭했기 때문에 살아보고 싶은 충동이 생겼다. 건물은 수백 년 동안 조용하고 아름다운 푸른 주위와 고아하고 친밀하게 어울려 있었다.

수도원을 방문하는 사람은 높은 담 사이로 열려 있는 그림과 같은 문을 통하여 넓고 아주 조용한 뜰로 들어선다.

뜰에는 분수가 물을 뿜고 있다. 또한 오래 된 엄숙한 나무가 서 있으며 양쪽에는 석조 건물이 있다. 그 안에는 본당이 있고 후기 로마네스크 스타일의 현관은 어디에도 비길 바 없는 우아하고 황홀한 아름다움을 지녔으며 패러다이스라고 일컬어지고 있다. 본당의 육중한 지붕 위에는 바늘처럼 뾰족한 유머러스한 작은 탑이 얹혀 있다. 어째서 거기에는 종이 걸려 있어야만 하는지 모르겠다.

잘 보존되어 있는 본당의 회랑回廊은 그 자체가 하나의 아름다운 건물이며, 그 일부인 분수 딸린 고귀한 예배당은 바로 하나의 주옥이다. 성직자聖職者의 식당은 힘차고 고아한 십자형 둥근 천장을 하고 있으며 훌륭한 방이다.

그곳에는 기도실, 대화실, 속인俗人 식당, 수도원장의 거처 등과 두 개의 교회당이 한데 모여 있다. 또한 그림 같은 담, 발코니, 문, 작은 뜰, 물방아, 주택 등이 중후한 고대건물을 산뜻하고 맑게 장식하고 있다. 넓은 앞뜰은 조용하고 텅 비어 있으며, 조는 듯이 나무 그늘 속에 잠겨 있으나 점심 시간 한 시간 동안만은 좀 활기를 띤다.

그때는 한 떼의 학생들이 수도원으로부터 나와 넓은 뜰에는 조금이나마 사람의 움직임이나 부르는 소리, 말하는 소리, 웃는 소리를 들을 수 있고 공놀이를 하는 사람도 눈에 띈다. 그러나 그 시각이 지나면 재빨리 담장 안으로 사라져 그림자 하나 보이지 않는다.

이 뜰에 서서 '이곳이야말로 생활과 기쁨을 맛보기에는 충분한 장소이며, 이곳이야말로 생명이 있는 것과 행복을 가져오게 하는 것이 성장하고 있는 곳임에 틀림없다. 이런 곳이야말로 성숙한 착한 사람은 기꺼운 사상을 생각하고 아름답고 명랑한 작품을 만들 수 있다'고 생각하는 사람이 적지 않다.

오래 전에 정부는 언덕과 숲의 뒤편에 숨어서 속계俗界를 떠나 있는 이 아름다운 수도원을 신학교의 생도들에게 열어주었다. 아름답고 조용한 환경을 감수성 많은 나이 어린 마음에

제공하기 위해서였다. 동시에 이곳에 있으면 어린 학생들은 도회와 가정 생활의, 마음을 산만하게 하는 영향으로부터 보호된다. 그것에 의하여 소년들은 수년간 히브리 어와 그리스 어 연구를 다른 참고 과목과 함께 진지한 생활의 목표로 삼게되고, 젊은 영혼의 갈망을 맑은 정신적인 연구와 향수享受에 집중시킬 수가 있는 것이다. 거기에는 다시 자기교육을 촉진시키고 단체 감정을 기르는 것으로서 기숙사 생활이 중요한 요소가 되고 있다.

신학교의 학생은 관비로써 생활하고 공부할 수가 있다. 그 대신 정부는 학생들이 특별한 정신의 아들이 되도록 보살피고 있다. 그 정신에 의해서 그들은 후에도 언제든지 신학교의 학생이었다는 것을 알 수가 있다. 그것은 일종의 교묘하고 확실한 낙인이다. 자발적인 예속의 의미 깊은 상징이다. 때때로 도주하는 난폭꾼을 제외하고는 슈바벤의 신학교 생도들은 일생 동안 그의 면모를 확실히 남기고 있다.

인간이란 각기 다르며, 그 인간의 자란 환경과 경우 또한 서로 얼마나 다른가! 그것을 정부는 생도들에 대해서 일종의 정신적인 제복 혹은 법복法服에 의해 합법적이고 근본적으로 동일하게 만들어버린다.

수도원의 신학교에 들어갈 때 어머니가 아직 생존해 있는 생도들은 그 날을 감사하는 마음과 알뜰한 감동을 갖고서 평생을 두고 생각한다. 그러나 한스 기벤라트는 그러한 경우가 아니었으며, 아무런 감동도 없이 그 장면을 지나쳐버렸다. 하지만 그는 많은 낯선 다른 어머니들을 바라보며 어떤 특별한 인상을 받았다.

대침실이라고 불리고 있는 벽장이 붙은 큰 낭하에는 상자와 광주리들이 흩어져 있었다. 양친이 따라온 소년들은 자질구레한 소유물을 꺼내어 정리하고 있었다. 각자에게는 번호가 매겨져 있는 벽장이 주어졌고 공부하는 방에서는 번호 매겨진 책상을 배정받았다. 아들과 양친은 마룻바닥에 무릎을 꿇고 앉아서 짐을 풀고 있었다. 그 사이를 조수가 군주처럼 걸어다니면서 때때로 친절한 조언을 해주었다. 모두들 짐에서 푼 의복을 펴고 내의를 개고 책을 쌓고 구두와 슬리퍼를 정돈하였다. 준비물은 모두가 대개 같았다. 꼭 가져와야 할 속옷의 수와 그 외에 신변에 필요한 도구 같은 것은 미리 지정되어 있었던 것이다.

이름이 새겨 있는 놋쇠 대야가 나왔다. 이어서 세면장에 해면과 비눗갑과 빗과 칫솔 같은 것이 나란히 놓여졌다. 그리고 각자는 램프와 석유통과 한 사람 몫의 식기를 가지고 왔다. 소년들은 모두가 매우 바빴고 흥분되어 있었다. 아버지들은 미소지으며 도와주기도 하고 종종 회중 시계를 보기도 했으나 몹시 지루하여 손을 떼려고 하였다. 반대로 어머니들은 모든 일의 중심이 되었다. 의복과 내의를 하나하나 손에 들고 주름을 잡았고 혁대를 똑바로 하고 정성들여 정리하여 될 수 있는 대로 깨끗하고 편리하도록 벽장 안에 분류하여 넣었다.

훈계나 주의나 애정도 그것과 함께 스며들었다.

"새 내의는 특별히 깨끗하게 간수해야 한다. 3마르크 50페니히나 주었으니까."

"내의는 다달이 철도 편으로 보내라. 급할 때는 우편으로 보내고. 검정 모자는 일요일에만 쓰는 거야."

뚱뚱하고 인자하게 생긴 어떤 어머니는 높은 상자 위에 앉아 아들에게 단추 다는 법을 가르쳐주고 있었다.

"집에 돌아오고 싶으면 바로 편지를 해라. 크리스마스까지는 그리 오래지 않으니까."

곱고 아직 꽤 젊은 어머니는 가득히 채워진 아들의 벽장을 바라보면서 내의와 상의와 하의를 손으로 어루만지더니 어깨가 넓고 볼에 살이 진 아들의 얼굴을 쓰다듬기 시작했다. 아들은 부끄러워하며 웃으면서 어머니의 손을 뿌리치더니 어리지 않게 보이려는 듯 양손을 바지 호주머니 속에 집어넣었다. 작별은 아들보다도 어머니에게 더욱 쓰라린 것 같았다.

다른 아이들은 그와는 반대였다. 그들은 분주하게 움직이고 있는 어머니를 넋을 잃고 바라보며 다시 어머니와 함께 집으로 돌아가고 싶어하는 표정이었다.

어느 아이를 보아도 이별의 두려움과 치솟는 애정이나 그리움이 낯선 사람들에 대한 수줍음과 처음으로 남자로서의 면목을 유지하려는 반항적인 심리와 맹렬히 다투고 있었다. 실은 소리를 내어 울고 싶어하는 소년들도 일부러 아무렇지도 않다는 듯 태연한 얼굴을 하고 있었다. 어머니들은 그것을 보고 미소지었다.

거의 대부분의 소년은 짐꾸러미 상자에서 필수품 외에 작은 사과 봉지와 삶은 순대, 비스킷 등을 담는 광주리 같은 약간 값비싼 것을 꺼냈다. 스케이트를 가지고 온 아이도 많았다. 특히 눈에 띈 것은 교활하게 생긴 작은 소년이 햄을 통째로 가지고 온 것이었다. 그 소년은 조금도 그것을 감추려 하지 않았다.

집에서 직접 온 아이와 그렇지 않고 이제까지 객지에서 학교 혹은 기숙사에 있던 아이는 쉽게 분간할 수 있었다. 그러한 경험이 있는 아이에게서는 흥분과 긴장이 엿보이지 않았다.

기벤라트 씨는 아들을 도와서 짐을 풀어 요령 있게 그 일을 끝냈다. 다른 사람보다 빨리 끝냈기 때문에 한스와 함께 하는 일 없이 지루하게 큰 침실에 서 있었다. 그러나 어디를 둘러보아도 훈계하는 아버지, 위안이나 주의를 주는 어머니, 그것을 불안하게 듣고만 있는 아들들의 모습이 눈에 띄었으므로 그도 한스를 위해 장래의 생활에 대한 금언이라도 들려주는 것이 좋겠다고 생각하였다. 그는 오랫동안 머리를 숙이고 말이 없는 아들 곁을 답답하게 왔다갔다 하다가 갑자기 힘을 내어 성스러운 문구의 명언을 쏟아놓았다. 이에 깜짝 놀란 한스는 그저 조용히 듣고 있었으나 옆에 서 있던 한 목사가 아버지의 설교에 귀를 기울이며 즐겁게 미소짓는 것을 보았기 때문에 부끄러워서 아버지를 옆으로 끌어당겼다.

"그럼 알겠지. 가문의 명예를 올려주겠지? 그리고 윗사람들 말도 잘 듣고 지키겠지?"

"네, 물론 알고 있어요."

아버지는 말을 그치고 크게 한숨을 쉬었다. 또한 한스도 입을 다물었다. 불안이 섞인 호기심으로 창 너머로 조용한 회랑을 내다보고 있으려니까 고대의 은자隱者 같은 기품과 침착성이 위층에서 소란스럽게 떠들고 있는 소년들과 기이하게 대조를 이루고 있었다. 그는 분망한 동료들을 세심하게 바라보았으나 알 만한 아이는 하나도 없었다. 저 슈투트가르트에서 알게 된 수험친구는 괴팅겐 출신의 라틴 어 정통精通이었는데 합격하지 못한 모양이었다. 한스는 그를 어디서도 발견하지 못했다. 한스는 그 일에 대해서는 더 생각하지 않고 장래의 동급생들을 관찰하였다. 어느 아이를 막론하고 준비해온 물건의 종류나 수는 비슷했으나, 그래도 도시 아이와 농부의 아들, 유복한 아이와 빈한한 아이는 쉽게 구별이 갔다. 물론 부잣집 애들이 신학교에 들어오는 일은 드물었다. 그것은 양친의 자부심 혹은 한층 깊은 견해에 기인하는 경우도 있고 아들의 천분에 의하는 경우도 있었다. 그러나 자기 자신의 수도원 생활을 그리워하여 자식을 마울브론에 보내는 교수나 상당한 지위에 있는 관리도 결코 적지는 않았다. 그렇기 때문에 40명의 신입생이 입은 검은 상의에는 천과 모양에 있어 여러 가지 차이가 드러나 있었다. 또한 그 이상으로 소년들은 버릇과 방언과 태도에 있어서 서로가 달랐다.

수족이 메마른 슈바르츠발트 출신도 있었으며, 연한 금발을 하고 입이 큰 다혈질多血質의 고지高地 태생, 자유롭고 명랑한 태도를 가진 활발한 저지低地 태생, 뾰족한 구두를 신고 세련되었다고 칭하는 흐트러진 방언을 쓰는 슈투트가르트 태생도 있었다. 이 한창 젊은 소년들은 5분의 1이 안경을 쓰고 있었다. 슈투트가르트 출신으로서 약하고 세련된 어머니 밑에서 자란 한 소년은 빳빳한 고급 펠트 모자를 썼으며 기품이 있어 보였으나, 그 색다른 장식이 이미 이 첫날의 학생들 중에서도 난폭한 자들에게 후일 조소나 자극을 가하고자 하는 욕망을 일으킨 사실은 전혀 모르고 있었다. 처음 보는 사람일지라도 판단할 수 있는 눈을 지닌 사람이라면 이 소심한 한 떼의 소년들은 주의 소년들 중에서 잘못 선발된 것이 아님을 인정할 수 있었을 것이다. 주입식 교육을 받고 왔다는 것을 바로 알 수 있는 범용凡庸한 소년과 함께 이 중에는 영리한 소년과 반항심이 있는 빠릿빠릿한 소년도 적지 않았다. 그들의 반들반들한 이마 깊숙이에는 보다 높은 생활이 아직도 반쯤 꿈속에 잠들고 있는 것처럼 보였다. 다분히 그 중에는 한두 사람 정도 빈틈없이 완고한 슈바벤 형의 두뇌 소유자도 있었을 것이다. 이러한 형의 두뇌 소유자는 시간이 지남에 따라 차차 커다란 세계의 한가운데로 뚫고 들어가 그들의 다소 메마르고 완고한 사상을 새로운 강력한 체계의 중심으로 만들었던 것이다. 그것은 슈바벤이 극히 교육이 잘된 신학자를 세상에 내놓았을 뿐만 아니라 전통적으로 철학적 사색의 능력이 있다는 것을 자랑으로 하고 있기 때문이다.

실제로 이제까지 이미 여러 차례 이 철학적 사색은 명망 높은 예언자 혹은 이단의 설을 내는 사람을 낳았던 것이다. 그리하여 이 비옥한 주는 정치적인 큰 전통에서는 뒤떨어졌으나 적어도 신학과 철학의 정신적인 영역에서는 변함없이 확실한 영향을 미치고 있다. 동시에 이 주민들 가운데에는 예로부터 아름다운 형태와 몽환적인 시를 즐기는 사람들이 내재하고 있었다. 그것은 때때로 상당한 시인을 낳게 하였다.

마울브론 신학교의 시설과 관습에서는 외면적으로 보면 슈바벤적인 것은 아무것도 느껴지지 않았다. 도리어 수도원 시대부터 남아 있는 라틴 어 명칭과 여러 가지 고전적인 예식이 새로이 부가되었다. 생도들에게 배정된 방은 포룸, 헬라스, 아테네, 스파르타, 아크로폴리스라고 불렸다. 가장 작은 마지막 방이 게르마니아라고 불려진 것은 게르만적인 현재로부터 가능하다면 하나의 로마적이고 그리스적인 환상을 부여할 수 있는 이유가 있음을 나타내려고 하는 것처럼 생각되었다. 그러나 이것 또한 외면적인 것에 지나지 않았다. 실제로는 히브리적인 이름이 더욱 알맞았을 것이다. 그래서 우연이었는지는 모르나 아테네의 방에는 도량 있고 달변한 생도가 아닌 수명의 정직한 게으름쟁이를 수용하고, 스파르타의 방에는 무인武人 기질이나 금욕적禁慾的인 사람이 아닌, 적은 수나마 쾌활하고 오만한 청강자聽講者가 들게 되었다. 한스 기벤라트는 9명의 소년과 함께 헬라스의 방에 배정되었다. 그 날 밤 처음으로 그 동료들과 함께 싸늘하고 단조로운 침실에 들어가 자기의 좁은 침대에 드러눕자 역시 뭐라 할 수 없는 감정에 사로잡혔다.

천장에는 큰 석유 램프가 걸려 있었는데 그 빨간 불빛 아래에서 모두가 옷을 벗었다. 램프는 10시 15분에 조수에 의해서 꺼졌다. 그리고 그들은 모두 나란히 누웠다. 침대 두 개 사이마다 옷을 얹을 작은 의자가 있었다. 기둥 옆에는 아침 종을 울리는 끈이 늘어져 있었다. 두서너 명의 소년은 벌써 서로 아는 사이가 되었는지 두서너 마디 귓속말로 소곤거렸으나 곧 잠잠해졌다. 다른 아이들은 서로 낯이 설기 때문에 모두가 다소 침체된 기분으로 몸 하나 움직이지 않고 누워 있었다. 잠든 아이는 깊은 숨소리를 냈으며, 자면서 팔을 움직이는 아이가 있어서 린네르 홑이불은 바삭바삭 소리를 냈다. 눈을 뜨고 있는 아이는 아주 조용히 있었다. 한스는 오랫동안 잠을 이룰 수가 없었다. 이웃 학생들의 호흡에 귀를 기울이고 있으니까 잠시 후 하나 건너 다음 침대에서 이상한 불안스러운 소리가 들려왔다. 거기에 누워 있는 소년은 홑이불을 머리 위까지 뒤집어쓰고 울고 있었다. 멀리서 울려오는 듯한 나지막한 흐느낌이 한스의 마음을 이상하게 흥분시켰다. 그 자신은 향수를 느끼지 않았으나 역시 집의 조용하고 작은 방이 그리웠다. 거기에 불안스러운 새로운 것과 많은 동급생에 대한 소심한 두려움이 더해졌다. 한밤중까지 눈을 뜨고 있는 학생은 하나도 없었다. 무늬 있는 베개에 볼을 대고서 아이들은 나란히 자고 있었다. 슬픈 아이도 반항적인 아이도 쾌활한 아이도 소심한 아이도 모두 깊은 단잠에 빠졌으며 모든 것을 잊고 있었다.

오래 된 뾰족한 지붕과 탑, 발코니와 고딕 식의 첨탑과 첨벽, 뾰족하고 활처럼 생긴 회랑 위에 빛깔을 잃은 반달이 떠올랐다. 달빛은 선반과 문지방 위에 비쳤으며 고딕식 창과 로마네스크의 문 위로 흘러 회랑 분수의 커다랗고 고아高雅한 수반水盤 속에서 엷은 금빛으로 떨고 있었다. 노란 빛이 감도는 두서너 줄의 월광과 빛의 반점班點이 세 개의 창을 뚫고 헬라스의 방에도 비쳐들었다. 그리하여 옛날 승려들의 꿈을 지켰듯이 지금 자고 있는 소년들의 꿈을 정답게 지켜보고 있었다.

다음날 기도실에서는 장엄한 입학식이 거행되었다. 선생들
은 프록 코트를 입고 서 있었다. 교장 선생이 식사式辭를 했
다. 생도들은 의자에 앉아서 감개 무량하게 허리를 앞으로 굽
히고 있었으나 때때로 훨씬 뒤에 앉아 있는 양친을 곁눈질하
였다. 어머니들은 생각에 잠겨 미소를 띄우면서 자식들을 바
라보았고 아버지들은 똑바로 앉아서 엄숙하고 단호한 기분으
로 식사를 듣고 있었다. 자랑과 뽐내고 싶은 감정과 아름다운
희망으로 그들의 가슴은 부풀어 있었다. 그리하여 오늘 아들
을 금전의 이익과 바꾸어 나라에 팔았다고 생각하는 사람은
하나도 없었다.

끝으로 생도들은 하나하나 이름이 불려 줄 앞에 나와 교장
으로부터 선서의 악수로 영접되는 의무가 부여되었다. 이것으

로써 그들은 그 자신이 잘못을 저지르지 않는 한 국가로부터 종신토록 보살핌을 받고 직職을 받는 것이었다. 그것이 손쉽게 이루어지는 것이라고 생각한 사람은 아버지들을 포함하여 단 한 사람도 없었다. 아버지에게 작별을 고하지 않으면 안 될 순간은 훨씬 엄숙하고 뼈아프게 느껴졌다. 부모들은 더러는 걸어서 혹은 우편 마차로 혹은 서둘러 입수한 여러 가지 탈것으로 뒤에 남은 자식들의 시야로부터 사라져갔다. 손수건이 오랫동안 부드러운 9월의 미풍에 나부끼고 있었다. 마침내 떠나가는 사람들은 숲 속으로 사라졌다. 자식들은 조용한 생각에 잠겨 묵묵히 수도원으로 돌아왔다.

"그래, 이제 양친들은 떠나고 말았구나."

조수가 이렇게 말했다.

그리고 그들은 각기 자기 방 동료들끼리 어울려 얼굴을 익히고 아는 사이가 되었다. 잉크 병에 잉크를 붓고, 램프에 석유를 붓고 책과 노트를 정리하여 새로운 방을 거처하기 좋게 만들려고 노력하였다. 그 동안에 그들은 서로 호기심을 가지고 바라보며 이야기를 시작하고 고향과 출신 학교를 서로 물으면서 함께 뻘뻘 땀을 흘린 주의 시험을 상기하였다. 책상 위에는 뿔뿔이 서로서로 이야기를 나누는 무리가 어울려 여기저기서 카랑카랑한 젊음에 넘치는 웃음소리까지도 일었다. 저녁 무렵에는 같은 방 생도들은 항해의 마지막 선객들보다도 더 잘 아는 아주 친숙한 사이가 되어 있었다.

한스와 함께 헬라스의 방에 묵게 된 아홉 명의 학생 중에는 네 명의 특징 있는 소년이 있었다. 나머지는 대개 중간쯤 되었다. 먼저 슈투트가르트의 교수의 아들 오토 하르트너는 재주가 있고 침착하고 자신을 갖고 있으며, 태도에서도 나무랄 데 없었다. 거기에다 몸도 건강하고 옷도 잘 입었으며 똑똑하고 능숙한 행동으로 같은 방 생도들의 시선을 끌었다. 그리고 고지의 어느 작은 마을의 면장 아들인 카를 하멜이 있었다. 이 소년을 알기까지는 잠시 시간이 걸렸다. 그것은 그가 모순투성이고 그가 갖고 있는 점액질粘液質의 껍질 속에서 좀처럼 나오질 않았기 때문이었다. 때로는 격정적이고 분망하고 난폭하였으나 그것도 오래 계속되지는 않았으며 다시 자기 껍질 속으로 들어가버렸다. 그래서 그가 조용한 관찰자인지 음험한 위선자인지 알 수가 없었다. 그 다음은 슈바르츠발트의 좋은 가문 출신인 헤르만 하일너가 있었다. 그는 그처럼 복잡하지는 않았으나 뛰어난 인물이었다. 주의 시험에서는 작문을 육각운六脚韻으로 맞추어 썼다는 소문도 있었다. 그는 자주 힘차게 이야기를 했다. 또한 아름다운 바이올린도 가지고 있었다. 감상과 경솔함과 젊은 사람다운 순박함이 섞여 있는 점이 그가 지닌 기질이었으며 그는 그것을 표면에 노출시키고 있는 것처럼 보였다. 그리고 그다지 눈에 띄지는 않았으나 한층 깊은 것을 내면에 지니고 있었다. 그는 몸과 마음이 연령 이상으로 성장해 있었으며, 이미 모색적으로 자기의 궤도를 걷고 있었다.

또한 헬라스 방에서 가장 기이한 놈은 에밀 루치우스였다. 엷은 금발의 음험한 꼬마동이었으나 나이 든 농부처럼 끈기 있고 근면하고 메말라 있었다. 그의 행동과 얼굴은 완숙되어

있지는 않았으나 소년과 같은 인상은 전혀 없고 변화할 여지
조차 없는 것처럼 여러 가지 점에서 어른의 모습을 하고 있었
다. 첫날에 다른 아이들은 지쳐서 떠들고 이곳 생활에 익숙해
지려고 노력하고 있는 동안, 그는 조용히 문법책을 들여다보
고 앉아서 엄지손가락을 양쪽 귀에 집어넣고 마치 잃어버린
세월을 되돌려야만 한다는 듯이 줄곧 공부만 하였다.

이 조용한 변덕쟁이의 비상한 책략이 차츰 드러나 그는 아
주 교활하고 인색하며 이기주의자임을 알게 되었다. 그가 이
러한 악덕에 완전히 틀이 잡혀 있었던 것은 도리어 일종의 존
경, 적어도 관용을 가지고 대접받는 결과가 되었다. 그는 실로
빈틈없는 절약법과 돈 버는 방법을 알고 있었다. 그러한 수완
은 차츰 사람들에게 알려져 모두 경탄하게 되었다. 그것은 먼
저 아침 기상시에 시작되었다. 루치우스는 세면장에 맨 먼저
아니면 맨 마지막에 나타나 다른 아이의 수건을 사용하였다.
가능하면 비누도 다른 아이의 것을 쓰면서 자기 것은 절약하
였다. 그리하여 그의 수건은 언제나 두 주일 혹은 그 이상 쓸
수가 있었다. 하지만 모든 수건은 일주일마다 바꾸지 않으면
안 되었다. 매주 월요일에 수석 조수가 그것을 검사하였다.

그리하여 루치우스는 월요일 아침이면 새로운 수건을 자기
번호의 못에 걸어두었다가 정오 휴식 시간에는 그것을 다시
깨끗하게 접어 원래의 상자에 넣고 헌 수건을 대신 걸어두었
다. 그의 비누는 딱딱하여 거의 거품이 일지 않았으나 대신에
몇 개월이고 지탱하였다. 그렇다고 해서 에밀 루치우스가 너
절한 외모를 하고 있는 것은 아니었다. 그는 언제나 깨끗하고

엷은 금발을 말쑥하게 갈라 빗었으며 내의나 의복을 아주 얌전하게 손질하고 있었다.

루치우스는 세면장에서 곧바로 아침밥을 먹으러 갔다. 아침 식사에 나오는 것은 커피 한 잔, 설탕 한 개, 밀빵 한 조각이었다. 대부분의 소년은 그것으로는 부족함을 느꼈다. 여덟 시간을 자고 난 뒤에는 몹시 배가 고픈 것이 보통이다. 그러나 루치우스는 그것으로 만족하고 매일 설탕 한 개를 먹지 않고 절약하여 1페니히에 대하여는 설탕 두 개, 잡기장 한 권에 대해서는 설탕 스물다섯 개, 이런 식으로 반드시 물건을 사곤 했다. 밤에는 값비싼 석유를 절약하기 위하여 다른 학생의 램프 빛으로 공부하는 것은 물론이었다. 그러나 그는 가난한 집 아들은 아니었다. 도리어 아주 안락한 환경에서 태어났다. 원래 아주 가난한 집안의 아이들은 노닥거린다든지 절약하는 것을 모르는 것이 보통이다. 그들은 언제든지 가지고 있는 대로 써버리고 남길 줄을 모른다.

에밀 루치우스는 그런 방법을 물건의 소유, 그리고 획득할 수 있는 재화에까지 넓혔을 뿐만 아니라 정신의 세계에서도 가능한 한 이익을 보려고 노력하였다. 그는 대단히 영리하였기 때문에 정신적인 모든 소유물에는 상대적인 가치밖에는 없다는 것을 결코 잊지 않았다. 그리하여 열심히 해두면 다음 시험에서 효과를 거둘 수 있는 과목만을 힘써서 공부하고, 나머지 다른 과목에서는 욕심을 부리지 않고 중간 성적으로 만족했다. 외우는 것이든 실험하는 것이든 간에 그는 언제나 동급생의 성적만을 표준으로 삼았다. 두 배의 지식으로 이등이 되느니보다는 절반의 지식으로 일등이 되는 것을 그는 바랐다. 그리하여 저녁에 같은 방 아이들이 여러 가지 오락과 유희와 독서에 빠져 있을 동안 그는 조용히 공부하고 있는 것이 눈에 띄었다. 다른 아이들이 떠들고 있는 것은 그에게는 전혀 방해가 되지 않았다. 뿐만 아니라 그는 이따금 떠들고 있는 그들에게 질투하는 기색은커녕 만족한 시선을 던졌다. 만일 모두가 공부하고 있다면 그의 노력은 아무런 득이 없기 때문이다.

어쨌든 그는 근면한 노력가였기 때문에 이러한 그의 여러 가지 술책과 간계를 악의로 해석하는 사람은 없었다. 그러나 극단을 달리는 사람들이나 지나치게 욕심을 부리는 사람과 마찬가지로 그도 또한 바보 같은 짓을 하기에 이르렀다. 수도원의 수업은 전부 무료였기 때문에 그는 이것을 이용하여 바이올린 교수를 받을 것을 생각해냈다. 그는 전에 다소나마 교육을 받은 것도 아니었고 뛰어난 귀나 천성이 있는 것도 아니며 음악을 즐기는 기질이 있는 것은 더욱 아니었다. 그러나 그는 바이올린도 라틴 어나 수학과 마찬가지로 배우면 되는 것으로 생각하고 있었다. 음악이란 후일에 필요한 것이며 인간을 즐겁고 기분좋게 만든다는 것을 들은 적이 있었다. 거기에다 학교의 바이올린을 사용하기 때문에 결코 돈이 드는 일도 아니었다.

음악 선생 하스는 루치우스가 찾아와 바이올린을 배우고 싶다고 말했을 때 몹시 화를 냈다. 왜냐하면 그는 음악 시간 이래로 루치우스를 잘 알고 있었기 때문이다. 음악 시간에 루치우스가 부른 노래는 동급생 전원을 가장 즐겁게 했으나 교사인 그를 실망시켰다. 그는 루치우스에게 바이올린을 단념시키려고 노력했다. 그러나 그 점에서는 선생이 상대방을 잘못보았다. 루치우스는 얌전하고 겸손하게 미소지으며 자기의 정당한 권리를 주장하고 더욱이 음악에 대한 자기의 흥미를 도저히 억제할 수 없다고 설명하였다. 그래서 그는 연습용 바이올린 중 가장 나쁜 것을 빌려서 매주 2회 수업을 받고 반시간씩 연습하기로 하였다. 그러나 최초의 연습 시간 후에 같은 방 학생들은 이것이 처음이자 마지막이고 또한 이 견딜 수 없는 신음 소리는 더 이상 듣지 않게 해주기를 바란다고 선언하였다. 그런 후부터 루치우스는 바이올린으로 직직 소리내면서 연습을 하기 위해 수도원 내의 조용한 구석을 찾아 헤매었고 곳곳에서 또한 줄을 잡아당기기도 하고 기이기이 소리를 내기도 하며 이상한 소리로 근방의 학생들을 괴롭혔다. 시인 하일너는 이것을, 놀림받은 낡은 바이올린이 벌레 먹은 구멍에서 일제히 절망적인 비명을 지르며 참아달라고 탄원하고 있는 것이라고 말하였다. 조금도 그의 실력이 진보되지 않아서 화가 난 선생은 신경질을 내고 거칠어졌다.

루치우스는 점점 자포 자기가 되어 연습했다. 지금까지 자신 만만했던 그의 욕심꾸러기 소매상의 얼굴에도 고통스러운 피로의 주름살이 잡히기 시작했다. 마침내 선생이 전혀 불가능하다고 선언하고 수업을 거절하자 그는 다시 무엇이든지 배워보겠다고 욕심사납게 혈안이 되어 헤매다가 피아노를 선택해서 몇 달 동안 애를 써보았다. 그러나 아무런 성과도 거두지 못하고 결국 의기 소침하여 점잖게 단념했다. 정말 비극이었

다. 그러나 후에 음악 이야기가 나오면 그도 이전에는 피아노와 바이올린을 배운 적이 있었으나 사정이 있어서 유감스럽게도 이 아름다운 예술로부터 차차 멀어져버렸다고 말하는 것이었다.

이러한 헬라스의 방은 이상하게도 같은 방 학생들을 흥겹게 해주는 기회가 많았다. 문예가인 하일너도 가끔 우스운 장면을 연출하였다. 카를 하멜은 익살꾸러기로서 기지 있는 관찰자로 자처하고 한몫 보았다. 그는 다른 아이들보다 한 살 위였기 때문에 다소 위세는 있었으나 존경받으려고는 하지 않았다. 그는 변덕스러워 거의 일주일마다 싸움을 해서 자기의 체력을 시험해보려는 욕구를 느꼈다. 그럴 때에 그는 난폭함이 지나쳐 잔인하기까지 하였다.

한스 기벤라트는 경악심을 갖고 그것을 방관하면서 선량하고 얌전한 축으로서 묵묵히 자기의 길을 걸어가고 있었다. 그는 근면하였다. 루치우스에 못지 않게 근면했다. 그렇기 때문에 하일너를 제외한 같은 방 학생들로부터 존경을 받았다. 하일너는 천재적인 분방함을 그의 기치로 하여 때때로 한스를 멍청한 노력가라고 조소하였다. 해질 무렵 침실에서 서로 붙들고 싸움을 하는 것은 결코 진기한 일은 아니었으나 대체로 급속한 성장을 하는 연령에 있는 소년들은 잘 융합되어 있었다. 모두가 노력해서 어른다운 기분이 되려고 하였고 선생들이 '당신'이라는 귀에 설은 호칭을 하는 것을 학문적인 엄숙성과 우아한 태도 때문에 그러는 것이라고 인정하려 하였다. 그리하여 갓나온 라틴 어 학교를 적어도 풋내기 대학생이 고등학교를 돌아다보는 것처럼 교만하게 동정을 가지며 바라보았다. 그러나 때때로 이 후천적인 품위를 부수고 가식 없는 무분별이 튀어나와 그들의 본색이 드러났다. 그러면 큰 침실에는 무지한 독설과 소년들 누구나가 알고 있는 상스러운 욕지거리가 마구 쏟아져나왔다.

이러한 학교의 교장이나 선생에게는 많은 생도들이 공동 생활을 시작해서 수주일이 지난 후에 화학적 화합물이 침전하는 것과 흡사한 광경을 보는 것은 큰 교훈이 되는 귀중한 경험임에 틀림없었다. 그것은 마치 액체에 떠 있는 탁한 먼지나 찌꺼기가 한데 뭉쳐지는가 하면 곧 풀려서 다른 형태가 되어 마침내 몇 개의 고체가 되는 것과 같은 것이다. 최초의 수줍음이 극복되어 모두가 서로 충분히 알게 되면서부터 이들의 물결은 움직였고 모색이 시작되었다.

한데 어울리는 클럽이 생기고 우정과 반감이 확연히 나타났다. 동향의 친구 혹은 학교 친구가 결합하는 경우는 드물었고 대개가 새로이 알게 된 아이들과 가까워졌다. 도시의 아이는 농촌의 아이에게, 산지의 아이는 저지대의 아이에게 이런 식으로 잠재해 있는 충동에 따라 다양성과 보충을 구했다. 젊은 아이들은 불안전한 기분으로 서로가 서로를 찾았다. 그들 중에는 평등의 의식과 함께 독립을 갈망하는 마음이 나타났다. 거기에서 비로소 많은 소년의 어린이다운 졸림 속에서 하나의 인격을 형성하려는 싹이 트는 것이었다. 글로는 쓸 수 없는 애착과 질투의 장면이 벌어지고 그것이 발견되어 우정을 맺는 계기가 되기도 했으며, 날카롭게 마주치는 적의가 되기도 하였다. 마침내 이러한 귀추에 따라서 우정이 두터운 사이가 되기도 하고 의좋게 산보하는 사이가 되기도 했으며, 때로는 심한 격투와 주먹다짐이라는 결과를 초래하기도 했다.

한스는 이러한 움직임에 대해서 외면적으로 관련을 갖지는 않았다. 카를 하멜이 확실히 격렬하게 우정을 표시했을 때에 한스는 놀라서 물러섰다. 바로 그 후에 하멜은 스파르타 방의 아이와 친해졌다. 한스는 혼자 남겨졌다. 강한 감정이 우정의 나라를 행복스럽게 그리운 색채로써 지평선에 출현시켰다. 그리하여 한스를 숨은 힘으로 그곳으로 끌고 갔다. 그러나 일종의 수줍음이 그를 멈춰 세웠다. 어머니가 없는 엄격한 소년 시절을 보냈기 때문에 애착이라는 성질이 위축되어버렸던 것이다. 그는 무엇보다도 표면적으로 열정적인 것에 대하여 공포를 가지고 있었다. 거기에 소년다운 자부심과 마침내는 가련한 공명심功名心이 보태져 있었다. 그는 루치우스와는 달랐다. 그가 지향한 것은 실제로 지식욕이었으나, 그도 루치우스처럼 공부를 방해하는 것은 모두 멀리하고자 노력하고 있었다. 그리하여 열심히 책상에 들러붙어 있었으나, 다른 아이들이 우정을 즐기고 있는 것을 보면 질투와 동경으로 고민하였다. 카를 하멜은 한스가 바라는 친구는 아니었다. 그러나 만일 다른 아이가 와서 그를 강력히 끌어가려고 했다면 기꺼이 따라갔을 것이다. 수줍은 처녀처럼 자기보다 강한 용기가 있는 사람이 자기를 끌고 가서 아주 행복스럽게 해주었으면 하고 그는 앉아서 기다리고 있었다.

이러한 것과 함께 최근에는 수업, 특히 히브리 어 수업에 바빴기 때문에 소년들에게 시간은 매우 빠르게 흘렀다. 마을 브론을 둘러싸고 있는 많은 작은 호수나 못에는 퇴색한 늦가을의 하늘과 잎이 말라가고 있는 물푸레나무며 떡갈나무며 참나무의 긴 그림자가 비치고 있었다. 아름다운 초겨울의 시든 나뭇가지가 소리를 내며 바람에 흔들리고 있었다. 벌써 가벼운 서리가 몇 번이나 내렸다.

서정적인 헤르만 하일너는 같은 소질의 친구를 얻으려고 노력하였으나 허사였기 때문에 이제는 매일 외출 시간이면 혼자서 숲 속을 배회하였다. 그가 특히 즐겨 찾아간 숲 속 호수는 갈대밭으로 둘러싸이고, 잎이 말라가는 오래 된 활엽수의 수관樹冠으로 덮인 우울한 갈색의 못이었다. 이 애수가 서린 아름다운 숲의 구석이 공상가 하일너를 힘차게 끌었다. 그곳에서 그는 꿈을 꾸는 듯한 기분으로 나뭇가지로 물 속에 원을 그리거나 레나우의《갈대의 노래》를 읽을 수가 있었다.

또한 바닷가 나지막한 동심초 속에 누워서 죽음이라든지 소멸과 같은 가을다운 제목에 대하여 생각할 수가 있었다. 그리고 있으면 낙엽 소리나 나뭇가지의 흔들림이 우울한 조화를 이루었다. 그러면 그는 종종 자그마한 검은 수첩을 꺼내어 연필로 한 구절 혹은 두 구절 적어놓는 것이었다.

10월 말의 어느 어둠침침한 점심 시간에 한스 기벤라트가 혼자서 산보하며 그 장소에 왔을 때에도 하일너는 시를 쓰고 있었다. 그는 이 소년 시인이 그물을 매는 작은 발판에 앉아서 수첩을 무릎 위에 놓고 명상을 하면서 뾰족한 연필을 입에 물고 있는 것을 보았다. 한 권의 책이 펼쳐진 채로 옆에 있었다.

그는 조용히 그 옆에 다가섰다.

"아, 하일너! 뭐 하고 있니?"

"호머를 읽고 있어."

"나는 네가 뭘 하고 있는지 벌써 알고 있었어."

"그래?"

"물론이지. 시를 쓰고 있지?"

"그렇게 생각하니?"

"물론."

"자. 여기 앉아."

기벤라트는 하일너와 나란히 판자 위에 앉아서 다리를 물 위에 흔들흔들 드리우고 여기저기 갈색 잎이 하나 둘 서늘한 공중을 선회하면서 소리 없이 내려와 수면에 조용히 떨어지는 것을 보았다.

"이곳은 쓸쓸하구나."

"응, 그렇지."

둘은 등을 땅에 대고 길게 누웠기 때문에 깊은 가을의 주위를 생각하게 하는 것으로 뒤덮여 있는 나무 끝마저 거의 보이지 않았다. 그 대신 조용하게 구름의 섬을 띄운 연푸른 하늘이 나타났다.

"얼마나 아름다운 구름이냐!"

한스는 기분좋게 그것을 바라보면서 말했다.

"그렇구나, 기벤라트."

하일너는 한숨을 지었다.

"저런 구름이 되었더라면!"

"그렇게 되었더라면?"

"그러면 하늘을 달릴 수가 있었을 텐데. 숲이며 마을이며 고을이며 주를 넘어서 아름다운 배처럼. 너는 아직 배를 보지 못했니?"

"보지 못했어, 하일너. 너는?"

"보고말고. 도무지 너는 그런 건 조금도 모르는구나. 공부다, 노력이다 하면서 허덕허덕 공부만 하고 있는 거구나!"

"그럼, 너는 나를 바보 같은 놈으로 생각하고 있니?"

"그렇게 말한 것은 아니지."

"네가 생각하고 있는 것처럼 그렇게 우둔하지는 않아. 그건 그렇고 배에 관한 이야기나 계속해서 해봐라."

하일너는 돌아누웠다. 하마터면 물 속에 빠질 뻔하였다. 그는 이제는 배를 땅에 대고 엎드려서 양손으로 볼을 받치고 턱을 손으로 감쌌다.

"라인강에서"라고 그는 말을 계속했다.

"휴가 때 배를 보았지. 한번은 일요일이었는데 배 위에서 음악을 들을 수 있었어. 밤이었는데 색칠을 한 등불이 물 위에 비치고 있었어. 우리들은 음악과 함께 강을 따라 내려갔지. 모두들 라인 주酒를 마셨지. 소녀들은 하얀 옷을 입고 있었어."

한스는 귀를 기울이고 아무 말도 하지 않았으나 눈을 감으니 배가 음악을 연주하면서 빨간 불을 켜고 하얀 옷을 입은 소녀를 태우고 여름 밤을 달리는 것이 보였다. 하일너는 말을 계속하였다.

"지금과는 전혀 달랐어. 여기에 온 사람 중에는 그런 것을 아는 사람은 없을 거야. 답답하고 비겁한 놈들뿐이야. 악착같이 공부만 하고 히브리 어의 알파벳보다 고상한 것은 아무것도 몰라. 너도 마찬가지 놈이야."

한스는 잠자코 있었다. 하일너는 아주 이상한 인간이었다. 공상가였고 시인이었다. 한스는 이제까지 몇 번인가 하일너에게 놀란 적이 있다. 그는 누구나가 알고 있듯이 아주 조금밖에 공부하지 않았다. 그럼에도 불구하고 아는 것이 많았고 좋은 대답을 할 줄 알았다. 더욱이 그는 그 지식을 경멸하였다.

"이를테면 우리는 호머를 읽고 있었는데" 하고 계속해서 그는 조소했다.

"오디세이가 마치 요리책이나 되는 것처럼 읽고 있다. 한 시간에 두 구절 읽고서 한 자 한 자 되풀이해서 읽고 구역질이 날 때까지 계속한다. 그리하여 시간이 끝날 때에는 언제고 '여러분은 이 시인이 얼마나 미묘하게 표현을 하고 있는지 알았지요. 이것에 의하여 여러분은 시적 창작의 비밀을 알 수가 있었다'라고 말하지. 그리하여 불변사와 과거형에 질식해버리지 않도록 그 주위에 소스를 친 것뿐이야. 그러한 방법이라면 나에게는 호머 전체도 무가치하다. 도대체 고대 그리스의 것이 우리와 무슨 관계가 있다는 거야? 우리들 중에 누구 하나가 조금이나마 그리스적으로 생활하려고 하거나 혹은 시험해보려고 한다면 당장 쫓겨날 거야. 그렇기 때문에 우리들의 방을 헬라스라고 부르지! 정말 우스운 이야기지. 어째서 휴지통 혹은 노예의 울타리 혹은 '실크 해트'라고 부르지 않느냐 말야? 고전적인 것이라고 하는 것은 모두 쓸데없는 속임수야."

그는 공중에다 침을 뱉었다.

"너는 조금 전에 시를 쓰고 있었지?"

이번에는 한스가 물었다.

"응."

"무엇에 대해서?"

"이 호수와 가을에 대해서."

"보여주겠니?"

"아니야. 아직 다 쓰지 않았어."

"그럼 다 되면?"

"보여주지."

둘은 일어나서 천천히 걸어 수도원으로 향했다.

"자, 봐. 너는 저 아름다움을 깨닫고 있니?"

패러다이스를 지날 때 하일너가 말하였다.

"회당, 아치 형의 창, 회랑, 식당, 고딕 식과 로마네스크 식, 모두가 풍부하고 정묘하며 예술가의 손으로 만들어진 거야. 더욱이 이 매력은 무엇에 소용되고 있을까? 목사가 되려는 40명의 가련한 소년에게 도움이 되고 있다. 국가에는 여분의 돈이 있는 거야."

한스는 오후 내내 하일너를 생각하지 않을 수 없었다. 어떤 인간일까? 한스가 알고 있는 걱정이나 소원 같은 것은 하일너에게는 전혀 존재하지 않았다. 그는 자신의 생각과 말을 가지고 있었으며 보다 더 열의 있고 자유로운 생활을 하고 있었다. 색다른 번뇌를 갖고 자기의 주위를 몹시 경멸하고 있는 것처

럼 보였다. 그는 오래 된 기둥과 담벽의 아름다움을 이해하고 있었다. 또한 자기의 영혼을 시의 구절에 넣어서 공상에 의해 비현실적인 자기만의 독특한 생활을 만드는 신비스럽고 기이한 예술을 가지고 있었다. 그리고 그는 경쾌하고 분방하였으며 한스가 일 년간에 하는 이야기 이상의 위트를 매일 쏟아냈다. 동시에 그는 우울했으며 자기의 슬픔을 타인의 진기하고 귀중한 것이거나 한 것처럼 즐기고 있는 듯이 보였다.

그 날 저녁 무렵 하일너는 그의 엉뚱하고 뛰어난 성질의 일단을 방 안 전체에 보여주었다. 같은 방 학생의 하나인 오토 벵거라고 하는, 입이 싸고 속이 좁은 소년이 하일너와 싸움을 시작했던 것이다. 잠시 동안 하일너는 조용히 그를 놀리기만 하다가 마침내 따귀를 치며 달려들었다. 그러고서 두 상대는 난폭하게 달라붙어 물어뜯고 키 없는 배처럼 부딪치기도 하고 반원을 그리기도 하고, 주춤 물러서기도 하고 벽으로 밀려나고 의자를 넘고 바닥을 뒹굴면서 헬라스의 방 안을 돌아다녔다. 둘 다 말없이 식식거리며 푸우푸우 거품을 내뿜었다. 방 안 아이들은 마치 비판가 같은 얼굴로 방관하고 있었다. 그리하여 엉클어진 덩어리를 피하여 발이며 책상이며 램프 등을 끄집어당기고서 재미있다는 듯 마른침을 삼켜가며 결과가 어떻게 될 것인가 하고 기다리고 있었다. 몇 분 후에 하일너는 겨우 몸을 일으켜 털고는 숨을 헐떡이면서 서 있었다. 그는 참담한 꼴이었다. 눈은 빨갛게 충혈되었고 셔츠의 깃은 찢겨졌고 바지 무릎에는 구멍이 뚫려 있었다. 상대가 다시 달려들려고 하였으나 그는 팔짱을 끼고 선 채 거만스럽게 말하였다.

"나는 더 싸우지 않겠다. 때리고 싶으면 때려라."

오토 벵거는 욕을 하면서 물러섰다. 하일너는 책상에 기대서서 램프를 돌리고는 바지 주머니에 양손을 집어 넣고 무엇인가 생각해내려는 모습이었다. 별안간 하일너의 눈에서 눈물이 뚝뚝 떨어지더니 차츰 아래로 흘러 내렸다. 그것은 의외였다. 운다는 것은 분명히 신학교 학생이 할 수 있는 일 중에서 가장 경멸해야 할 일이었기 때문이다. 그는 우는 모습을 전혀 감추려 하지 않았다. 눈물을 닦기는커녕 양손을 호주머니에서 빼내려고도 하지 않았다. 그는 창백해진 얼굴을 램프 쪽으로 돌리고 조용히 서 있었다. 다른 아이들은 그의 주위에 서서 심술궂은 호기심을 가지고 바라보고 있었다. 마침내 하르트너가 그의 앞으로 나아가 이렇게 말했다.

"야, 하일너. 부끄럽지도 않니?"

울고 있던 하일너는 잠에서 깨어난 사람처럼 조용히 주위를 둘러보았다.

"부끄럽냐고? 너희들에 대해서?"

그는 큰소리로 멸시하듯 말하였다.

"부끄럽지는 않아."

그는 얼굴을 닦고 화가 난 듯 램프를 불어 끄고 방에서 나갔다.

한스 기벤라트는 그 동안 자리를 떠나지 않고 다만 놀라운 공포심을 갖고 하일너를 곁눈질해 보고 있었다. 15분쯤 지난 뒤 한스는 용기를 내어 자취를 감춘 친구의 뒤를 쫓아갔다. 하일너는 어둡고 싸늘한 침실의 낮은 창문 턱에 꼼짝도 않고 앉아서 회랑을 내려다보고 있었다. 뒤에서 바라보니 그의 어깨와 가늘고 날카로운 머리가 이상하게도 어린아이 같지 않게 엄숙해 보였다. 한스가 창가로 다가가도 하일너는 전혀 움직이지 않았다. 잠시 후에 하일너는 한스 쪽으로 얼굴을 돌리지 않은 채 목쉰 소리로 이렇게 말했다.

"무슨 일이야?"

"나야."

한스가 떨면서 대답했다.

"무엇 때문에 그러지?"

"아무것도 아니야."

"그래? 그러면 돌아가줘."

한스는 정말 기분이 나빠서 돌아가려고 하였다. 그러나 그때 하일너가 한스를 가지 못하게 붙들었다.

"기다려줘."

그는 일부러 하는 듯한 농담조로 말하였다.

"그렇게 말하려던 것이 아니야."

둘은 서로 얼굴을 바라보았다. 이렇게 서로의 얼굴을 정면으로 바라보기는 이번이 처음이었다. 이 소년다운 미끈한 표정 뒤에는 서로의 특징 있는 독특한 인간 생활과 영혼이 깃들고 있는 것을 서로가 마음속에서 그려 내려고 하였다.

하일너는 천천히 팔을 펴서 한스의 어깨를 붙잡고 서로의 얼굴이 아주 가까워질 때까지 한스를 끌어당겼다. 그리고 나서 한스는 갑자기 상대방의 입술이 자기의 입술에 닿는 것을 느끼고 무어라 말할 수 없이 놀랐다.

그의 심장은 이제껏 느껴보지 못한 답답증으로 들먹거렸다. 이처럼 어두운 침실에 함께 있는 것과 이 돌연한 키스는 어떻게 보면 모험적이고 신기하고 또 무섭고 위험스러운 일이었다. 이 현장을 붙잡힌다면 얼마나 무서운 일인가 하고 그는 생각했다. 조금 전에 하일너가 운 것보다도 이 키스는 다른 아이들에게는 더욱 우습고 수치스러운 일로 생각될 것임에 틀림없었기 때문이다. 아무 말도 하지 못하고 다만 피가 세차게 머리 위로 올라오는 것 같은 느낌이었다. 그는 가능하다면 도망치고 싶었다.

이것을 본 어른이 있었다면 이 알뜰한 정경과 순결한 우정을 표시하는 수줍은 애정과 두 소년의 진지한 좁은 얼굴에 대해서 아마도 흐뭇한 기쁨을 느꼈을 것이다. 둘은 다 같이 귀엽고 전도 유망한 소년으로서 아직 반쯤은 어린애다운 순진성을 가지고 있었으나 이미 반은 청년 시절의 수줍음을 지닌 아름다운 자부심으로 넘쳐 있었다.

차츰 젊은이들은 공동 생활에 순응해갔다. 상호간에 알게 되고 각자각자가 상대방에 대한 지식과 관념을 쌓아 수많은 우정이 싹텄다. 짝을 지은 친구들 중에는 함께 히브리 어 단어를 외우는 학생이 있는가 하면 같이 사생寫生을 하고 산보도 하며 실러를 읽는 짝들도 있었다. 라틴 어를 잘하는 대신 수학이 서투른 사람은 라틴 어가 서투른 대신 수학을 잘하는 아이와 결합하여 공부의 효과를 올리려고 했다. 그리고 또한 다른 종류의 계약과 물물교환이 기초가 된 우정도 있었다. 예를 들면 매우 부러움을 받는 햄을 가진 아이는 슈탐하임의 원예가의 아들이 자기와 유무 상통有無相通한 짝임을 발견하게 된 것이다. 이 소년은 자기의 상자 속에 훌륭한 사과를 가득 채워두고 있었다. 어느 날 햄을 가진 아이는 햄을 먹다가 목이 말라서 사과를 가진 아이에게 사과 하나를 달라고 하고 그 대신 자신의 햄을 주었다. 그들은 함께 앉아서 서로 신중하게 이야기한 결과 햄이 없어지면 곧 보충된다는 것과, 사과를 가진 아이도 봄이 지나고서도 얼마간은 아버지가 저장한 사과를 얻어먹을 수 있다는 것이 밝혀졌다. 이리하여 견고한 관계가 성립되었다. 그 관계는 정열적으로 결합된 많은 이상적인 결합보다도 오래 지속되었다.

고립된 사람은 아주 소수였다. 루치우스는 그 적은 수 중의 하나였다. 예술에 대한 그의 탐욕적인 사랑은 이 무렵 더욱 절정에 달해 있었다.

조화되지 않은 결합도 있었다. 가장 조화되지 않은 결합은 헤르만 하일너와 한스 기벤라트였다. 이들은 경솔한 사람과 조심성 있는 사람, 그리고 시인과 노력가와의 결합이었다. 둘은 가장 영리하고 재주가 뛰어난 소년으로 손꼽혔으나 하일너는 천재라고 하는 반半 조롱적인 평판을 받고 있는 반면 한스는 모범 소년이라는 명성을 듣고 있었다. 그러나 모든 아이들은 두 아이에게 그다지 구애되지 않았다. 각자가 자기 자신의 교우 관계에 바빴고 자기 일에 몰두하고 있었다.

그러나 이러한 개인적인 흥미와 경험으로 인해서 학교가 등한시되지는 않았다. 학교는 도리어 큰 악장樂章이며 리듬이었고 그것에 비하면 루치우스의 음악도 하일너의 시작詩作도 모든 교우 관계도 싸움도 때때로 있는 격투도, 부수적인 변조 變調나 사사로운 개개의 여흥餘興으로서 유희적인 것에 지나지 않았다. 무엇보다도 히브리 어가 힘들었다. 여호와의 기이한 태고의 언어는 고갈되어, 그러나 아직도 신비하게 살아 있는 나무처럼 이상하게 박차를 가해서 하나의 수수께끼처럼 소년들의 눈앞에 우뚝 솟았다. 이상스러운 나뭇가지는 그들의 눈앞에 우뚝 솟았고 진기한 색깔과 향기 있는 꽃은 사람들을 놀라게 하였다. 그 가지와 움푹 들어간 곳이나 뿌리 속에는 괴상하고 무섭게 생긴 용이라든지 순박하고 사랑스러운 동화, 그리고 아름다운 소년과 조용한 눈을 가진 소녀 혹은 억센 여자와 함께 주름살이 많고 엄숙하고 메마른 노인의 머리, 그러

한 천 년의 영혼이 무섭게 혹은 정답게 깃들어 있었다. 한가로운 루터의 성서 속에서 구약 성서의 안개로 엷게 가려져 멀리 꿈처럼 울렸던 것이 지금 이 생소한 참된 언어 속에서는 피와 소리가 낡아서 가슴 답답하기는 하나 강하고 무시무시한 생명을 획득하였다. 적어도 하일너에게는 그렇게 생각되었다. 그는 매일매일 모세의 5서(구약 성서 최초의 5권)를 시간마다 저주하고는 있었으나 단어를 다 알아 결코 틀리지 않게 읽으려고 참을성있게 공부하는 많은 사람들보다도 그 속에서 많은 생명과 영혼을 발견하고 또 흡수하였다.

그와 겨누는 신약 성서는 더욱 미묘하고 쉽게 그리고 깊이 이해되었다. 그 말은 그다지 오래 되거나 깊거나 풍부하지는 않았으나 한층 섬세하고 생생한 열이 있고, 동시에 환몽적인 정신으로 충만되어 있었다.

그리고 오디세이의 그 힘이 있고 가벼운 음조音調가 힘차게 균형이 잡혀 흘러가는 하얗고 둥근 수정水精의 팔과도 비슷한 시의 구절 속에서 몰락한 행복스러운 윤곽과 선명한 생활의 기록과 예감이 떠오르는 것이었다. 그것은 때로는 윤곽의 허식 없는 필치筆致로 꼭 붙잡을 수 있을 것 같았고 어느 때는 두서너 마디의 말과 구절 속에서 꿈과 아름다운 예감으로 반짝반짝 빛나면서 떠오르는 것이었다.

이것에 비하면 역사가 크세노폰이나 리비우스는 그 빛을 빼앗기고 말았다. 빛을 빼앗기기까지는 않았다 할지라도 미미한 빛으로서 거의 반짝임을 잃고 조심스럽게 옆에 서 있는 것에 지나지 않았다.

한스는 모든 일이 그의 친구들에게는 자기와는 다르게 관찰되고 있다는 것을 알고 몹시 놀랐다. 하일너에게는 추상적인 것은 존재하지 않았다. 그가 마음속에 그려서 공상의 색채로써 그려낼 수 없는 것은 존재하지 않았다. 그것이 되지 않은 경우에는 무엇이든지 싫증을 내고 내팽개쳐버렸다. 수학은 그에게 있어 믿을 수 없는 수수께끼를 짊어진 스핑크스였다. 그의 차갑고 꼴사나운 눈초리는 산 채로 희생된 것을 몸도 움직일 수 없도록 해버리는 것이었다. 하일너는 이 괴물을 멀리 돌아서 피하고 있었다.

하일너와 한스의 우정은 색다른 관계였다. 그것은 하일너에게는 오락이었으며 사치였고, 기분 좋은 일이었으며 혹은 변덕스럽기도 했으나, 한스에게는 때로는 자랑으로써 지키는 보물이었으며 어느 때에는 견딜 수 없는 큰 짐이었다. 그때까지 한스는 저녁 무렵의 시간을 언제나 공부에 이용하고 있었다. 그러나 지금은 거의 매일 하일너가 고통스러운 공부에 싫증이 나면 한스한테로 와서 그의 책을 밀어버리고 자기의 상대로 만들었다. 한스는 이 친구를 몹시 사랑했으나 나중에는 혹시 이 친구가 오지나 않을까 하고 매일 밤 벌벌 떨면서 제한된 공부 시간에 뒤지지 않기 위하여 갑절 열심히 공부하였다. 하일너가 이론적으로 그가 열심히 공부하는 것을 공격하기 시작한 것은 한스에게는 큰 고통이었다.

"그것은 품팔이야."

그는 이렇게 말했다.

"너는 어떤 공부든지 하고 싶어서 하는 것이 아니야. 다만 선생과 아버지가 무서워서야. 일등이나 이등이 되어서 무엇을 하려는 거야? 나는 이십 등이지만 그렇다고 해서 너희들같이 열심히 공부하는 아이들보다 멍청하지는 않아."

한스는 하일너가 교과서를 어떻게 취급하고 있는지를 처음 보았을 때 너무나도 놀랐다. 그는 언젠가 한번 책을 교실에 두고 왔기 때문에 다음 지리地理 시간의 예습을 하기 위해 하일너의 지도를 빌렸다. 놀라운 것은, 그는 어느 페이지고 온통 연필로 낙서를 해놓았다. 피레네 반도의 서해안은 괴상한 얼굴 옆모습으로 잡아 끌어당겨져 있었다. 코는 폴토에서 리스본에 이르고, 피니스테레 갑岬지방은 곱슬곱슬 말아붙인 머리카락으로 과장되었고, 성聖 뱅상 갑은 얼굴 전체의 수염이 잘 다듬어 올린 선단先端이 되어 있었다. 어느 책장을 보아도 그런 식이었다. 뒤쪽 백지에는 희화戲畵와 대담한 골계시滑稽詩 구절이 적혀 있었다. 잉크가 떨어져 있는 곳도 여러 군데였다. 한스는 자기 책을 신성한 것으로서 보물처럼 다루고 있었다. 그리하여 한스는 이러한 대담성을 신성을 모독하는 행위 또는 반범죄적이기는 하나 영웅적인 행위라고 생각했다.

선량한 기벤라트는 그의 친구들에게는 귀여운 노리갯감이라기보다는 집에서 기르는 일종의 고양이에 지나지 않은 존재로 보였을지도 모른다. 한스 자신도 때때로 그렇게 느꼈다. 그러나 하일너는 한스가 필요했기 때문에 애착을 가지고 있었다. 그는 누구든지 자기의 마음을 털어놓을 수 있는 사람, 자기가 말하는 것을 경청해 줄 수 있는 사람, 자기한테 감탄해서 칭찬해줄 수 있는 사람을 갖지 않고는 견딜 수가 없었다. 학교나 생활에 대해서 혁명적인 이야기를 할 경우에는 조용히 그리고 열심히 경청해주는 사람이 필요하였다. 동시에 또 우울할 때는 자기를 위로해줄 수 있고 그 사람의 무릎을 자기가 벨 수 있는 사람이 필요하였다. 일반적으로 이러한 성질의 사람은 마찬가지지만, 이 젊은 시인은 근거도 없이 다소 어리광스러운 우울증의 발작으로 시달렸다. 그 원인의 일부는 어린 마음의 숨은 고별이며, 일부는 여러 가지 힘과 어슴푸레한 생각이나 욕망 등의 아직 목적을 모르는 횡류橫流였고, 일부는 성인이 될 때의 이유 없는 어두운 충격이었다. 그럴 때마다 그는 동정을 받고 애무를 받고 싶은 병적인 욕구를 가졌다.

이전에 그는 어머니한테서 무척이나 귀여움을 받고 자랐다. 아직 여성의 사랑을 받기에는 성숙하지 못한 지금은 온순한 친구가 그의 위안자가 되었다.

해거름이면 그는 지쳐서 한스에게 오는 일이 자주 있었다. 그리고 공부를 하고 있는 한스를 유혹하여 함께 침실에 가자고 재촉하였다. 그 차가운 홀 혹은 어두워져가는 높은 기도실을 둘은 나란히 왔다갔다 하기도 하고 추위에 떨면서 창에 걸터앉기도 했다. 하일너는 하이네를 읽는 서정적인 소년의 부류였으며, 갖가지 감상적인 탄식을 하였다. 그리고 다소 어린애다운 비애의 구름 속에 싸여 있었다. 그것은 한스에게는 잘 익숙해지진 않았으나 무엇인가 가슴에 울리는 듯한 것을 느꼈다. 때로는 그 기분이 전염되어오는 일까지 있었다. 이 감수성 많은 시인은 흐린 날에 발작을 일으키는 일이 많았다. 특히 늦가을의 비구름이 하늘을 컴컴하게 하고, 감상적인 달이 구름

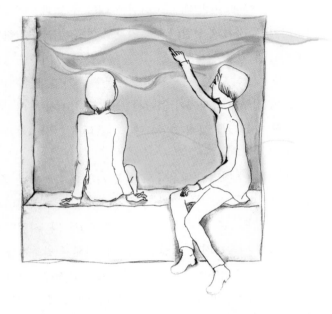

에 숨어 어슴푸레한 엷은 베일과 구름 틈 사이로 내다보면서
궤도를 그리며 가는 밤이면 그의 비탄과 신음은 절정에 달했
다. 그러면 그는 오시안적인 기분에 잠겨 몽롱한 우수 속으로
녹아들어가는 것이었다. 그것이 한숨이 되고 말이 되고 시 구
절이 되어 죄도 없는 한스에게 퍼부어지는 것이었다.

한스는 이러한 고통스러운 수심과 탄식의 장면에 시달리고
괴로움을 당하고는 급히 서둘러 남은 시간에 공부를 시작하였
다. 그러나 공부는 점점 어려워졌다. 옛날의 두통이 다시 되살
아온 것을 그는 이제 의심하지는 않았으나, 피로하여 하는 일
없이 무료한 시간을 보내는 일이 빈번해지고 꼭 필요한 일만
을 하는데도 자기 자신을 매질하지 않으면 안 되는 것은 몹시

마음에 걸렸다. 이 변태적인 사람에 대한 우정 때문에 허덕허덕 지치고, 자기의 성질이 무엇인가에 의하여 또 순결한 부분이 병들게 되었다는 사실을 그는 어렴풋이 느끼기는 했으나 상대가 침울하고 눈물을 흘리면 흘릴수록 가엾게 보였다. 그리고 이 친구에게 자기가 없어서는 안 된다고 하는 의식은 한스의 우정을 더욱 깊게 하였으며, 그를 더욱 자랑스럽게 만들었다.

그 위에 이 병적인 우울증도 실은 과잉한 불건강한 충동의 돌발에 지나지 않으며, 그가 정말 감탄하고 있는 하일너의 본성에 속하는 것은 아니라는 것을 느끼고 있었다. 하일너가 자작한 시를 낭독하거나 시인의 이상에 대해서 말하거나 혹은 실러와 셰익스피어의 독백을 정열적으로 몸짓해가면서 낭독할 때 한스는, 결핍되어 있는 마력에 의하여 공중을 떠돌고 초인간적인 자유와 불타는 듯한 정열을 가지고 움직이며 호머의 천사와 같이 날개 돋친 발을 갖고 자기와 그의 친구들 틈 사이에서 표박하며 사라져가는 듯이 여겨졌다. 이제까지 시인의 세계는 한스에게는 거의 미지였고 중대한 것으로도 생각되지 않았다. 지금 그는 비로소 아름답게 흘러나오는 어구와 진실하게 다가오는 비유와 마음 설레이는 음율 등의 현혹적인 힘을 거역하기 어렵게 되었다. 이 새로 열려진 세계에 대한 한스의 존경은 친구에 대한 감탄과 융합하여 일체 불가분의 감정이 되었다.

그러는 동안 어느덧 11월이 다가왔다. 램프를 켜지 않고 공부할 수 있는 동안은 수시간에 불과하였다. 어두컴컴한 밤에

는 폭풍이 커다랗게 되감기는 구름의 산더미를 어두운 고지로
몰아붙여, 울부짖는 듯이 혹은 싸우는 듯이 오래 된 견고한 수
도원의 건물 주위에 부딪쳤다. 나뭇잎은 이미 하나도 남아 있
지 않았다. 다만 저 많은 나무 중의 왕자인, 세차고 가지 많은
큰 참나무만이 다른 모든 나무보다도 소란스럽게 불평을 참을
수 없다는 듯이 마른 나무 끝으로 소리를 내고 있었다. 하일너
는 이때쯤 되면 완전히 우울해져서 한스한테도 오지 않고 다
만 혼자서 외딴 연습실에서 바이올린을 난폭하게 당기거나 친
구들에게 싸움을 걸곤 하였다.

　어느 날 하일너가 연습실에 가니 노력가인 루치우스가 악
보대 앞에서 연습을 하고 있었다. 하일너는 화가 나서 나갔다
가 30분이 지난 후에 다시 들어왔다. 루치우스는 그때까지 계
속해서 연습하고 있었다.

　"이제 그만 중지해도 좋을 텐데."

　하일너는 잔소리를 하였다.

　"다른 아이들 중에도 연습하고 싶은 사람이 있을 텐데? 그
렇지 않아도 너의 엉터리 바이올린은 사람을 울리고 있어."

　루치우스는 양보할 생각도 하지 않았다. 하일너는 화가 치
밀었다. 루치우스가 침착하게 다시 바이올린을 켜기 시작하자
하일너는 악보대를 발길로 걷어차 엎어버렸다. 악보는 방 안
에 사방으로 흩어지고 악보대는 루치우스의 얼굴에 부딪쳤다.
루치우스는 엎드려서 악보를 주웠다.

　"교장 선생님한테 일러바친다."

　그는 단호하게 말하였다.

"좋아."

하일너는 분격해서 소리쳤다.

"또 궁둥이도 함께 채였다고 이르는 게 좋을걸."

그는 루치우스를 정면에서 걷어차려고 하였다.

이에 루치우스는 재빠르게 몸을 돌려 입구로 달려갔다. 하일너는 그를 뒤쫓았다. 격심하게 소란한 추격이 시작되었다. 복도와 넓은 방을 지나 계단과 현관을 통하여 수도원의 가장 멀리 떨어진 동에까지 이르렀다. 거기에는 조용하고 우아한 교장의 저택이 있었다. 그 서재의 문 앞에 이르러 하일너는 겨우 루치우스를 붙들었다. 이미 노크를 하고 열려진 문 안에 들어선 순간에 루치우스는 하일너에게 채였기 때문에 미처 문을 닫을 여유도 없이 교장의 신성불가침한 방 안으로 폭탄처럼 뛰어들었다.

그것은 여태까지 없던 일이었다. 다음날 아침 교장은 청년의 탈선에 대해서 준엄한 훈시를 하였다. 루치우스는 깊은 감명이라도 받은 듯 내심 갈채를 보내면서 듣고 있었다. 하일너에게는 엄한 감금이 언도되었다.

"수년 이래로……" 하며 교장 선생은 하일너에게 고함쳤다.

"이곳에서는 이러한 벌이 내려진 적이 없었다. 10년이 지나도 이 일은 결코 잊지 않도록 해주겠다. 다른 사람들에게 대해서는 이 하일너를 본보기로 삼겠다."

학생 일동은 겁을 집어먹고 하일너를 힐끔힐끔 바라보았다. 하일너는 파랗게 질린 얼굴을 하고 반항적인 태도로 꼿꼿이 선 채 교장의 시선을 피하지 않았다. 많은 아이들은 마음속으로 하일너에 대해 감탄했다. 그러나 훈계가 끝난 후에 모두가 떠들썩하게 복도에 밀려나왔을 때 하일너는 나병 환자처럼 홀로 남는 몸이 되었다. 그의 편이 되려면 용기가 필요했다.

한스 기벤라트는 하일너의 편이 될 수 없었다. 그렇게 하는 것이 자기의 의무라고 느끼고 있었기 때문에 그는 자기의 비겁함을 생각하고 고민하였다. 그는 가엾음과 부끄러움으로 방 안에 틀어박혀 얼굴을 잘 들지도 못하였다. 그는 하일너를 방문하고 싶은 기분에 사로잡혀 남몰래 그것이 가능하다면 많은 희생을 치러도 좋다고 생각하였다. 그러나 수도원에서는 무거운 감금의 벌에 처해진 자는 오랫동안에 걸쳐 낙인을 찍힌 거

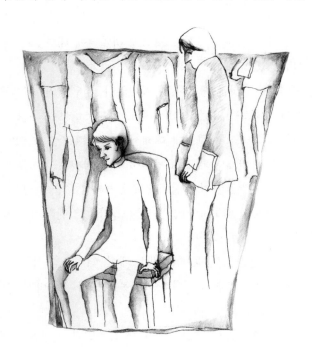

나 다름없었다. 말할 필요도 없이 처벌받은 자는 그 후 특별한 감시를 받았다. 그와 교제하는 것은 위험한 일이며 나쁜 평판이 따랐다. 국가가 생도들에게 베푼 은혜에 대해서는 당연히 엄격한 규율을 가지고 보답하지 않으면 안 되었다. 그것은 이미 입학식 때 긴 훈시 속에서 말해졌던 것이다.

한스도 그것을 알고 있었다. 그는 우정의 의무와 공명심과의 싸움에서 졌다. 그의 이상은 바로 두각을 나타내고, 시험에서 이름을 올려 일역―役을 해내려는 것으로서, 낭만적인 위험한 행동을 하려는 것은 아니었다. 이리하여 그는 괴로워하면서 한쪽 구석에 틀어박혀 있었다. 아직은 뛰어나가서 용기를 나타낼 수도 있었으나 그것은 점점 곤란해졌다. 그리하여 한스는 어느 틈엔가 자신도 모르게 하일너에 대한 배신이 행동화되어 있었다.

하일너는 그것을 충분히 알고 있었다. 정열적인 그는 모두가 자기를 피하고 있음을 느꼈다. 그리고 그것도 당연하다고 생각하였다. 그러나 한스에 대해서만은 신뢰를 갖고 있었다. 지금 그가 느낀 고통과 분노에 비하면 지금까지의 아무런 이유도 없는 개탄은 자기 자신에게도 공허하고 우습게 생각되었다. 하일너는 창백하고 거만한 얼굴로 잠시 기벤라트 곁에 서서 낮은 목소리로 말했다.

"너는 비열한 놈이야, 기벤라트. 에이, 더러운 자식."

이렇게 말하고서 그는 휘파람을 불면서 양손을 바지주머니에 집어넣고는 걸어 나갔다.

젊은이들에게 달리 여러 가지 생각할 일과 할일이 있다는

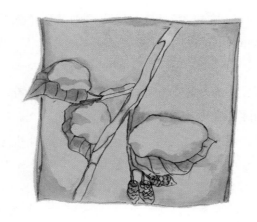

것은 좋은 일이었다. 이 사건이 있은 지 수일 후 하얀 눈이 소복이 내렸다. 그리고 며칠 동안 맑게 개인 차가운 겨울 날씨가 계속되어 눈싸움을 하고 스케이트를 탈 수가 있었다. 크리스마스와 방학이 다가온 것을 모두가 갑자기 깨닫고는 그것에 대해 이야기하였다. 하일너의 일은 전혀 문제가 되지 않았다.

그는 조용하게 반항적으로 머리를 똑바로 쳐들고 오만한 얼굴로 돌아다녔다. 누구하고도 말을 하지 않았고 빈번히 시를 수첩에 적어넣었다. 수첩에는 검정 초를 먹인 표지가 붙어 있고 그 표지에는 '승려의 노래'라는 표제가 붙어 있었다.

참나무, 오리나무, 개암나무, 수양버들에는 서리와 얼어붙은 눈이 기묘하고 이상한 모양을 하고 늘어져 있었다. 연못은 투명한 얼음이 찬 기운 때문에 소리를 내었다. 회랑의 가운데 뜰은 조용한 흥분이 방마다 넘쳐흘렀다. 크리스마스를 기다리는 기쁨은 두 사람의 근엄 단연謹嚴斷然한 교수에게까지도 부드러움과 흥분을 떠오르게 하였다. 선생들이나 생도들 중에서 크리스마스에 대하여 무관심한 사람은 하나도 없었다. 하일너도 화를 내고 비참하게 보이던 얼굴이 어느 정도 부드러워지기 시작하였다. 루치우스는 휴가 때 집에 가지고 갈 책과 신에 대하여 곰곰이 생각하였다. 집에서 오는 편지에는 가슴 조이게 하는 아름다운 일들이 적혀 있었다. 사랑하는 아들의 소망을 묻는다든지 빵 굽는 날을 가르쳐주기도 하고 멀지 않아 불의에 깜짝 놀라게 해주겠다는 일을 암시하기도 했으며, 다시 만날 날에 대한 기쁨을 말하기도 하였다.

방학의 귀향 여행 전에 생도들, 특히 헬라스의 방 학생들은 사소하나마 명랑한 사건을 체험하였다. 어느 날 저녁, 가장 큰 헬라스의 방에서 베풀어질 크리스마스 축하회에 선생들을 초대하기로 결정했다. 축하의 말과 낭독, 그리고 피리 독주와 바이올린 이중주가 준비되었다. 그러나 어쨌든 유머러스한 순서를 프로그램에 넣지 않으면 안 되었다. 여러 가지로 상의하고 제안을 내기도 했으나 좀처럼 일치되지 않았다. 그때에 카를 하멜이 아무런 생각 없이 에밀 루치우스의 바이올린 독주가 가장 유쾌할 것이라고 말했다. 그것이 인기를 끌었다. 여러 가지 방법으로 꾀는가 하면 부탁하기도 하고 협박도 하고 해서 가련한 음악가를 납득시켰다. 선생들에게 보내진 정중한 초대장의 프로그램에는 특별 프로로서 다음과 같이 씌어 있었다.

'고요한 밤, 바이올린을 위한 가곡, 궁전 명악사名樂士 에밀 루치우스 연주'

궁전 명악사의 칭호가 붙여진 것은 멀리 떨어진 음악실에서 열심히 연습한 덕택이었다.

교장, 교수, 복습 지도 교사, 음악 교사, 수석 조수 등이 축하회에 초대되어 참석하였다. 루치우스가 하르트너한테 빌린 뒷자락 단이 있는 검정 예복을 입고 이발을 한 모습으로 조용하고 겸손하게 미소까지 띄우면서 등장하자 음악 선생의 이마에는 땀이 배었다. 그의 인사 때문에 사람들은 웃지 않고는 견딜 수가 없었다. 가곡 〈고요한 밤〉은 그의 손가락 아래에서 가슴이 내려앉을 듯한 애절한 탄성이 되었고, 울부짖는 듯한 고통스럽고 괴로운 노래가 시작되었다. 그는 두 번을 처음부터 다시 시작했으며 멜로디를 부수기도 하고 끊기도 했다. 발로 박자를 맞추며 추운 겨울날의 나무꾼처럼 정력을 다하였다.

교장은 분노한 나머지 새파랗게 질린 음악 선생을 유쾌한 듯이 바라보았다. 루치우스는 가곡을 세 번씩이나 다시 시작하더니 이번에도 정지한 채로 바이올린을 내리고 청중을 향하여 다음과 같이 변명하였다.

"잘 되지 않습니다. 단지 저는 지난 가을부터 바이올린을 켜기 시작했을 뿐입니다."

"좋다, 루치우스."

교장은 소리쳤다.

"우리들은 너의 노력에 감사한다. 계속해서 그렇게 연습을 하여라. 험한 길을 지나서 별에 이르는 법이니까."

12월 24일은 아침 세 시부터 어느 침실이고 활기가 돌았고 떠들썩하였다. 창은 깨끗한 잎 모양으로 두텁게 얼어 있었다. 세면용 물은 얼어붙어 있었고 수도원 가운데 뜰에는 살을 에일 듯한 날카로운 삭풍이 불었다. 아무도 그것에 개의치는 않았다. 식당에서는 커피 끓이는 큰 주전자가 증기를 뿜고 있었다. 그로부터 얼마 지나지 않아, 오버며 목도리로 몸을 감은 학생들은 떼를 지어 희미하게 반짝이는 하얀 들을 지나 조용한 숲을 벗어나 아주 멀리 떨어져 있는 정거장을 향하여 걸어갔다.

모두가 떠들썩하게 이야기를 주고받으며 농도 하고 큰소리로 웃기도 했으나 각자의 마음속은 소망과 즐거움과 기대로 가득 차 있었다. 널리 주 전체에 걸쳐서 도시나 시골이나를 막론하고 외로운 집의 따뜻하고 화려하게 장식된 방에서 양친이나 형제 자매들이 자기를 기다리고 있을 것을 그들은 알았다. 대부분의 아이들에게 있어 크리스마스에 먼 곳으로부터 귀향하는 일은 이번이 처음이었다. 그들은 사랑과 자부심으로 충만되어 기다려지고 있음을 알고 있었다.

눈에 덮인 숲 한가운데에 있는 자그마한 역에서는 모두들 심한 추위에 떨면서 기차를 기다렸다. 이와 같이 모두가 한마음, 같은 기분이 되어 즐겁게 보여본 적은 여태까지 한번도 없었다. 하일너만이 혼자서 침묵을 지키고 있었다. 그는 기차가 오자 다른 아이들이 타는 것을 기다렸다가 혼자 다른 칸에 탔다. 한스가 다음 역에서 바꿔 탈 때에 또 한번 그를 보면서 느낀 순간적인 부끄러움과 후회의 감정은 곧 귀향의 흥분과 즐거움 속으로 사라져버렸다.

집에는 만족스러운 웃음이 가득 차 있었다. 그리고 선물이 놓여진 책상이 그를 기다리고 있었다. 그러나 기벤라트의 집에는 크리스마스의 즐거움이 없었다. 노래도 축제의 감격도 모친도 전나무도 없었다. 더욱이 그의 아버지는 축제를 축하하는 방법을 알지 못했다. 하지만 그는 아들을 자랑스럽게 여기고 이번에는 선물을 사는 데 돈을 아끼지 않았다. 한스는 이러한 크리스마스에 익숙해져 있었기 때문에 아무것도 부족하다고 생각지 않았다.

모두들 한스의 안색이 안 좋고, 너무 야위었으며, 얼굴이 창백하다고 했다. 도대체 왜 수도원의 식사는 그렇게 빈약하냐고 물었다. 한스는 이것에 대해 열심히 부정하며 형편은 좋으나 이따금 두통이 날 뿐이라고 단언하였다. 고을 목사는 자기도 젊었을 때에는 그와 같은 두통으로 고민했다고 한스를 위로하였다. 그것으로써 만사는 해결되었다.

냇물은 미끈하게 얼어붙어 있었다. 축제일에는 스케이트를 타는 사람들로 가득 찼다. 한스는 새 옷을 입고 녹색의 신학교 생도 제모를 쓰고서 거의 하루 종일 밖에서 살았다. 그는 이전의 동급생으로부터 벗어나 사람들이 부러워하는 훨씬 높은 세계로 진출한 것이다.

어찌할 수 없는 우정

경험에 의하면 신학교 생도 중 각 학년에서 한 사람 내지 수명의 학생이 4년간의 수도원 시절에 없어지는 것이 상례였다. 때로는 죽는 사람이 생겨서 찬미가讚美歌와 더불어 장사를 지내기도 하고 친구들에게 딸려서 고향으로 보내지기도 하였다. 그리고 탈주하는 사람이 있는가 하면 특별한 죄로 인해 퇴교당하는 사람도 있었다. 또한 극히 드물기는 하나 상급 학년에서만 일어나는 일인데 어떤 곤란한 처지에 놓인 소년이 청춘의 고민으로부터 피스톨 혹은 투신投身에 의하여 간단하게 어두운 곳으로 도망칠 길을 찾는 경우도 있었다.

한스 기벤라트의 반에서도 두서너 명의 급우가 이런 식으로 사라졌다. 더욱이 이상스러운 우연에 의하여 그것은 모두 헬라스의 방에서 일어났다.

헬라스 방의 동침자 중에는 힌두라는 별명을 가진 힌딩거라는 금발의 얌전한 작은 소년이 있었다. 그 소년은 알고이의 종교적으로 고립된 땅의 양복점 주인 아들이었다.

그는 조용한 학생으로서 없어진 뒤에야 비로소 약간의 평판이 떠돌았으나 그것도 그다지 큰 문제는 아니었다. 절약가이자 궁정의 명악사인 루치우스 바로 옆에 있던 그는 루치우스와 친하게 지냈고 조심스럽게 다른 아이들보다 그와 많은 접촉을 하고 있었다. 그가 없어진 후에야 비로소 헬라스 방의 아이들은 나무랄 데 없는 선량한 이웃으로서 또 종종 파란 많은 하나의 지점支點으로서 힌딩거의 존재를 좋아하고 있었다는 것을 느꼈다.

정월 어느 날 힌딩거는 연못으로 스케이팅 하러 가는 패에 끼여 있었다. 하지만 그는 스케이트는 가지고 있지 않았고 다만 한번 구경을 하려고 마음먹었을 뿐이었다. 그런데 곧 추워져서 몸을 녹이기 위하여 강가 주위를 서성거리게 되었다. 그는 추위를 조금이라도 막기 위해 달음질쳐서 약간 들 쪽으로 떨어진 다른 작은 호숫가에 이르렀다. 그곳은 따뜻한 물이 힘차게 솟아오르고 있었기 때문에 물 위에는 살얼음이 얼어 있을 뿐이었다. 그는 갈대를 헤치고 그곳으로 들어갔다. 그는 작고 가벼웠으나 그만 강기슭 가까운 곳에 빠지고 말았다. 잠시 동안 허우적거리면서 '사람 살려' 하고 외쳤으나 아무에게도 발견되지 못하고 어둡고 차가운 물 속으로 가라앉아버렸다.

오후 두 시에 첫 수업이 시작되었을 때에야 비로소 사람들은 그가 없어진 것을 알게 되었다.

"힌딩거는 어디 갔지?"

복습 지도 교사가 물었다.

아무도 대답하지 않았다.

"헬라스의 방을 찾아보아라."

그러나 거기에도 그는 없었다.

"지각이겠지. 그가 없더라도 시작합시다. 74페이지 제7구절. 이런 일은 두번 다시 없도록 합시다. 당신들은 시간을 지키지 않으면 안 됩니다!"

세 시가 되어도 힌딩거가 여전히 나타나지 않자 선생은 그제서야 걱정이 되어 교장에게 심부름꾼을 보냈다. 교장은 즉시 교실로 달려와 중대한 질문 몇 가지를 하고는 곧 열 명의 생도들과 조교와 복습 지도 교사에게 수색하라고 명령했다. 남은 생도들에게는 받아쓰기 연습을 시켰다.

네 시가 되어 복습 지도 교사는 노크도 하지 않고 교실로 들어와서는 교장에게 귓속말로 무엇인가를 보고했다.

"조용히!" 하고 선생은 명령하였다. 생도들은 꼼짝하지 않고 의자에 앉아서 마른침을 삼키며 선생을 지켜 보았다.

"여러분의 학우 힌딩거는……" 하며 교장은 목소리를 낮추었다.

"못에 빠진 모양이다. 여러분도 그를 찾는 일을 도와야만 하겠다. 마이어 교수가 여러분을 지휘할 테니 하나하나 그분 말씀에 복종하여라. 그리고 제멋대로 행동해서는 안 된다."

놀란 생도들은 교수를 선두로 수군거리면서 따라갔다. 도시로부터는 수명의 어른이 밧줄과 판자와 몽둥이를 가지고 급히 달리는 일행에 가담했다. 날은 몹시 추웠고 해는 점점 저물어가고 있었다.

　마침내 딱딱하게 굳은 소년의 시체가 발견되어 눈에 덮인 등심초燈心草 위에서 들것에 올려졌을 때는 이미 황혼이 깊었다.

　생도들은 겁에 질린 새처럼 불안스럽게 주위에 서서 시체를 바라보며 파랗게 굳은 손가락을 문질렀다. 물에 빠진 친구가 선두로 운반되고 그 뒤를 따라서 묵묵히 눈에 덮인 들판을 걷기 시작했을 때에야 비로소 그들의 억눌렸던 가슴은 갑자기 전율에 휩싸여 작은 사슴이 적의 냄새를 맡은 것과 같은 무서운 죽음을 느꼈다.

　슬픔에 떠는 많지 않은 수의 일행 가운에 한스 기벤라트는 우연히 지난날의 친구 하일너와 나란히 걷고 있었다. 둘은 들판의 울퉁불퉁한 어느 장소에서 발을 헛디디는 순간 자기들이 나란히 걷고 있다는 것을 동시에 느꼈다. 죽음에 직면하여 강한 충격을 받고 잠시나마 모든 이기심 같은 것에 대한 허무함을 깊이 느끼고 있던 탓인지 어쨌든 한스는 갑자기 친구의 창백한 얼굴을 가까이에서 보자 무어라 말할 수 없는 깊은 괴로움을 느끼며 하일너의 손을 잡으려고 하였다

하일너는 화가 난 듯이 손을 움츠리고 불쾌하게 눈을 돌리고는 곧 다른 장소를 찾아서 맨 뒷줄로 사라져버렸다.

모범 소년 한스의 가슴은 고통과 부끄러움으로 울먹였다. 얼어붙은 들판을 헛디뎌가면서 걷는 동안 추위로 파랗게 된 볼 위로 쉴새없이 눈물이 흘러내리는 것을 그는 억제할 수 없었다. 그는 사람에게는 잊어버릴 수 없고 또 어떤 후회로도 돌이킬 수 없는 죄와 태만이 있다는 것을 깨달았다. 선두에서 높이 걸머진 들것 위에 누워 있는 사람은 작은 양복점 주인의 아들이 아닌 친구 하일너로서, 성적이나 시험이나 월계관이 아닌, 양심의 깨끗함 또는 더러움을 표준으로 하는 다른 세계로 한스의 불실에 대한 고통과 분노를 싣고 가는 것처럼 느껴졌다.

그러는 동안 일행은 국도國道에 다다랐다. 그곳에서 수도원은 가까웠다. 수도원에서는 교장을 선두로 선생 일동이 죽은 힌딩거를 맞이하였다. 만약 힌딩거가 살아 있었다면 그러한 명예를 생각만 해도 도망쳐버렸을 것이다. 선생들은 언제나 죽은 생도를 살아 있는 생도를 대하는 것과는 아주 다른 눈으로 보았다. 그들은 죽은 생도를 대하면서 평소에 언제나 아무런 생각 없이 상처를 주고 있는 하나하나의 생명이나 청춘의 귀중함을 다시는 돌이키기 어렵다는 것을 순간이나마 강하게

느끼는 것이었다.

그 날 밤도 그리고 다음날도 하루 종일 눈에 띄지 않는 시체의 존재가 마술과 같은 작용을 하여 모든 행위나 언어를 부드럽게 하고 진정시켜 엷은 비단으로 둘러쌌다. 그래서 이 짧은 기간에는 싸움도 분노도 소란도 웃음도 자취를 감추고 잠시 동안 수정水精이 물 표면으로부터 사라져 파도 하나 일지 않고 마치 아무것도 살지 않는 것처럼 보이는 것 같았다. 둘이 만나서 익사한 아이의 이야기를 할 때에는 반드시 완전한 이름을 불렀다. 죽은 사람에게 힌두라는 별명은 실례가 된다고 생각되었던 것이다. 살아 있는 동안에는 눈에 띄지 않았고 쳐다보지도 않아서 학생들의 무리 속에 숨겨져 있던 조용한 힌두가 지금은 그의 이름과 죽음으로써 큰 수도원 전체를 가득 채웠다.

이틀 만에 힌딩거의 아버지가 도착하였다. 그는 자기 아들이 누워 있는 방에 두서너 시간 동안 혼자 있었다. 그러고 나서 교장으로부터 차를 대접받고 그 날 밤은 사슴옥屋에서 묵었다.

그리고 장례식이 있었다. 관은 침실에 놓여져 있었다. 알고이의 양복점 주인은 그 곁에 서서 모든 것을 바라보았다. 그는 틀림없는 양복점 주인 타입이었으며, 몹시 야위었고 날카로웠다. 녹색으로 물들인 검정 프록 코트에 좁고 초라한 바지를 입었으며 손에는 낡은 예모를 들고 있었다. 그의 작고 좁은 얼굴은 바람 속의 1크로이츠(화폐 단위)짜리 촛불처럼 우수에 잠겨 슬프고 가냘프게 보였다. 그는 교장과 교수들에 대한 존경의 마음으로 줄곧 당황하고 있었다.

마침내 관을 나르는 사람들이 관을 들어올리려는 순간 슬픔에 잠긴 양복점 주인은 한 걸음 앞으로 다가서더니 눈물을 억제하면서 넋을 잃고 크고 조용한 방 한가운데에 겨울의 고목처럼 멈춰 섰다. 그 모습이 너무나도 적막하고 허전하며 초라하였기에 보는 사람도 가슴 아팠다. 목사가 그의 손을 붙잡고 가까이 다가섰다. 그는 이상스럽게 휘어진 실크 해트를 머리 위에 얹고는 관 바로 뒤를 따라 층계를 내려서 수도원의 뜰을 지나 낡은 문을 통하여 눈이 쌓인 하얀 들판을 지나 낮은 묘지의 담을 향하여 걸어갔다. 묘 옆에서 찬미가를 부르는 대부분의 생도들이 지휘하는 음악 선생의 박자를 잡는 손은 보지도 않고 작은 양복점 주인의 초라한 모습을 보고 있었기 때문에 음악 선생은 화를 냈다. 양복점 주인은 슬픔에 잠겨 추위에 떨면서 머리를 숙이고 있었다. 그리고 목사와 교장과 수석 생도의 조사弔辭를 들으며 합창하는 생도들을 향하여 멍하니 고개를 끄덕였다. 때때로 윗옷 안주머니에 넣어둔 손수건을 왼손으로 만지작거렸으나 그것을 꺼내지는 않았다.

"저분 대신 나의 아버지가 그 자리에 서 있었다면 어떠했을까 하고 나는 생각하지 않을 수 없었어."

나중에 오토 하르트너가 말하였다.

그러자 모두들 이구 동성으로 "나도 바로 그런 생각을 했다"고 말했다.

장례식이 끝난 후에 교장은 힌딩거의 아버지와 함께 헬라스의 방으로 왔다.

"너희들 중에서 죽은 아이와 특히 친하게 지낸 학생이 있느냐?"

교장이 방 안을 향하여 물었다.

처음에는 아무도 나서지 않았다. 힌두의 아버지는 불안스럽게 그리고 애처롭게 젊은 학생들의 얼굴을 들여다보았다. 그때 루치우스가 앞으로 나섰다. 힌딩거 씨는 그의 손을 덥석 잡더니 잠시 동안 꼭 쥐고는 아무 말도 하지 못하고 있다가 고개를 끄덕이고 방을 나갔다. 그리고 나서 그는 곧 출발하였다. 하루 종일 눈으로 덮인 들판을 기차로 달리지 않으면, 집에 돌아가서 아들 힌딩거가 얼마나 외로운 곳에 잠들어 있는지를 부인에게 말해줄 수가 없었기 때문이다.

이런 일이 있은 얼마 후, 수도원에서는 또 마력魔力이 사라져버렸다. 선생들은 다시 질타하기 시작하였다. 문을 닫는 손도 난폭해졌다. 없어진 헬라스 방의 한 소년의 일은 거의 생각나지 않았다. 저 비참한 연못가에 오랫동안 서 있었기 때문에 감기가 들어 병실에 누워 있는 아이도 있었으며, 면모綿毛 슬리퍼를 신고 목도리를 두르고 뛰어다니는 아이도 몇 명 있었다. 한스 기벤라트는 다리도 목도 아프지는 않았으나 그 불행한 참사가 생긴 날 이래로 침통해지고 나이가 든 것처럼 보였다. 무엇인가 그의 마음속에는 변화가 일어났다. 소년이 청년으로 된 것이었다. 그의 마음은 이를테면 다른 나라로 옮겨져 그곳에서 불안스럽고 안정되지 않은 채 아직도 자신이 머무를 곳을 찾지 못하고 있었다. 그것은 죽음의 공포 때문도 아니고 선량한 힌두에 대한 애도 때문도 아니었으며 오직 갑자기 눈 뜬 하일너에 대한 죄의식 때문이었다.

하일너는 다른 두 아이와 함께 병실에 누워서 뜨거운 차를 마셔야만 했다. 그리고 힌딩거의 죽음으로 인해 받은 인상을 정리하고, 후일의 시작 활동을 하기 위한 시간을 가졌다. 그러나 그것도 그에게는 대수로운 일은 아닌 것 같았다. 그는 도리어 병색이 짙은 비참한 얼굴을 하고 있었으며, 앓고 있는 친구들과도 거의 말을 하지 않았다. 감금당하는 벌을 받은 이래로 그는 고독을 어찌할 수 없었으며, 그의 감수성 많은, 끊임없이 말동무 없이는 견디지 못하던 마음은 상처를 입고 거칠어졌다. 선생들은 그를 혁명적인 불편 분자로서 엄중히 감시하고 생도들은 그를 피하고 조교는 조롱 섞인 친절을 갖고 그를 대하였다. 그가 벗삼는 셰익스피어나 실러나 레나우는 그를 압박하고 굴종屈從을 강요하는 현실의 신변의 세계와는 다른 보다 힘차고 웅대한 세계를 보여주었다.

그의 〈승려의 노래〉는 처음에는 은둔자 같은 우울한 음조를 띠고 있는 것에 불과했으나 점차로 수도원이나 교사나 동급생에 대한 신랄한 증오에 가득 찬 구절로 변했다. 그는 고독 속에서 시큼한 순교자의 쾌감을 발견하였다. 이해되지 않는 것에 만족을 느끼고 가차없이 모멸적인 승려의 노래 속에서 마치 자기가 작은 유베날리스(60세가 되기까지 세상에서 인정을 받지 못한 로마의 풍자 시인)인 듯이 여기고 있는 것이었다.

장례식을 치른 후 일주일이 지나서 두 사람의 친구는 나았고 하일너만이 아직까지 병실에 누워 있었다. 한스는 그에게

병문안을 갔다. 한스는 어색하게 인사를 하고 의자를 침대 옆으로 끌어당겨 앉고는 병자의 손을 잡으려고 하였다. 병자는 불쾌하게 벽 쪽으로 돌아눕더니 아주 무뚝뚝한 표정을 보였다. 그러나 한스는 물러나지 않고 하일너의 손을 힘있게 쥐고는 이전의 친구 얼굴을 억지로 자기 쪽으로 돌리려고 하였다. 그러자 하일너는 화를 내면서 입술을 비틀었다.

"도대체 어떻게 하자는 거지?"

한스는 손을 떼지 않았다.

"내가 말하는 것을 들어줘."

한스는 말했다.

"나는 그때 비겁하게도 너를 버렸다. 그러나 너는 내가 어떤 생각을 하고 있는지 알고 있을 거다. 신학교에서 윗자리를 차지하고 가능하다면 일등이 되겠다고 하는 것이 나의 굳은 결의였다. 그것을 너는 쓸데없는 공부라고 말했지. 나에게는 틀림없이 그렇다. 그러나 그것이 나의 유일한 이상이었어. 나는 그때까지 그것보다 나은 것을 알지 못했던 거야."

하일너는 눈을 감고 있었다.

한스는 매우 낮은 소리로 말을 계속하였다.

"정말 미안하다. 네가 다시 한 번 내 친구가 되어줄지 않을지는 모르겠으나 어쨌든 나를 용서해주렴."

하일너는 눈을 감은 채 묵묵히 있었다. 그의 마음속의 모든 착하고 밝은 요소는 지금 친구를 향하여 웃음 짓고 있었으나 요즘 몰인정한 고독감에 습관이 되어버린 그는 적어도 잠시 동안은 그 가면을 벗지 않고 그대로 눌러쓰고 있었다. 그래도

한스는 물러나지 않았다.

"꼭 부탁한다, 하일너! 나는 이 이상 네 주위를 방황하는 것
보다는 차라리 꼴찌가 되는 것이 낫다고 생각한다. 너만 좋다
면 우리 다시 친구가 되자. 그리고 우리는 다른 아이들은 상대
하지 않아도 좋다는 것을 보여주자."

그때 하일너가 한스의 손을 힘있게 쥐면서 눈을 떴다.

2, 3일 지나자 하일너도 병이 나아 병실에서 나왔다. 수도원
안에서는 이 다시 맺어진 우정에 대해서 적지 않은 흥분이 일
었다. 그러나 두 사람에게는 이제부터 기이한 나날이 시작되
었다. 특별히 이렇다 할 체험이라고 할 만한 것은 없었으나 그
들은 결합되어 있다는 일종의 독특한 행복감과 무언중에 서리
는 양보로 가득 차 있었다. 이전과는 다소 달라진 것이 있었
다. 한스는 더욱 애정과 따뜻함을 더하고 탐닉적으로 되어 있

었으며, 하일너의 태도는 힘차고 남성적으로 되어 있었다. 둘은 그 동안 서로 떨어져서 그리워하고 있었기 때문에 재차의 결합이 마치 커다란 체험과도 같이, 또는 귀중한 선물처럼 생각되었다.

조숙한 두 소년은 그들의 우정 속에서 무엇인가 첫사랑의 미묘하고 신비스러운 것을 가슴 두근거리는 부끄러움을 갖고 무지각하나마 이미 맛보고 있었던 것이다. 거기에다 그들의 결합은 성숙한 남성의 씁쓰레한 매력을 가지고 있었다. 그리고 또한 그와 마찬가지로 씁쓰레한 맛으로서 학우 전체에 대한 반항심을 가지고 있었다. 모든 아이들에게 있어서는, 하일너는 친할 수 없는 사나이였다. 그 무렵 모든 아이들 사이의 우정은 아직도 순박한 소년의 장난에 지나지 않았던 것이다.

한스는 그 우정이 깊어지고 행복감으로 집착할수록, 그에게서 학교는 점점 멀어졌다. 새로운 행복감은 싱싱한 포도주처럼 그의 피와 사상에 끓어올라 빙빙 돌았다. 그와 동시에 리비우스도 호머도 그 중요성과 빛을 잃고 말았다. 선생들은 이제까지 모범적인 학생이던 기벤라트가 의문의 인간으로 변하고 주위 인물 하일너의 나쁜 감화에 물든 것을 보고 놀랐다. 무엇보다도 선생들이 두려워하는 것은 청년의 발효가 시작되는 위험한 연령의 조숙한 소년에게 나타나는 이상한 현상이었다. 그렇지 않아도 그들에게 있어 하일너는 원래부터 무엇인지 언짢은 천재적인 기질을 가지고 있었다 — 천재와 교사들 사이에는 옛날부터 움직일 수 없는 심연이 있었다. 천재적인 인간이 학교에서 나타내는 것은 교수들에게는 이전부터 혐오의 대상이었다. 교수에게 있어 천재라고 하는 것은 교수를 존경하지 않고, 열네 살에 담배를 피우기 시작하고 열다섯 살에 연애를 하고 열여섯 살에 술집엘 가고 금지하는 책을 읽고 대단한 작문을 쓰는 존재였다.

때로는 선생들을 조소 어린 눈으로 바라보며 일기장 속에서는 선동자와 감금 후보자의 역할을 하는 불량배인 것이다. 학교의 교사는 자기가 맡은 학급에 한 사람의 천재를 갖느니보다는 확실성이 보장되는 열 명의 바보를 갖는 것을 좋아한다. 잘 생각해보면 그것도 당연한 일이다. 왜냐하면 교사의 임무는 상규常規를 벗어난 인간을 기르는 것이 아니라 라틴 어를 잘하고 계산에 능하고 성실한 인간을 양성하는 것이기 때문이다. 그러나 어느 편이 보다 많은 고통을 받을 것인가! 선생이 생도로부터 괴로움을 당할 것인가, 그렇지 않으면 그 반대일 것인가. 양자 중에서 누가 더 폭군이며 누가 더 많이 귀찮게 구는가. 또 상대방의 마음과 생활에 상처를 입히고 더럽히는 자는 누구인가. 그것을 검토해보면 누구나가 불쾌한 기분이 되어 분노와 부끄러움을 갖고 자기의 젊은 시절을 생각하지 않을 수 없는 것이다. 그러나 그것들은 우리들이 취급할 일이 아니다.

정말로 천재적인 인간이라면 상처는 대개의 경우 쉽게 쾌유되고 학교 같은 것은 문제삼지 않으며 좋은 작품을 만든다. 또한 후일 죽어서는 시간의 흐름의 명쾌한 후광에 싸여 여러 세대에 걸쳐 후세의 학교 선생들로부터 걸작으로서 그리고 고귀한 모범생으로 소개될 인물이 된다는 것을 우리는 위안으로 삼는 것이다. 이렇게 해서 학교에서 학교로 규칙과 정신과의 싸움의 장면은 되풀이되고 있다. 그리고 국가와 학교는 매년 나타나는 몇 사람의 보다 깊고 뛰어난 정신을 타도하여 뿌리부터 꺾으려고 숨도 쉬지 않고 노력하고 있다는 것을 우리들은 끊임없이 보고 있다. 더욱이 언제나 누구보다도 학교 선생으로부터 미움을 받은 사람, 때때로 벌을 받은 사람, 쫓겨난 사람들이 후에 가서 우리들 국민의 보배가 되는 것이다. 그러나 마음속의 반항 속에서 자기 자신을 소모하고 파멸하는 사람도 적지 않다—그 수가 얼마나 되는지 그것을 누가 아랴?

예로부터의 훌륭한 학교의 원칙에 반해서 변태적인 두 젊은이에 대해서도 의심스럽다고 느끼는 순간 사랑 대신에 가혹함이 배가되었다. 다만 가장 근면한 히브리 어 연구자로서 한스를 자랑으로 삼고 있던 교장만이 졸렬한 구제책을 시도하였다. 그는 한스를 자기 사무실로 불렀다. 그곳은 옛날 원장이 거처하던 아름다운 그림과 같은 구석방으로, 전설에 의하면 가까운 크니링겐 출생의 파우스트 박사가 이곳에서 엘핑거 주酒를 계속해서 마셨다고 한다.

교장은 상당한 사람으로서 견식도 실무적인 수완도 없지는 않았다. 뿐만 아니라 생도들에 대해서는 일종의 부드러운 호의를 가지고 있었으며, 그는 즐겨서 생도들을 군君이라고 불렀다. 그의 커다란 결점은 자부심이 강한 것이었다. 그 결점은 교장으로 하여금 종종 교단에서 아슬아슬한 곡예를 부리게 했으며, 또 자기의 세력이나 권위가 조금이라도 의심스럽게 보이는 것을 참지 못하게 하였다. 그는 어떠한 항의도 받아들이지 않았으며, 어떠한 과오도 고백하지를 못하였다. 그리하여 무능력하거나 혹은 정직하지 못한 생도들은 그와 매우 잘 어울렸으나 능력이 있고 정직한 생도들에 한해서는 잘 어울리지 못했다. 왜냐하면 조금 반대 의사를 표시하기만 해도 그는 격분하여 올바른 판단력을 잃었기 때문이다. 그는 정신을 끌어당길 듯한 눈초리와 다정한 목소리로 아버지 대신의 친구 역할을 하는 데 명수였다. 지금도 그는 그 수단을 썼다.

"앉아라, 기벤라트."

그는 주저주저하면서 들어온 소년의 손을 꼭 쥐고는 친절하게 말했다.

"좀 얘기하고 싶은 것이 있는데, 군이라고 불러도 좋은가?"

"좋습니다, 선생님."

"너는 너 자신도 최근 성적이, 적어도 히브리 어에 있어서 약간 떨어진 것을 느끼고 있겠지. 너는 지금까지 히브리 어는 일등이었다. 그런데 갑자기 성적이 떨어지는 것은 매우 유감이다. 혹시 히브리 어에 흥미를 잃은 것이 아니니?"

"그렇지 않습니다, 선생님."

"잘 생각해보아라! 그런 일은 흔히 있다. 아마 다른 과목에 특히 주력한 것이겠지?"

"아닙니다, 선생님."

"정말이냐? 좋아, 그러면 다른 원인을 찾지 않으면 안 되겠구나. 그것을 찾는 데 너는 나를 도와주겠나?"

"모르겠습니다……저는 언제든지 숙제를 했습니다."

"틀림없이 그렇다. 그러나 같은 핏줄에서도 바보는 있는 법이다. 너는 물론 숙제를 잘해왔다. 그것은 바로 네 의무이기도 하다. 그러나 이전에는 어떤 경우에도 더욱 흥미를 가지고 열심히 공부하였으며 성적도 아주 좋았다. 그런데 이렇게 갑자기 열이 식은 것은 무슨 까닭인지 알고 싶다. 어디 아픈 데라고 있나?"

"아닙니다."

"혹 두통이라도 나느냐? 물론 그다지 원기 있어 보이지는 않는구나."

"두통은 이따금 납니다."

"그럼 공부가 지나친 것은 아니냐?"

"아닙니다, 전혀."

"그렇다면 자신만의 독서라도 심하게 하느냐? 정직하게 말해보아라!"

"아닙니다. 저는 거의 아무것도 읽지 않습니다, 선생님."

"그렇다면 잘 모르겠구나. 애야, 아직은 모르겠으나 어딘가 나쁜 곳이 틀림없이 있을 것이다. 너는 진심으로 노력하겠다고 약속해줄 수 있겠니?"

한스는 교장이 내민 오른손에 자기 손을 얹었다. 교장은 그를 진정 어린 부드러움으로 들여다보았다.

"그럼 좋다. 아주 지쳐버리지 않도록 해라. 그렇지 않으면 수레바퀴 아래에 깔리게 될 테니까."

교장은 한스의 손을 꼭 쥐었다. 한스는 안도의 숨을 쉬면서 문으로 걸어갔다.

그때 교장 선생이 다시 한스를 불렀다.

"좀더 묻겠는데, 기벤라트. 너는 하일너와 교제하고 있는 모양이지?"

"네. 매우 친합니다."

"다른 아이들보다도 가까이 지내고 있다지?"

"그렇습니다. 아주 가까이 지내고 있습니다. 그는 나의 친구입니다."

"도대체 어떻게 해서 그렇게 되었지? 너희들은 아주 성격이 다른데."

"그건 저도 잘 모르겠습니다. 다만 그는 나의 친구일 뿐입니다."

"내가 너의 친구를 그다지 좋아하고 있지 않다는 것을 너도 잘 알고 있겠지. 그는 침착성을 잃은 불평가이며, 천분이 있는지는 몰라도 아무것도 하지 않고 너에게도 좋지 않은 영향을 끼치고 있어. 네가 그로부터 좀 멀어졌으면 하고 생각하는데, 어떠니?"

"그것은 안 됩니다, 선생님."

"안 된다고? 도대체 왜?"

"그는 나의 친구이기 때문입니다. 간단하게 그를 버릴 수는 없습니다."

"음. 그러나 너는 다른 아이와 더 가까워질 수 있지 않느냐? 하일너의 나쁜 감화에 몸을 맡기고 있는 것은 너뿐이야. 그 결과는 이미 눈에 드러나고 있다. 너는 하일너의 어떤 점에 특별히 끌리고 있느냐?"

"제 자신도 모릅니다. 그러나 우리는 서로 좋아합니다. 그

를 버리는 것은 비겁합니다."

"그래, 그래. 나는 더 이상 너에게 강요할 수는 없다. 그러
나 차차 그로부터 떨어지기를 바란다. 나는 그렇게 되기를 원
하고 있다."

교장의 마지막 말에는 먼젓번의 그 부드러움은 하나도 없
었다. 한스는 돌아가도 좋다고 허가받았다.

그때부터 한스는 새로이 공부에 모든 힘을 다하였다. 물론
이전처럼 순조롭게 진전되지는 않았다. 겨우 지나치게 뒤떨어
지지 않을 정도로 힘들여 따라갈 뿐이었다. 그것의 일부는 우
정 때문이라는 것을 그도 알고 있었다. 그러나 한스는 우정에
의해서 손실과 장해를 가져왔다고는 생각하지 않았다. 도리어
지금까지 소홀히 여겨왔던 모든 것을 보상할 수 있는 보물을
우정 속에서 찾아냈다―그것은 이전의 무미건조한 의무의 생

활과는 비교가 될 수 없을 만큼 보다 높고 따뜻한 생활이었다. 그는 젊은 연인과 같은 기분이 되었다. 위대한 영웅적인 행위는 가능하나, 매일 지루하고 하잘것없는 일을 할 수는 없을 것 같은 느낌이 들었다. 그리하여 끊임없이 절망적인 탄식을 하면서 자기 자신을 속박하였다. 겉만을 슬쩍 들여다보고 꼭 필요한 것만을 빨리 그리고 거의 강제적으로 재빨리 외우는 하일너와 같은 재주를 한스는 알지 못했다. 이 친구는 대개 매일 저녁 한가한 시간에 그를 유인했기 때문에 그는 무리를 해서라도 매일 아침 한 시간 빨리 일어나지 않으면 안 되었다. 그리고 마치 적하고 싸움이라도 하는 듯이 특히 히브리 어 문법을 공부했다. 정말로 즐겁게 생각된 것은 호머와 역사 시간뿐이었다. 암중 모색暗中摸索하는 기분으로 호머의 세계에 대한 이해에 가까워졌다.

역사에 있어서, 영웅은 차차로 그 이름이나 연대 같은 것에 의한 이해는 없어지고 가까이에서 불타는 듯한 눈으로 바라보고 생생한 붉은 입술을 갖고 있는 것처럼 되었다. 어느 영웅이든 얼굴과 손을 가지고 있었다. 어떤 영웅은 조용하고 서늘한 돌과 같은 손을, 또 다른 영웅은 가는 맥이 있는 야위고 뜨거운 손을 가졌다.

복음서를 그리스 어 원문으로 읽을 때에도 그는 때때로 갖가지 인물을 확실하게 느끼고는 놀랐다. 아니 도리어 압도당했다. 특히 마가복음 6장의 예수가 제자들과 배를 버리는 장면에서 그러한 느낌이 강했다. 거기에는 '사람들이 곧 예수이신 줄을 알고 그 온 지방으로 달려 돌아다니다' 라고 씌어 있었다. 그 부분을 읽으니 그리스도가 배에서 내리는 모습이 눈에 보였다. 그리고 자태나 얼굴에 의해서가 아닌 사랑의 눈빛으로 가득 찬 이상한 깊이와, 민감하기는 하나 강한 넋에 의하여 형성되고 지배되고 있는 것처럼 보이는 우아하고 아름다운 갈색 손이 가볍게 손짓한다기보다는 환영하는 듯이 불러들이는 몸짓에 의하여 그리스도라고 하는 것을 곧 알았다. 격한 물가와 무거운 보트의 뱃머리가 순간 눈앞에 떠올랐다. 그리고 그 광경은 뿜어낸 겨울 입김처럼 사라져버렸다.

이따금 그러한 일이 되풀이되었다. 책 속에서는 어느 인물 혹은 역사의 일편이 다시 한 번 되살아나 자기의 시선을 살아 있는 사람의 눈에 비치기 위하여 말하자면 욕심을 부려 뛰어나오는 것이었다.

한스는 이것을 받아들이면서 이상스러운 생각이 들었다. 그리고 이 홀연히 나타나서 이내 사라져가는 현상에 직면하자 자기가 마치 검은 대지를 유리처럼 들여다보거나 혹은 하느님에게라도 발견된 것처럼, 이상하게 변화된 자신을 느꼈다.

이러한 귀중한 순간은 부르지 않아도 오고 한탄할 틈도 없이 곧 사라져버렸다. 그것은 마치 순례자나 절친한 손님과 같았으나 무엇인가 낯설고 숭엄한 것을 자기 신변에 감싸고 있었기 때문에 이야기를 건다거나 강제로 멈추게 할 수는 없었다.

한스는 이러한 체험을 자기 자신의 가슴속에 간직하고 그 일에 대해서는 하일너에게도 아무 말도 하지 않았다.

하일너에게 있어 이전의 우울감은 안정되지 않는 신랄한

정신으로 변하여 수도원이나 선생들이나 친구들이나 기후나 인간 생활이나 신의 존재에 대하여 비평을 가하고, 때로는 싸움이나 엉뚱하고 멍청한 행동으로 줄달음질했다. 그는 어쨌든 한 번 고립되었고 다른 아이들과 대립했었기 때문에 경솔한 자부심을 가지고 이 대립을 한층 날카롭게 완전히 적대 관계로 만들어버렸다. 그 속으로 기벤라트가 무저항으로 휩쓸려들어간 것이다. 그리하여 두 친구는 반감을 가지고 보여지는 기괴한 섬이 되어 많은 아이들로부터 멀리 떨어지고 말았다. 한스는 점차 그것을 그다지 불쾌하게 여기지 않게 되었다. 그러나 다만 교장에 대해서만은 어두운 불안감을 느끼고 있었다. 이전에는 그의 애제자였던 한스가 지금은 냉담하게 취급되고 분명히 고의로써 소홀히 대해졌다. 그리하여 특히 교장의 전문 과목인 히브리 어에 대해서는 날이 갈수록 흥미를 잃고 말았다.

소수의 정체자를 제외하고서 40명의 생도가 수개월 사이에 이미 심신이 다 같이 변화해버린 것을 보는 것은 흥미가 있었다. 많은 아이들이 몸집에는 상관없이 키가 마구 컸다. 그리하여 함께 자라지 않는 의복 밖으로 손목과 발목을 재미있게 내놓고 있었다. 얼굴은 차츰 사라져가는 어린애다움과 수줍어하면서도 가슴을 펴기 시작한 어른스러움 사이에서 모든 조화를 이루고 있었다. 몸은 아직도 사춘기의 모진 모양을 나타내지 않은 아이라 할지라도 모세에 관한 책의 연구에 의하여 적어도 일시적인 어른다운 엄숙함을 미끈한 이마에 띠고 있었다. 살진 볼은 완전한 것이 되어 있었다.

한스도 또한 변하였다. 몸집에서는 하일너에게도 뒤지지 않게 되었다. 뿐만 아니라 하일너보다 오히려 나이들어 보이기까지 했다.

이전에는 부드럽고 투명하던 이마의 모가 이제는 뚜렷이 눈에 띄었다. 눈은 한층 깊이 들어갔고 얼굴은 불건강한 색을 나타냈으며 수족이나 어깨는 뼈가 앙상하게 야위었다.

학교에서의 성적에 스스로가 불만스럽게 되면 될수록 하일너의 감화를 받아 그는 더욱 심하게 다른 아이들과의 관계를 끊었다. 그는 이미 모범생으로서, 장래의 수석으로서 동급생을 내려다볼 근거를 잃었기 때문에 그의 거만은 전혀 어울리질 않았다. 그러나 다른 사람들로부터 그것을 깨닫게 하거나 자기 마음속에서 그것을 고통스럽게 여기는 것은 용납되지 않았다. 특히 한스는 모범적인 하르트너와 건방진 오토 벵거와 종종 싸웠다.

어느 날 벵거가 한스를 조롱하고 화나게 했으므로 한스는 그만 자제력을 잃고 주먹으로 응수하였다. 그들은 심하게 치고 박았다. 벵거는 비겁한 아이였으나 매우 약한 상대를 해치우는 것은 아주 잘했다. 그는 사정없이 때리고 달려들었다. 하일너는 그 자리에 있지 않았다. 다른 아이들은 한가로이 바라보면서 한스가 두들겨 맞는 것을 통쾌하게 여겼다. 한스는 심하게 얻어맞아 코피를 흘렸고 늑골 전체가 아파왔다. 온 밤을 수치와 고통과 분노 때문에 잠을 이룰 수가 없었다. 하일너에게는 이 일을 감추었으나 이때부터 한스는 완전히 다른 아이들과 절연하고 같은 방 생도들과 거의 말을 하지 않았다.

봄을 맞아서 비가 내리는 대낮이나, 비 오는 일요일이나 황혼기에는 수도원 생활에도 새로운 조직과 움직임이 나타났다. 아크로폴리스 실에는 피아노의 명수와 피리 부는 사람이 둘 있었기 때문에 규칙적인 음악의 밤이 두 번 열렸다. 게르마니아 실에서는 희곡 독서회를 열었다. 수명의 젊은 경건주의자는 성서 모임을 만들어 매일 밤 칼브의 성서 주역註譯을 한 장章씩 읽었다.

하일너는 게르마니아 실의 독서회에 입회하기를 지망했으나 받아들여지지 않았다. 그는 격분했다. 그 복수로 이번에는 성서 모임에 들어갔다. 거기에서도 그는 환영받지 못했으나 무리하게 밀고 들어갔다. 그리고 겸손하고 조용한 일동의 경건한 담화 속에 대담한 언설言說과 신을 모독하는 야유로써 쟁론과 불화를 가져왔다. 곧 하일너는 이러한 해학에도 지쳤으나 오랫동안 야유적인 성서 입버릇이 그의 말투에 남아 있었다.

그러나 이번에는 그를 거의 돌아다보지 않았다. 학생들은 이제 완전히 기획과 창립의 정신에 몰두해 있었다.

가장 많이 화제에 오른 사람은 재능과 기지를 갖춘 스파르타 실에 있는 어느 학생이었다. 그는 개인적인 명성을 생각하는 다음으로 단지 여러 학생들을 즐겁게 하고 여러 가지 기지 있는 하잘것없는 짓을 하여 단조로운 생활에 기분 전환을 가져왔다. 그는 둔스탄이라는 별명으로 불리고 있었는데 그는 인기를 얻고 명성을 얻을 수 있는 기발한 방법 등을 알고 있었다.

어느 날 아침 학생들이 침실에서 나오자 세면장 입구에는 한 장의 종이가 붙어 있었다. 거기서는 '스파르타의 육경구六警句'라는 제목 아래 선발된 변태자들, 그리고 그들의 폭행, 악희惡戲, 우정 관계를 이행시로 신랄하게 조롱하고 있었다. 기벤라트와 하일너도 한 대 얻어맞고 있었다. 작은 조직 안에는 심한 흥분이 일어났다. 극장 입구이기나 한 것처럼 생도의 무리가 벌떼처럼 세면장 입구로 몰려들어 떠들썩하였다.

그 다음날 아침에는 입구 전체에 응수와 찬성과 새로운 공격의 경구와 풍자시가 나붙었다. 그러나 그 소동의 장본인은 두번 다시 여기에 가담할 만큼 어리석지는 않았다. 불씨를 곡창에 던지는 목적은 이미 달성했기에 그는 기쁨에 잠겨 손을 비비고 있었다. 거의 모든 생도들이 수일 동안 이 풍자시 전쟁에 가담하였다. 누구나가 이행시를 생각하면서 묵묵히 걸어다녔다. 오불관언吾不關焉하고 예전과 같이 묵묵히 공부에만 열중하는 사람은 아마도 루치우스 혼자뿐이었을 것이다.

마침내 어느 선생이 그것을 알고서 소란스러운 유희를 금지시켰다. 교활한 둔스탄은 이번의 성공에 만족하지 않고 그동안 본격적으로 준비를 하고 있었다. 드디어 그는 신문 제1호를 냈다. 그것은 극히 작은 규격의 초고지에 복사한 것으로서, 재료는 수주일에 걸쳐 수집된 것이었다. 〈산돼지〉라는 타이틀로서 주로 유머 신문이었다. 요수아 기記의 저자와 마울브론 신학교의 한 생도와의 사이에 우스운 대화가 제1호의 뛰어난 기사였다.

그는 이에 성공하려고 애쓰지는 않았다. 매우 다망한 편집자 겸 발행인다운 얼굴과 거동으로 둔스탄은 수도원 안에서 그 옛날 베네치아 공화국의 명성 높은 아레티너와도 같이 비난과 칭찬의 명성을 얻고 있었다.

헤르만 하일너가 열정적으로 편집에 가담하여 둔스탄과 함께 날카로운 풍자적인 검찰관의 역을 맡았을 때 학생들 사이에서는 놀라움의 흥분이 일어났다. 하일너에게는 그러한 역을 하기 위한 기지와 독이 결핍되어 있지 않았다. 거의 한 달 동안 이 작은 신문은 수도원 전체를 숨막히게 하였다.

기벤라트는 하일너가 마음대로 하도록 내버려두었다. 그에게는 일을 함께 할 흥미도 재간도 없었다. 뿐만 아니라 처음에는 하일너가 다른 일에 바빠서 최근 빈번하게 스파르타 실에서 밤을 지내고 있는 것을 미처 모르고 있었다. 한스는 하루종일 넋을 잃고 돌아다녔다. 그리고 서서히 흥미없는 공부를 시작했다.

어느 날 리비우스 시간에 이상한 일이 일어났다. 교수는 한스의 이름을 불러 번역하라고 명령하였다. 그러나 그는 앉아만 있었다.

"어찌된 일이냐? 왜 일어나지 않는 거야?"

교수가 화를 내며 소리쳤다.

한스는 움직이지 않았다. 똑바로 의자에 앉은 채 머리를 조금 수그리고 눈은 절반쯤 감고 있었다. 이름이 불려지고 꿈에서 깨어나기는 했으나 교수의 말소리는 아주 먼 곳으로부터 울려오는 것처럼 들릴 뿐이었다. 옆자리 아이가 몹시 흔드는 것을 순간 느낄 수 있었다. 그것도 그에게는 아무 소용이 없었

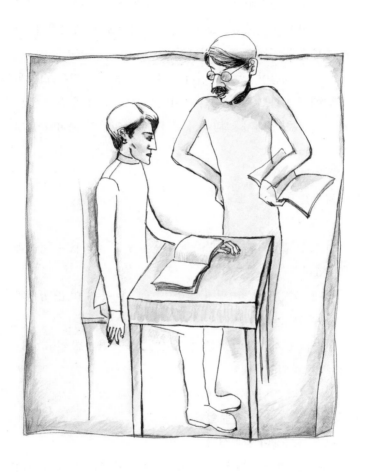

다. 그는 다른 사람들에게 둘러싸여 다른 곳에 닿아 있었다. 누군가가 한스에게 말을 걸었다. 아니, 말이 아니라 다만 샘이 솟는 소리처럼 깊고 부드럽게, 아주 가깝고 낮게 속삭였다. 그리고 많은 눈이 한스를 바라보았다.

낯설고 예감이 넘치는 커다란 빛나는 눈―그것은 리비우스 속에서 읽은 로마 군중의 눈이었다. 아마도 그가 꿈에서 보았거나 혹은 언젠가 그림에서 본 미지의 인간의 눈이었을 것이다.

"기벤라트!"

교수는 또 한번 소리쳤다.

"자고 있느냐?"

한스는 조용히 눈을 뜨고 놀라서 교수를 바라보며 머리를 흔들었다.

"자고 있었구나! 그렇지 않다면 어느 문장을 읽고 있는지 말할 수 있느냐?"

한스는 손가락으로 책을 가리켰다. 그는 어디를 읽고 있는지 잘 알고 있었다.

"자, 그럼 이번에는 일어서겠지?"

교수는 조롱하듯이 물었다.

한스는 그제야 일어섰다.

"너는 도대체 무엇을 하고 있는 거냐? 내 얼굴을 쳐다보아라!"

한스는 교수의 얼굴을 바라보았다. 그의 눈초리가 교수의 마음에 들지 않았는지 교수는 이상히 여기며 머리를 흔들었다.

"어디 불편하냐, 기벤라트?"

"아닙니다, 선생님."

"앉아라. 그리고 수업이 끝난 후에 내 방으로 오너라."

한스는 자리에 앉아서 리비우스 책 위에 엎드렸다. 그는 완전히 깨어나서 모든 것을 깨달았다. 그러나 동시에 그의 마음의 눈은 그 많은 낯선 인물들의 뒤를 좇았다. 그는 서서히 넓은 세계에 멀리 떨어져가면서 끊임없이 빛나는 눈을 그 자신 위에 쏟고 있었으나 마침내 아주 먼 안개 속에 가라앉아버렸다. 그와 동시에 교수의 목소리와 번역하고 있는 생도의 목소리와 그 외에 교실의 작은 소음이 점점 가까워져서 마침내 언제나처럼 다름없이 아주 확실해졌다. 의자와 교단, 칠판은 이전과 같았다. 벽에는 나무로 만든 큰 컴퍼스와 삼각자가 걸려있었다. 그리고 주위에는 친구들이 앉아 있었다. 그들 중의 많은 아이들이 호기심을 갖고 뻔뻔스럽게 한스 쪽을 넘겨다보고 있었다. 한스는 그때 깜짝 놀랐다.

"수업이 끝난 후에 내 방으로 오너라" 하는 소리를 그는 들었던 것이다. 큰일이다. 도대체 무슨 일을 저질렀단 말인가. 수업 시간이 끝난 후 교수는 한스에게 눈짓을 하여 빤히 바라다보고 있는 다른 학생들 사이를 지나 그를 자기 사무실로 데리고 갔다.

"자, 도대체 어떻게 된 일인지 말해보아라. 자고 있었던 것은 아니지?"

"아닙니다."

"네 이름을 불렀을 때 왜 일어나지 않았니?"

"저도 모르겠습니다."

"그렇지 않으면 들리지 않았니? 너는 귀가 먹었냐?"

"아닙니다, 들렸습니다."

"그런데 왜 일어나지 않았지? 거기에다 나중에는 이상한 눈짓까지 했으니 말이다. 도대체 무엇을 생각하고 있었니?"

"아무것도 생각하고 있지 않았습니다. 저는 일어서려고 했습니다."

"왜 일어나지 않았지? 역시 어디가 불편한 것임에 틀림없구나."

"그렇게는 생각하지 않습니다. 웬일인지 저도 모르겠습니다."

"머리가 아팠니?"

"아닙니다."

"그럼 좋아. 돌아가거라."

식사 전에 그는 다시 불려서 침실로 갔다. 거기에는 교장 선생이 고을 의사와 함께 기다리고 있었다. 의사는 한스를 진찰하고는 꼬치꼬치 캐물었으나 아무것도 확실한 것은 알 수가 없었다. 의사는 가볍게 웃으면서 별일은 아니라고 생각하였다.

"이것은 약간의 신경 장애입니다, 선생님."

의사는 조용히 웃었다.

"일시적인 신경 쇠약, 일종의 가벼운 현기증에 불과합니다. 이 젊은 사람은 매일 옥외로 내보내지 않으면 안 되겠습니다. 두통은 물약으로 처방해야겠습니다."

그때부터 한스는 매일 식후에 한 시간씩 옥외로 나가야만 했다. 그는 이것이 조금도 싫지 않았으나 아쉬운 것이 있다면 이 산보에 하일너가 동행하는 것을 교장이 완강히 금지한다는 것이다. 하일너는 분개하여 욕을 하였으나 여기에 따를 수밖에 없었다. 그래서 한스는 언제나 혼자서 나갔으나 거기에서 하나의 즐거움을 느꼈다.

이른 봄이었다. 아름답고 둥글게 구부러진 언덕에 야트막하고 맑은 파도처럼 싹트는 푸르름이 흘렀다. 나무들은 날카롭게 윤곽을 이룬 갈색의 그물 같은 겨울 모습을 벗어던지고, 잎의 유희와 들과 산의 색이 조화를 이루어 생생한 푸르름의 끝없는 파도를 이루었다.

이전의 라틴 어 학교 시절 때의 한스는 봄을 발랄하게 호기심을 갖고 하나하나를 보았었다. 여러 종류의 새들이 차례차례 돌아오는 것을 관찰했다. 또한 차례로 꽃이 피는 것도 관찰하였다. 그러고 나서 5월이 되면 곧 낚시질을 시작하곤 했다. 그러나 지금은 새의 종류를 구별하려고도, 솟아나는 싹으로 관목을 분간해 내려고도 노력하지 않았다.

그는 다만 전체의 움직임과 도처에 싹트는 빛깔을 보고 푸른 잎의 냄새를 들이마시고 부드럽게 끓어오르는 공기를 느끼면서 놀라운 기분으로 들판을 걸었다.

그는 곧 피곤을 느끼며 언제나 누워서 자고 싶었고 현실적으로 자기를 둘러싸고 있는 것과는 다른 여러 가지를 보았다. 그것이 실제로 어떤 것인지는 그 자신도 몰랐고 생각해보려고도 하지 않았다. 그것은 밝고 부드럽고 이상한 꿈으로서, 초상 혹은 진기한 나무의 가로수처럼 그를 둘러싸고 있었다. 아무 것도 일어나고 있는 것 같지는 않았으며 다만 보기 위한 순수한 화면에 지나지 않았다. 그것을 보는 것은 하나의 체험이었다. 그것은 다른 땅으로 다른 인간에게로 떠나가는 것이었다. 낯선 지상을, 밟기 좋고 부드러운 땅을 걸어가는 것과 같았다. 낯선 공기를, 선들선들 가볍고 미묘한 꿈과 같은 향기가 스며든 공기를 호흡하는 것이었다. 때때로 이 화면 대신에 가벼운 손이 부드럽게 그의 몸을 만지면서 스쳐가는 듯한 망연하고 따뜻하게 흥분되는 감정이 찾아들기도 했다.

한스는 독서나 공부할 때에 주의를 집중하는 데 몹시 힘이 들었다. 그의 흥미를 끌지 못한 것은 그림자처럼 손 아래로 미끄러 떨어져버렸다. 히브리 어 단어를 수업 시간에 알고 싶으면, 마지막 반시간 사이에 외우지 않으면 안 되었다. 그러나 물체의 모습이 뚜렷하게 떠오르는 순간이 빈번히 일어났다. 책을 읽고 있으면 묘사된 것이 하나도 빠짐없이 갑자기 눈앞에 나타나 생명을 얻고 가까운 주위에 있는 것보다는 훨씬 구체적으로 움직이는 것이 보였다. 그의 기억력은 벌써 아무것도 받아들이려 하지 않았고, 거의 날마다 약해지고 불확실해져가는 것을 깨닫고 그는 절망했다. 그러나 한편으로는 오래된 기억이 경이롭고도 두렵게 생각날 듯한 무시무시한 명료성을 갖고 이따금 그를 엄습하였다.

한스는 수업 도중 혹은 책을 읽고 있을 때에 아버지나 안나 할멈, 옛날의 선생이나 동급생 중의 한 사람이 떠올라 잠시 동안 그의 주의를 빼앗곤 했다. 슈투트가르트 체재와 주의 시험이나 휴가중에 있었던 일들을 몇 번이고 되풀이해서 체험했다. 혹은 낚싯대를 드리우고 냇가에 앉아 있는 자기의 모습을 보았고 햇빛이 내리쬐는 물 냄새를 맡기도 했다. 동시에 자기가 꿈꾸고 있는 것은 훨씬 옛날의 일처럼 생각되는 것이었다.

한스는 어느 따뜻하고 습기 찬 컴컴한 저녁 무렵 하일너와 함께 침실을 한들한들 거닐면서 집안일과 아버지, 낚시질 또는 학교에 대해 이야기하였다. 하일너는 아주 입을 다물고 있었다. 그는 한스에게 이야기를 시켜놓고서 이따금 고개를 끄덕이기도 하고 하루 종일 노리갯감으로 가지고 있던 작은 잣대로 명상적으로 허공을 몇 번 치곤 하였다. 차차로 한스도 입을 다물었다. 이윽고 밤이 되었다. 둘은 창턱에 걸터앉았다.

"야, 한스."

마침내 하일너가 입을 열었다. 그 소리는 불안으로 흥분되어 있었다.

"왜?"

"아무것도 아니야."

"괜찮아, 말해봐."

"나 갑자기 생각했는데, 네가 여러 가지 것을 이야기했으니까……."

"도대체 무슨 말인데?"

"너는 저어, 어린 소녀의 뒤를 따라가본 적 없니?"

다시 침묵이 흘렀다. 그러한 일은 그들이 아직까지 이야기한 적이 없었다.

한스는 그런 일에 대해서 두려움을 가지고 있었다. 그러나 그 수수께끼의 세계는 동화의 꽃밭처럼 그를 끌었다. 그는 얼굴이 붉어지는 것을 느꼈다. 그의 손가락은 떨렸다.

"단 한 번."

한스가 속삭이듯이 말하였다.

"아직 아무것도 모르는 어린애 시절이었어."

또다시 침묵이 흘렀다.

"……그러면 너는? 하일너."

하일너는 한숨을 쉬었다.

"야, 그만두자. 이런 것을 이야기하는 게 아니었어. 쓸데없는 짓이야."

"그렇지 않아."

"……나에게는 애인이 있어."

"네게? 정말이냐?"

"고향의 이웃집 아이야. 이 겨울에 나는 그녀에게 키스했었어."

"키스?"

"응……그때는 이미 어두웠어. 해질 무렵 얼음판 위에서였지. 나는 그녀가 스케이트 벗는 것을 도와주고 있었는데 그때 그녀에게 키스를 했지."

"그녀는 아무 말도 하지 않았니?"

"아무 말도 하지 않았어. 그대로 뛰어서 도망가버렸어."

"그러고 나서?"

"그러고 나서! 그것뿐이야."

그는 또 한숨을 쉬었다.

　한스는 하일너를 금단禁斷의 정원에서 온 영웅처럼 바라보
았다.

　그때 종이 울렸다. 모두 침대에 들지 않으면 안 되었다. 불
이 꺼져 아주 조용해진 한참 후까지 한스는 잠자리에 들지 않
고 하일너가 연인에게 한 키스에 대해 생각하고 있었다. 다음
날 더 자세히 물어보려 했으나 왠지 부끄러웠다. 하일너는 한
스가 묻지 않았기 때문에 자기가 먼저 말하기는 주저하였다.

　학교에서의 한스는 더욱 나빠졌다. 선생들은 언짢은 얼굴
을 하고 이상한 시선으로 그를 쏘아보게 되었고 교장 역시 어
두운 얼굴을 하고 있었다. 동급생들도 오래 전부터 기벤라트
가 일등을 포기한 것을 눈치채고 있었다. 하일너만은 자신의

학교에 대하여 별로 중요하게 생각지 않았기 때문에 아무것도 알지 못하였다.

한스 자신은 별로 신경을 쓰지 않으면서 모든 것이 되어가는 대로 지켜보고 있었다. 하일너는 그 동안 신문 편집에 싫증이 나서 완전히 친구의 품으로 되돌아왔다. 금지된 것을 위반하고 그는 몇 차례 한스의 산보에 따라가서 양지바른 곳에 함께 누워 몽상도 하고 시도 낭독하고 혹은 교장을 야유하기도 했다. 한스는 매일매일 하일너가 그의 연애 사건을 계속해서 이야기해줄 것으로 기대하고 있었다. 그러나 오래 끌면 끌수록 거기에 대해 물어볼 용기가 나질 않았다.

한편 친구들 사이에서 두 사람은 지금까지 없었던 혐오의 대상이 되었다. 왜냐하면 하일너가 〈산돼지〉에서 교수와 학생들을 신랄하게 풍자했던 때문이었다. 그렇지 않아도 신문은 이 무렵에 폐간되었다. 임무를 끝내버린 것이다. 본래 그것은 겨울과 봄 사이의 따분한 몇 주일간을 목표로 했던 것이었다.

이제는 갓 시작된 아름다운 계절이 식물 채집이나 산보나 밖에서의 유희를 즐기기에 충분했다. 날마다 낮이면 체조하는 아이와 씨름하는 아이, 경주하는 아이, 공놀이를 하는 아이들이 수도원의 가운데 뜰을 활기로 가득 채웠다. 거기에 하나의 새로운 센세이션이 일어났다. 그 장본인은 물론 언제나와 마찬가지로 전체의 발길에 채이는 돌과 같은 헤르만 하일너였다.

교장은 소갈머리 없이 쓸데없는 말을 하는 동급생을 통해 자신이 금지시킨 것을 우롱하고서 하일너가 매일 산보하는 기벤라트와 동행한다는 것을 알게 되었다. 이번에는, 한스는 그대로 놓아두고 그의 오래 된 친구인 하일너만을 사무실로 불러들였다. 교장은 부드럽게 너라고 불렀으나 하일너는 즉석에서 그것을 거절하였다. 하일너는 교장이 명령을 불복종한 데 대해 추궁을 하자 자기는 기벤라트의 친구이며 서로의 교제를 막을 권리는 아무에게도 없다고 반박하였다. 심한 언쟁이 일어났으며 그 결과 하일너는 서너 시간 감금되었고 동시에 당분간 한스와 함께 외출하는 것이 금지되었다.

그리하여 다음날부터 한스는 또다시 혼자서 공인된 산보를 하였다. 두 시에 돌아와서는 다른 아이들과 함께 교실에 들어갔다. 그는 수업이 시작될 때에서야 하일너가 없다는 것을 알았다. 힌두가 없어졌을 때와 꼭 같았으나 이번에는 아무도 지각이라고는 생각하지 않았다. 세 시에 전 생도가 세 선생과 함께 없어진 하일너를 찾으러 나섰다. 모두가 분산되어 숲 속을 소리지르면서 헤매었다. 두 선생을 위시해서 하일너가 자살하지 않았다고만 볼 수는 없다고 생각하는 사람들이 많았다. 다섯 시에는 그 지방 경찰서와 파출소에 샅샅이 전보를 치고 저녁 무렵에는 하일너의 아버지에게 지급 우편을 보냈다. 밤늦게까지도 아무런 종적도 나타나지 않았다. 생도들 사이에서는 수군거리는 소리가 그치지 않았다. 또한 집으로 돌아갔을 거라고 말하는 생도도 있었다. 그러나 도망자는 거의 돈을 갖고 있지 않았을 것이라는 사실이 확인되었다.

그래서 모든 생도들은, 한스만은 이러한 사정을 알고 있음에 틀림없다고 생각하였다. 그러나 한스는 도리어 누구보다도 가장 놀라며 걱정하고 있었다. 밤에 침실에서 다른 아이들이 묻거나 억측을 하거나 말도 안 되는 소리를 하거나 쓸데없는 농을 걸어오자 한스는 이불 속으로 깊이 기어들어가 친구 때문에 번민하고 걱정하면서 오랫동안 괴로운 시간을 보냈다. 하일너는 이제 다시 돌아오지 않으리라는 예감이 그의 불안한 마음을 사로잡았다. 그는 겁에 질린 슬픈 마음으로 가슴이 막혀 마침내 근심한 나머지 지쳐서 잠들어버렸다.

이 무렵 하일너는 수 마일 떨어진 깊은 숲 속에 누워 있었다. 추워서 잘 수는 없었으나 마음속으로부터 자유로운 기분이 되어 깊이 숨을 내쉬고, 좁은 조롱鳥籠으로부터 도망쳐 나온 새처럼 손발을 뻗었다. 그는 정오부터 걸었다. 크니트링겐에서 빵을 사서 이따금 그것을 씹으면서 이른 봄의 맑은 나뭇가지 사이로 밤의 어둠과 별과 빨리 달리는 구름을 바라보았다. 결국 어디로 갈 것인가는 문제가 되지 않았다. 적어도 오늘 밤만은 몸서리치는 수도원을 뛰쳐나와 자기의 의지가 명령이나 금지보다는 강하다는 것을 교장에게 보여준 셈이었다.

다음날도 온종일 모두 그를 찾았으나 허사였다. 그는 이튿날 밤을 어느 마을 근처 밭에 있는 짚단 속에서 지냈다. 아침이 되자 하일너는 또다시 숲 속으로 들어갔다. 그리고 막 해가 질 무렵 다시 마을로 들어가려고 할 때 그만 지방 경찰관에게 붙들리고 말았다. 경찰관은 악의 없는 욕지거리를 하면서 그를 붙잡고 사무실로 데리고 갔다. 그곳에서 그는 농담과 애교에 의하여 면장의 마음에 들게 되었다. 면장은 그를 자기 집으로 데리고 가서 잠자리에 들기 전에 햄과 계란을 많이 먹였다.

이 사실을 알게 된 하일너의 아버지는 다음날 이곳에 와서 그를 데리고 갔다. 탈주자가 아버지와 함께 되돌아왔을 때 수도원의 흥분은 대단하였다. 그러나 하일너는 높이 머리를 쳐들고서 천재적인 짧은 여행을 전혀 후회하지 않는 것처럼 보였다. 모두 그에게 사죄를 시키려고 하였으나 그는 거절하였다. 또한 교원 회의의 비밀 재판에서도 그는 조금도 겁을 먹거나 공손한 뜻을 표하지는 않았다. 학교에서도 그를 붙들어놓으려고 했으나 그러기에는 너무나 그가 지나쳤다. 드디어 그는 퇴교 처분을 당하고, 저녁나절 아버지와 함께 두번 다시 돌아오지 않을 먼 여행을 떠났다. 그의 벗인 기벤라트와는 잠시 악수를 했을 뿐 별다른 이야기 없이 이별하였다.

극도로 반항적이고 추락한 이번 탈선 사건에 대해서 교장이 행한 대훈시는 아름답고 장엄 정중한 것이었다. 그러나 슈투트가르트의 상사에게 보낸 그의 보고는 훨씬 점잖고 요령 있는 약한 문구였다. 생도들이 퇴교한 불령배不逞輩와 서신 왕래하는 것은 금지되어 있었다. 그것에 대해서 한스 기벤라트는 도리어 미소를 짓고 있었다. 수주일 동안 사람들의 화제에 오른 것은 하일너와 그의 도망에 관한 것밖에 없었다. 멀리 떨어지고 시간이 흐름에 따라서 모든 사람의 판단은 달라졌다. 그 당시에는 두려워서 피하려고 하던 그 탈주자를 이제는 마치 날아간 독수리처럼 보는 사람도 적지 않았다. 헬라스 방에는 빈 책상이 두 개나 생겼다. 뒤에 없어진 아이는 먼저 없어진 아이처럼 그렇게 빨리 잊혀지지는 않았다. 단지 교장만은 두 번째 아이도 얌전하게 잊혀져 주었으면 하고 생각할 뿐이었다.

그러나 하일너는 수도원의 평화를 깨뜨리는 일은 결코 하지 않았다. 한스는 하일너의 소식을 눈이 빠지게 기다렸으나 아무런 소식도 오지 않았다. 하일너는 떠나자 그대로 행방 불명이 되었다. 그의 인물과 도망은 차차로 지난날의 이야깃거리가 되었고 마침내는 전설화되었다.

그 정열적인 소년은 후에 더욱 여러 가지로 천재적인 업적과 방황을 거듭한 끝에 인생의 고뇌에 의해서 엄격하게 단련되어 큰 인물이라고까지는 할 수 없어도 의젓하고 당당한 훌륭한 인간이 되었다. 뒤에 남은 한스는 하일너의 탈주를 알고 있었으리라는 혐의를 벗지 못하고 그로 인해 선생들의 호의를 완전히 잃고 말았다.

선생들 중의 한 사람은 한스가 수업중에 몇 개의 질문에 대답하지 못했을 때 이렇게 말하였다.

"왜 너는 네 훌륭한 친구 하일너와 함께 가지 않았느냐?"

교장도 이제 그에게서 손을 떼고 마치 바리새인의 위선자가 세리稅吏를 보는 것처럼 경멸에 가득 찬 동정을 가지고 옆에서 그를 바라보았다.

기벤라트는 이미 생도의 수에 들지 않았다. 그는 지금 나병환자에 속해 있었다.

기쁨이 섞인 회상

들쥐는 모아둔 저장품을 먹고 살아가듯이 한스는 이전에 얻은 지식을 가지고 좀더 수명을 지탱해가고 있었다.

그로부터 괴로운 궁핍이 시작되었다. 그것은 오랫동안 계속되지 않은 무력한 새로운 노력에 의해서 중단되기는 하였으나 그 희망이 없는 데 대해서는 그 자신 또한 웃지 않을 수 없었다.

그는 무익하게 애쓰는 것을 그만두고 모세의 서書에 이어 호머를 포기하고 크세노폰에 이어 대수를 포기하였다. 그리고 선생들 사이에서 자기의 좋은 평판이 점점 떨어져 내려가 우에서 양으로, 양에서 가로, 드디어는 영으로 내려가는 것을 태연히 바라보고만 있었다. 다시 두통이 나는 것은 예상사가 되었지만 그렇지 않을 때에는 헤르만 하일너의 일을 생각하기도 하고 가볍고 허망한 꿈을 좇기도 하면서 아무 생각 없이 그저 몇 시간이고 멍하니 허공을 바라보았다.

모든 선생들의 차츰 더해가는 비난에 대해서 요즘 그는 사람 좋은 비굴한 미소를 가지고 대답하였다. 복습 지도 조교사 뷰드리히만이 한스의 넋 나간 미소를 가슴 아프게 여기고 탈선한 소년에게 동정 어린 위로를 갖고 대해주는 유일한 사람이었다. 다른 선생들은 그에 대해서 화를 내고 그 보복으로 경멸하는 눈으로 그를 상대도 하지 않았으며 혹은 이따금 비꼬는 식으로 그의 잠들어버린 공명심을 일깨우려고 시도해보기도 하였다.

"혹 잠들지 않으셨으면, 실례지만 이 문장을 읽어주시지 않겠습니까?"

특히 노한 것은 교장이었다. 이 속이 덜 든 사람은 자기 눈의 위력에 대해 크게 자부심을 갖고 있었다.

그리하여 그가 위엄을 갖고 위협적인 눈을 부릅뜨고 바라보더라도 기벤라트가 여전히 비굴하게 겁먹은 미소를 짓고 대답했으므로 화가 치밀어오른 그는 한스의 미소에 더욱 신경질적으로 대했던 것이다.

"그런 바보 같은 얼굴로 히죽거리며 웃는 것은 그만두어라. 너는 소리를 내고 울어야만 마땅한 일 아니냐."

그것보다도 그의 마음에 큰 타격을 준 것은 아버지의 편지였다. 아버지는 이러한 아들의 마음을 바로잡기 위해 탄원을 하였다. 교장이 기벤라트 씨에게 편지를 보냈던 것이다. 아버지는 놀라서 어찌할 바를 몰랐다. 한스에게 보낸 편지에서 아버지는 이해성 있는 인간이라면 감히 쓸 수 없는 격려와 도덕적인 분노의 틀에 박힌 문구를 빠짐없이 늘어놓고 있었다. 그

러나 또한 그 내용은 애절한 울먹임이 젖어 있었기 때문에 그
것이 자식의 마음을 울려 쓰리게 하였던 것이다.

교장을 비롯해서 기벤라트의 아버지나 교수, 조교에 이르
기까지 의무로써 격려하는 소년 지도자들은, 누구나가 다 같
이 한스의 내면에서 그들이 원하는 바를 방해하는 나쁜 요소
와 나쁘게 응고된 나태심을 인정하고 그것을 억제하며 무리를
해서라도 바른 길로 되돌려 바로잡아놓지 않으면 안 되겠다고
생각하였다.

아마도 그 동정심 있는 복습 지도 교사를 제외하고는 좁은
소년의 얼굴에 떠오르는 넋을 잃은 미소 뒤에 하나의 소멸되
어가는 영혼이 번뇌의 익사 상태에서 불안에 떨면서 절망적으
로 주위를 두리번거리고 있는 것을 알아본 사람은 하나도 없
었을 것이다. 학교와 아버지와 두세 명의 교사의 가혹한 명예
심이 그들 앞에 벌려놓은 상처받기 쉬운 어린 소년의 순박한
영혼을 아무런 위로도 없이 짓밟는 결과로 해서 이 연약하고
어여쁜 소년은 여기에까지 이끌려온 것을 아무도 생각하지 않
았다.

왜 그는 가장 감수성 많은 위험한 소년 시절에 매일 밤늦게
까지 공부하지 않으면 안 되었던가. 왜 그에게서 기르는 토끼
를 빼앗아버렸던가. 왜 라틴 어 학교에서 고의로 그를 친구들
로부터 멀리 격리시켜버렸던가. 왜 낚시질을 하거나 빈들빈들
노는 것을 못 하게 했던가. 왜 심신을 깎고 닳게 하는 하잘것
없는 영예심의 공허하고 저급한 이상을 불어넣어 주었던가.
왜 시험이 끝난 후에도 당연히 쉬어야 할 휴가를 그에게 주지

않았던가.

이제는 너무 부려서 거칠 대로 거칠어진 어린 망아지는 길 바닥에 쓰러져 더 이상 아무런 소용에도 닿지 못하게 되어버렸다.

초여름에 고을 의사는, 한스는 주로 성장에 기인하는 신경 쇠약에 지나지 않는다고 거듭 진단하며 휴가중에 충분히 먹고 숲 속을 많이 뛰어다니고 충분히 섭생하면 반드시 좋아질 거라고 말하였다.

유감스럽게도 거기까지 가질 않았다. 휴가가 되기 3주일 전의 일이었다. 한스는 오후 수업 시간에 교수로부터 심한 질책을 받았다. 선생이 욕설을 계속하고 있는 동안 한스는 의자에 털썩 쓰러져 부들부들 떨기 시작하며 갑자기 울음을 터뜨리더니 언제까지고 그치질 않았다. 그래서 수업을 완전히 중단시키고 말았다. 그 후에 그는 반나절 동안 침상에 누워 있었다.

그 다음날 그는 수학 시간에 칠판에다 기하의 그림을 그리고 그것을 증명하도록 지명을 받았다. 그는 앞으로 나갔으나 칠판 앞에 서자 현기증이 났다. 분필과 잣대를 갖고 되는 대로 선을 긋는 사이에 두 개를 다 떨어뜨렸다. 그것을 주우려고 허리를 구부렸으나 무릎을 구부린 채 일어설 수가 없었다.

고을 의사가 이 사실을 알고는 몹시 화를 냈다. 그는 신중한 태도를 취하고 곧 정양 휴가를 취하라고 명령하고 신경과 전문의를 초청하도록 추진하였다.

"저 아이에게는 또 무도병舞蹈病이 납니다."

그는 교장에게 수군거렸다.

교장은 고개를 끄덕이고는 무자비한 성난 얼굴 대신 아버지와 같은 동정이 깃든 표정으로 바꾸는 편이 좋으리라고 생각했다. 그것은 그에게 용이한 일이었고, 또한 어울리기도 했다.

교장과 의사는 각각 한스의 아버지에게 편지를 쓰고 소년의 호주머니에 그것을 넣어서 집으로 돌려보냈다. 교장의 분개는 우려로 변하였다 — 하일너의 사건으로 불안해진 학무과에서는 이번의 새로운 불행에 대해 어떻게 생각할 것인가! 모두가 의외로 생각한 것은 교장이 이번 사건에 대해 훈시마저 포기한 사실이었다. 최후에는 한스에게 기분이 언짢을 정도로 친절하였다. 교장은 한스가 정양 휴가로부터 돌아오지 않으리라는 것을 잘 알고 있었다. 설사 완쾌되었다 할지라도 이미 훨씬 뒤떨어져버린 이 생도가 결석하고 쉬는 수개월은커녕 수주일간의 것도 만회하기란 불가능한 일이었다. 마음으로부터 격려하듯이 "잘 가거라. 또 만나자"라고 말하고 이별은 했지만 그 후 헬라스 방에 들어가 세 개의 임자 없는 책상을 볼 때마다 마음이 괴로웠다. 천분이 있는 두 사람의 생도가 없어진 죄의 일부가 역시 자기에게 있을지도 모른다는 생각을 마음속에서 억제하는 일은 힘이 들었다.

그러나 그는 담력이 있고 도덕적으로도 강한 사나이였기 때문에 이 무익한 어두운 의문을 마음속으로부터 내쫓아버렸다.

작은 여행 보따리를 들고 떠나가는 신학교 생도의 뒤로 회당이며 문이며 박공縛拱이며 탑이 있는 수도원이 자취를 감추고 숲과 언덕들이 사라지고, 그 대신 바덴 주 국경 지방에 있는 무성하게 과수가 자라는 초원이 떠올랐다. 그러고 나서 포르츠하임의 시가가 나타나고 그 바로 뒤에 슈바르츠발트의 검푸른 전나무 숲이 시작되었다.

그 사이를 뚫고 무수한 계곡 사이로 내가 흐르고 있었다. 따갑게 내리쬐는 여름 햇볕을 받은 전나무 숲은 그 어느 때보다도 한층 푸르고 시원스러워 풍부한 그늘을 생각나게 하였다.

소년은 차츰 고향의 냄새가 짙어가는 경치를 바라보고 즐거운 마음이 되었으나 이미 고향의 시가가 가까워지자 아버지의 모습이 머리에 떠오르고, 그가 마중 나올 것을 생각하니 고통스러운 불안이 조용한 여행의 기쁨을 산산이 부숴버리고 말았다.

슈투트가르트로 시험을 치러 갔던 일, 마울브론으로 입학하기 위해 여행하던 일들이 당시의 긴장과 불안스러운 기쁨에 섞여서 다시 회상되었다. 그러한 일은 도대체 무엇 때문이었던가? 그도 교장과 마찬가지로 자기가 두번 다시 신학교에 돌아가는 일은 없을 것이라고 알고 있었다. 그리하여 지금은 신학교도 학문도 일체의 모든 야심적인 희망도 끝이 났다는 것을 느끼고 있었다. 그러나 그러한 일은 지금 그를 슬프게 하지는 않았다. 단지 자기 때문에 희망을 배신당하고 실망하고 있는 아버지에 대한 근심이 그의 마음을 무겁게 하였다. 지금의 그는 휴식하고 푹 잠을 자고 마음껏 울고 꿈을 꿀 수 있는 데까지 꾸고 싶은 것, 이제까지 너무 시달리고 고통을 당한 뒤끝이기에 건드리지 않고 그저 놓아두었으면 하는 소원일 뿐 그 외에는 아무것도 생각하고 싶지 않았다. 그러나 집에 돌아가서는 그렇게 할 수만은 없다는 것을 내심 두려워하고 있었다. 한스는 기차 여행이 끝날 무렵 심한 두통이 났다. 지난날에는 그 언덕과 숲을 신이 나서 돌아다닌 일이 있던, 자기가 좋아하던 지대를 기차는 달리고 있었지만 그는 결코 창 밖으로 눈을 보내진 않았다. 그리하여 그는 낯익은 고향의 정거장에서 내리는 것을 잊어버릴 뻔하였다.

그는 우산과 여행 보따리를 들고 기차에서 내렸다. 아버지는 물끄러미 그를 쳐다보고 있었다. 교장의 최근 보고를 통해 알게 된 그릇되어버린 아들에 대한 그의 환멸과 분개는 자제력을 잃은 놀라움으로 변하였다.

아버지는 쇠약해서 형편없는 모습을 하고 있는 아들을 상상하고 있었는지, 아무튼 야위어 허약해지기는 했지만 무사하여 혼자서 걸을 수 있는 한스를 발견하였다.

그래서 약간은 안심이 되었다. 그러나 가장 마음에 걸리는 것은 의사와 교장이 적어 보낸 신경병에 대한 불안과 공포였다. 그의 집안에는 이제까지 신경병에 걸린 사람은 하나도 없었다. 세상에서는 이러한 신경병에 걸린 사람에 대해 언제나 몰이해한 조소와 경멸적인 동정을 가지고 마치 광인과 같이 말한다. 그런데 지금 한스는 그러한 귀찮은 짐을 걸머지고 돌아온 것이었다.

한스는 맨 첫날 잔소리를 듣지 않고 마중 받은 것을 기쁘게 여겼다. 그러고 나서 분명히 억지로 자제하면서 자기를 대해 주는 아버지의 깊은 생각에 잠긴 마음 가볍지 못한 위로가 눈

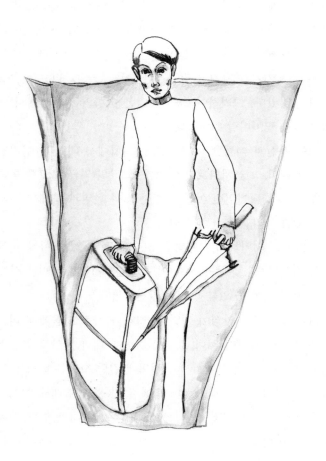

에 띄었다. 그리고 또 이따금 아버지는 자기를 이상하게 살펴보는 듯한 눈초리로 기분 나쁜 호기심을 갖고 보기도 하고, 말을 하는데도 부드럽게 꾸며서 하는 듯한 음조를 띠고, 그렇지 않은 듯 알아차리지 못하도록 하면서 자기를 관찰하고 있다는 것을 느낄 수 있었다. 한스는 더욱더 놀랄 뿐이었다. 자기 자신의 상태에 대한 막연한 불안이 그를 괴롭히기 시작했다.

날씨가 좋을 때는 몇 시간이고 숲 속에서 뒹굴었다. 그것은 효력이 있었다. 꽃이나 갑충을 보고 기뻐하기도 하고 새들의 노랫소리에 귀를 기울이고 짐승의 발자취를 밟기도 하며 기뻐했던 옛날 소년 시절의 행복했던 일들이 숲 속에서는 이따금 그의 상처받은 영혼을 슬쩍 어루만지기도 하였다. 그러나 그것은 언제나 순간적인 일에 지나지 않았다. 대개는 축 늘어져서 이끼 위에 누워 있었으며 무거운 머리를 들고 무엇인가 생각하려 해도 허사였다. 끝내는 또다시 꿈이 찾아들어 그를 멀리 다른 세계로 이끌어가는 것이었다. 거의 끊일 사이 없이 머리가 아팠다.

어느 때인가 이런 꿈을 꾼 적이 있다. 친구 헤르만 하일너가 죽어서 들것에 누워 있는 것을 보고 다가가려 했으나 교사들이 그를 밀쳐내고 다가서려고 할 때마다 억세게 떠밀어버리는 것이었다. 신학교의 교사나 복습 지도 교사들뿐만 아니라 초등학교 교장이며 슈투트가르트의 시험관들도 그곳에 있었는데 모두 성난 얼굴을 하고 있었다. 그리고 별안간 그 광경은 바뀌어 들것에 누워 있는 것은 익사한 힌두였다. 높은 실크 해트를 쓴 익살맞게 생긴 그의 아버지가 개발처럼 굽은 다리를 하고 슬픈 듯이 그 옆에 서 있었다.

또 이러한 꿈도 꾸었다. 그는 탈주한 하일너를 찾아 숲 속을 달리고 있었다. 몇 번이고 하일너가 멀리 나무 기둥 사이를 걷는 것이 보였으나 이름을 부르려는 순간에는 번번이 사라지고 말았다. 드디어 하일너는 멈춰 서서 한스를 다가오게 한 후 이렇게 말하였다. "이봐, 나에게는 애인이 있어." 그러고는 소스라치게 큰소리로 웃고 수풀 속으로 자취를 감추어버렸다.

그는 조용하고 준엄한 눈과 아름답고 평화스러운 손을 가진 마른 어여쁜 사람이 배에서 내리는 것을 보고 그에게로 달려갔다. 그러나 모든 것이 다시 사라지고 말았다. 그게 무엇일까 생각해보니 마지막에는 복음서의 어느 구절이 머리에 떠올랐다. 그것은 그리스 어로 "사람들이 곧 예수이신 줄 알고 그 온 지방을 달려 돌아다니도다"였다. 그때 περιεδραμον는 무슨 변화형인가! 그 동사의 현재, 부정법, 완료, 미래는 어떠한 형으로 되는가를 생각해내지 않으면 안 되었고, 또 그것을 단수, 상수, 복수로 완전히 변화시키지 않으면 안 되었으나 도중에서 꽉 막히게 되어 그는 정신을 차릴 수 없어 온몸에 땀이 배었다. 한참 만에 제정신을 차리자 그의 머리 속은 상처투성이가 된 느낌이었다. 그의 얼굴이 자기도 모르게 체념과 죄의식에서 오는 졸린 듯한 미소를 짓자 곧 교장의 목소리가 들려왔다. "그 바보같이 능글맞은 웃음은 왜 웃는 거야? 역시 그렇게 웃지 않을 수 없는 모양이지!"

때로는 건강 상태가 좀 나아진 듯한 날도 있었지만 대체로 한스의 용태는 조금도 좋아지는 기색이 보이지 않았고 도리어 뒷걸음을 치는 것 같았다. 전에 그의 어머니를 치료했고 죽음을 선고했으며 가끔 관절염으로 고생하는 아버지를 보러 오던 단골 의사는 상을 찌푸리며 자신의 의견을 진술하는 것을 하루하루 연기하였다.

그 무렵에 이르러 한스는 처음으로 라틴 어 학교의 마지막 2년 동안 한 사람의 친구도 없었던 것이 생각났다. 그 당시의 친구들 가운데는 없어진 사람도 있고 혹은 견습생이 되어 동분 서주하는 사람도 있었다. 그러나 그들 중의 누구와도 아무런 연줄이 없었고, 무엇인가를 구할 만한 것도 없었다. 또 누구 하나 그를 염두에 두는 사람은 없었다.

옛날의 교장 선생은 두 차례 두서너 마디 친절한 말을 건네준 일이 있었으며, 라틴 어 선생이나 고을 목사도 길거리에서 만날 때는 친절하게 고개를 끄덕여주기는 했으나 실상 그들에겐 이미 한스는 아무런 관계도 없는 존재였다. 그는 이제 여러 가지를 채워넣을 수 있는 그릇이 아니었으며, 가지가지의 씨를 뿌릴 밭도 아니었다. 그를 위해 시간이나 관심을 쏟는다 해도 이제는 아무런 보람이 없는 일이었다.

고을 목사가 다소 한스의 신변을 돌보아주었더라면 훨씬 좋았을 터이지만, 그러나 목사가 무엇을 할 수 있단 말인가? 그가 줄 수 있는 건, 학문 혹은 적어도 학문에 대한 탐구심이나 기껏해야 공부에 대한 격려뿐, 그 이상의 것은 그는 가지고 있지 않았다. 그는 목사라 하더라도 라틴 어 지식에 있어서는 근거 있는 의심을 허용하지는 않았으나, 그의 설교는 누구나 다 알고 있는 확실한 출처가 있는 데서 인용되지 않았다. 그리고 모든 고뇌에 대하여 친절한 눈과 부드러운 말을 갖고 있는 것도 아니기 때문에 사람들이 곤경에 처했을 때에 즐겨 찾아갈 수 있는 그러한 목사는 아니었다.

아버지 기벤라트도 한스에 대한 실망의 분노를 감추려고 많은 노력은 하였으나 아들의 친구나 위안자는 아니었다. 그리하여 한스는 누구로부터도 버림을 받고 싫어하는 듯한 기분이 되어 작은 뜰에서 햇볕을 쬐거나 숲 속에서 뒹굴면서 몽상이나 괴로운 생각에 사로잡혔다.

독서는 아무 도움이 되지 않았다. 책을 읽으면 곧 머리와 눈이 아팠고 책장을 들추면 어느 책에서나 수도원 시절과 그곳에서의 마음 괴로웠던 생각들이 유령처럼 되살아나서 질식할 듯한 무서운 꿈의 한 모퉁이로 그를 몰아넣었으며, 불타는 듯한 눈초리로 그곳에 그를 꼼짝하지 못하게 잡아매어버리는 것이었다.

이러한 괴로움과 고독에 에워싸여 또 다른 유령이 거짓 위안자로서 병든 소년에게 접근하여 차츰 그와 친해져 그에게는 떨어질 수 없는 존재가 되었다. 그것은 죽음에 대한 생각이었다. 총기를 입수한다든지 혹은 숲 속의 적당한 곳에서 목을 맨다는 것은 물론 용이한 일이었다. 거의 매일같이 이러한 생각이 산보를 하는 동안 그를 따라다니며 떨어지질 않았다. 그는 마침내 행복하게 죽을 수 있는 조용하고 외딴 장소를 발견하였다. 결국 그곳을 그는 죽음의 보금자리로 결정하였다. 되풀이해서 그곳을 찾아가 앉아서는 가까운 장래에 언젠가는 여기에 죽어 있는 자신이 발견될 것이라고 상상하며 묘한 기쁨을 의식하였다. 밧줄을 맬 나뭇가지도 정하고 그 강도도 시험하였다. 장애가 될 것은 아무것도 없었다. 꽤 긴 간격을 두고서 아버지에게 보낼 짧은 편지와 헤르만 하일너에게 주는 매우 긴 편지가 차츰 씌어졌으며 이것은 시체 곁에서 발견되게 할 셈이었다.

여러 가지 준비와 이제는 문제없다는 기분이 그의 마음에 좋은 영향을 주었다. 숙명의 나뭇가지 밑에 몇 시간이고 앉아 있으면 이전의 압박감이 사라지고 거의 기쁨에 가까운 쾌감이 찾아드는 듯한 시간을 얼마든지 가질 수가 있었다.

왜 훨씬 전에 저 아름다운 가지에 목을 매지 못했던가! 그것은 자신도 알 수가 없었다. 생각은 정해져 있었고 죽는다는

것은 이미 결정된 사실이었기 때문에 그는 얼마 동안 마음이 안정되었다. 그리고 마치 먼 여행을 떠나기 전에 언제나 그렇게 하듯이 최후의 며칠 동안에 아름다운 햇볕과 고독과 몽상을 더욱 마음껏 맛보았다. 여행을 떠나는 것은 어느 때라도 할 수 있었다. 만반의 준비가 되어 있었다. 그리고 자발적으로 잠시 동안 평소의 그 환경에 머물러서, 자신의 위험한 결심은 꿈에도 모르고 있는 사람들의 얼굴을 본다는 것은 일종의 독특한, 씁쓰레한 맛이 있기는 하나 쾌감이기도 하였다. 의사를 만날 때마다 '자, 이제 조금만 기다리세요'라고 생각하지 않을 수가 없었다.

운명은 그로 하여금 자신의 어두운 계획을 즐기는 대로 내버려두었으며, 그가 죽음의 잔으로부터 매일 몇 방울의 쾌감과 생명력을 맛보고 있는 것을 바라보고만 있었다. 물론 이러한 불구가 된 젊은 인간 하나쯤은 그다지 문제도 되지 않았겠지만 그래도 그는 그의 수명을 먼저 끝내지 않으면 안 되었다. 좀더 인생의 괴로운 감미를 맛보기 전에는 인생의 무대에서 사라져서는 안 되었다.

헤어날 수 없는 괴로운 상념이 떠오르는 일은 그에게서 차츰 없어졌고 대신 지칠 대로 지친 자포자기적인, 편안하고 나태한 기분이 나타났다. 그러한 기분 속에서 한스는 아무런 생각 없이 세월이 흘러가는 것을 바라보고 태연하게 푸른 하늘을 쳐다보았다. 때로는 그 모습이 몽유병 환자나 어린아이처럼 보이기도 했다. 어느 때는 느긋한 기분으로 정원의 전나무 밑에 앉아 있었는데, 아무런 생각 없이 언뜻 머리에 떠오른 라틴 어 학교 시절의 옛 노래를 되풀이하여 흥얼거렸다.

아, 나는 몹시 피로했다.
아, 나는 몹시 지쳤다.
지갑에는 무일푼,
호주머니에도 무일푼.

그는 이 노래를 옛날의 멜로디로 흥얼거리며, 이제 이것으로 스무 번째라는 생각 외에는 아무것도 머리 속에 없었다. 그러나 창가에 서서 듣고 있던 아버지는 소스라치게 놀랐다. 마음이 메마른 아버지에게는 이러한 무의미하고 장난스럽고 단조로운 노래는 전혀 이해되지 않았다. 이것은 절망적인 정신병 징조라고 아버지는 탄식하였다. 그때 이후로 그는 아들을 한층 더 신경질적으로 관찰했다. 아들은 두말 할 것 없이 그것을 눈치채고 괴로워하였다. 그러나 아직 새끼줄을 가지고 가서 그 단단한 가지를 사용하기에는 일렀다.

그러는 동안 무더운 계절이 되었다. 주의 시험과 그 해의 여름 방학 이래 벌써 일 년이 지났다. 한스는 이따금 그 당시의 일을 생각했으나 아무런 감개도 일지 않았다. 무척 감각이 무디어진 것이다. 다시 낚시질을 시작하고 싶었으나 그것을 아버지에게 청할 용기는 없었다. 물가에 설 때마다 고통을 느꼈다. 이따금 아무도 보지 않는 내 기슭에서 오랫동안 멈춰 서서 눈을 번득이며 소리없이 헤엄쳐가는 검은 고기 떼의 움직임을 바라보았다. 그는 매일 저녁 나절에 냇가로 목욕을 하러 갔다. 그때는 언제나 검사관 게슬러의 작은 집 옆을 지나가지 않으면 안 되었기 때문에 3년 전에 그가 열중했던 엠마 게슬러가 다시 집에 돌아와 있음을 우연히 발견하였다.

그는 호기심을 갖고 두어 번 그녀를 바라보았으나 옛날처럼 마음에 들지는 않았다. 그 당시에는 날씬한 몸 맵시에 대단히 아름다운 소녀였으나 이제는 자라서 몸가짐에도 모진 곳이 있었고, 어린애 같지 않은 멋진 헤어스타일이 그녀를 꼴사납게 만들었다. 긴 의복도 어울리지 않았고 숙녀같이 보이려고 애쓰는 것도 완전히 실패였다. 한스에겐 그녀가 우습게 보였으나 동시에 그 당시 그녀를 만날 때마다 이상하게 달콤하고 뭐라 말할 수 없는 따스한 기분이 들었던 것을 생각하고 슬퍼지기도 하였다.

대체로 그 당시는 모든 것이 지금과는 달랐다. 훨씬 아름답고 쾌활했으며 더욱 생기가 있었다. 이미 오래 전부터 그는 라틴 어와 역사, 그리스 어, 시험, 신학교, 두통밖에는 알지 못했다. 그러나 그 당시엔 동화책이며 도적 이야기를 쓴 책이 있었다.

그 무렵에는 작은 뜰에서 절구가 달린 장난감 물방아가 돌고 있었다. 석양이면 나숄트의 집 모퉁이에서 리제의 모험적인 이야기를 함께 들었다. 그리고 얼마 동안 가리발디라고 불리던 이웃 노인 그로스요한을 강도 살인범으로 알고 그 꿈을 꾸기도 하였다. 그로부터 일 년 동안 계속해서 매달 무엇인가 즐거움이 있었다. 목초를 말리는 일이라든지 클롭을 베는 일이라든지 최초의 낚시질이나 개울 가재 잡기라든지 홉 거둬들이기라든지 살구 떨기라든지 감자의 줄기와 잎을 태울 모닥불이라든지 보리 타작이 있었다. 그리고 그 사이에는 즐거운 일요일이나 제일祭日이 즐겁게 기다려졌다.

또한 신비스러운 매력을 가지고 그를 끄는 것들이 많이 있었다. 그는 집이나 길 층계, 곡식 창고의 바닥, 샘, 담장, 갖가지 사람들과 동물을 사랑하고 좋아했다. 혹은 그런 것들은 뭐라고 말할 수 없는 힘으로 그를 유혹하였다. 홉을 딸 때에는 그도 도왔으며 큰 처녀들이 부르는 노래에 귀를 기울였다. 그리고 그 노래의 구절을 외웠다. 그것은 대개 웃음을 터뜨릴 만큼 익살스러운 문구였으나 개중에는 상당히 슬픈 것도 몇 개 있어서 그것을 듣노라면 목이 메일 정도였다.

이러한 것은 모두가 어느 사이엔가 자취를 감추고 마지막이 되고 말았다. 맨 먼저 리제의 집에서 밤을 보내는 일이 없어지고 다음에는 일요일 오전의 고기잡이가, 그러고는 동화 읽기 등 하나하나 그만두게 되어 드디어는 홉 따기며 뜰의 물레방아도 그만두게 되었다. 아! 그 여러 가지의 일들은 모두 어디로 가버린 것일까?

이렇게 해서 조숙한 소년은 이제야 병든 나날의 하루하루 속에서 비현실적인 제2의 유년 시절을 체험하게 되었다. 교사들에 의해서 어린 시절을 빼앗겨버린 그의 마음은 지금 갑자기 넘쳐흐르는 동경을 갖고 그 아름다운 희부연 옛 시절로 달음질쳐 되돌아가 회상의 숲 속을 마수에 걸린 것처럼 이리저리 방황하였다. 그 회상의 강함과 선명도는 오히려 병적인 것이었다. 그는 이전에 실제로 맛보았던 체험에 못지 않은 따뜻함과 열정을 가지고 그 모든 것을 체험하였다. 기만을 당하고 폭력이 가해진 유년 시절이 오랫동안 막혀 있던 샘물처럼 그의 마음속에 용솟음쳐 올라왔다.

나무는 그 머리를 잘라버리면 뿌리 근처에서 다시 새 움이 돋아난다. 그와 마찬가지로 한창 꽃이 필 무렵 병이 들어 파멸해버린 영혼도 그 당초와 꿈 많은 어린 날의 봄 같은 시절로 돌아가는 일이 흔히 있다. 마치 거기에서 새로운 희망을 발견하고 끊어진 생명의 끈을 다시 이을 것만 같이 뿌리에서 나온 새싹은 급속히 무럭무럭 뻗어나기는 하지만 그것은 외관에 지나지 않고 그것이 다시 나무가 되는 일은 결코 없다.

한스 기벤라트도 같은 경로를 더듬었다. 따라서 어린이의 나라에서 꿈길을 더듬고 있는 그의 뒤를 좀 따라가 볼 필요가 있다.

기벤라트의 집은 오래 된 돌다리 근처에 있었는데 매우 다른 두 개의 소로小路의 모퉁이를 이루고 있었다. 그 집이 속해 있는 쪽의 길은 시내 안에서 가장 길고 폭이 넓은 훌륭한 거리로 '게르바' 소로라고 불렸다. 또 하나의 소로는 급한 비탈길이 되어 있었으며 짧고 좁은 가난한 거리였고 '매〔鷹〕' 소로라고 불렸는데, 그것은 오래 전에 폐업했으나 매를 간판으로 하고 있던 아주 낡은 요릿집 이름에서 유래된 것이다.

게르바 소로에는 어느 집에나 선량하고 견실한 본토박이만이 살고 있었다. 누구나 자기의 집과 자기의 묘지와 자기의 뜰을 가진 사람들이었다. 뜰은 집 뒤의 산으로 가파르게 층계를 이루며 올라가 있고, 그 울타리는 1870년에 만들어진 노란 금작화로 뒤덮인 철도 둑과 경계를 이루고 있었다. 품위가 높은 점에서 게르바 소로라고 뽐낼 수 있는 것은 시장터가 있는 것 뿐이었다. 거기에는 교회, 군청, 재판소, 읍 사무소, 수석 목사 등의 저택이 있어 말끔하고 품위 있는 점에서 아주 도회지 같은 고상한 인상을 주었다. 또한 게르바 소로에는 훌륭한 현관 문이 있는 신구 주택이며 아름다운 고대식 나무 기둥의 기와 집, 아담하고 밝은 박공 등이 있었다. 그리고 이 소로는 한쪽 에만 집이 늘어서 있는 것이 친근함과 유쾌함과 밝은 기분을 북돋워주었다. 그것은 거리 건너편에는 각재角材의 벽 밑으로 시내가 흐르고 있었기 때문이다.

게르바 소로가 길고 넓고 밝아서 묵직하고 고상하다고 한 다면 매 소로는 그 반대였다. 이곳에는 기울어가는 어둠침침 한 집들이 늘어서 있었다. 칠은 얼룩이 지고 떨어져 있었으며 박공은 앞으로 늘어져 매달려 있어 납작하게 눌려진 모자를 연상케 하였다. 문짝이나 창문은 여기저기 틈이 벌어져 손질 을 했고 연통은 구부러졌으며 홈통은 헐어 있었다. 집들은 서 로가 장소와 햇볕을 빼앗았으며 소로는 좁고 묘하게 구부러져 있어서 온종일 언제나 어두컴컴했고, 더욱이 비가 오는 날이 거나 해가 진 후에는 습기 찬 기분나쁜 어둠으로 변하였다. 또 한 어느 집에나 창문 앞에는 언제든지 막대기나 노끈에 많은 세탁물이 걸려 있었다. 그것은 매우 비좁고 빈곤한 거리이면 서 세를 들어 사는 사람들이나 숙박인은 전혀 별도로 하고라 도 실로 많은 가족이 이곳에 살고 있기 때문이다. 기울어지고 허물어져가는 집들의 어느 구석에나 빽빽하게 살고 있어서 그곳에는 빈곤과 범죄와 병이 자리잡고 있었다. 티푸스가 발생했다 하면 이곳이었고 살인이 있었다면 역시 이곳이었다. 떠돌아다니는 행상인은 이곳을 숙소로 하였으며, 그들 가운데는 익살맞은, 물건 닦는 가루 장수 호테호테며 또 모든 범죄와 악덕을 범했다는 소문이 돌고 있는 가위를 가는 아담 하텔이 있었다.

학교에 들어가서 처음 1, 2년 동안 한스는 자주 매 소로에 놀러가곤 했다. 연한 금발을 하고 남루한 옷을 걸친 말썽꾸러기 어린이들의 일당과 함께 나쁜 평판이 도는 로테 프로뮬러 한테서 살인 이야기를 들었던 것이다. 이 여자는 어떤 조그마한 여관집 주인과 이혼한 사람이었는데 징역 5년을 산 전과자였다.

예전에는 소문난 미인이었는데 직공들 사이에 많은 정부情夫를 가지고 있어서 이따금 추문을 퍼뜨렸고 칼부림 사태를 일으키는 씨를 뿌렸다. 지금은 혼자 살고 있는데 공장 일이 끝나면 커피를 끓여놓고 이야기를 하면서 저녁 시간을 보내고 있었다. 그때에 그녀는 문을 활짝 열어젖혀 놓았기 때문에 아낙네들이나 젊은 노동자들 외에도 언제나 근처의 아이들 한 떼가 문턱에서 몸을 떨면서도 넋을 잃고 그녀의 이야기에 귀를 기울이고 있었다. 검고 조그마한 돌 화로 위에서는 주전자의 물이 끓고 있었고, 그 옆에는 기름 초가 타고 있어서 그것이 석탄 타는 넘실거리는 푸른 빛과 함께 고상하게 흔들려 사람이 가득 들어찬 어두컴컴한 방을 비추었다. 또한 이야기를 듣는 사람들은 벽과 천장에 커다랗게 그림자를 던져 도깨비 같은 움직임을 한 방 가득히 그리고 있었다.

이 집에서, 여덟 살 난 한스는 핀켄바인 형제와 사귀게 되어 약 일 년간 아버지의 엄격한 반대도 무릅쓰고 이 두 아이와 어울렸던 것이다. 이 형제는 돌프와 에밀이라고 불렸는데 이 시내에서도 가장 교활한 악동으로서, 과일 훔치기와 작은 산림 망쳐놓기로 유명하였고 온갖 잔꾀와 장난에서는 당당한 대가의 위치에 있었다. 그들은 틈틈이 새알이며 납덩이, 까마귀 새끼, 찌르레기, 토끼를 팔기도 하고 금지되어 있는 밤 낚시를 하기도 했다. 그리고 시내의 정원이란 정원은 모두 자기네 집처럼 드나들었다. 왜냐하면 아무리 유리 조각을 꽂아놓더라도 그들에겐 손쉽게 넘지 못하는 곳이 없었기 때문이다.

그러나 매 소로에 살고 있는 아이로서 한스와 특히 친했던 상대는 누구보다도 헤르만 레히텐하일이었다. 그는 고아였는데 병신인데다가 조숙하고 괴상한 아이였다. 한쪽 다리가 아주 짧아서 언제나 지팡이를 짚고 다니지 않으면 안 되었으므로 길에서 놀 때에는 다른 아이들과 어울릴 수 없었다. 그는 마른 몸에다 혈기가 없는 병자 같은 얼굴을 하고 있었으며 나이에 어울리지 않는 퉁명스러운 입술과 아주 뾰족한 턱을 갖고 있었다. 손재주에서는 어떤 일을 막론하고 능숙한 재간을 가졌고 특히 낚시질에는 맹렬한 정열을 갖고 있었다. 이 낚시질에 대한 정열을 그는 한스에게 옮긴 것이다. 당시 한스는 아직 낚시질 허가증을 가지고 있지 않았으나 두 아이는 그래도 사람의 눈에 띄지 않는 곳에서 낚시질을 하였다. 낚는다는 것

자체가 즐거운 일이지만 누구나가 아는 바와 같이 몰래 하는
낚시의 즐거움은 그 중에서도 가장 즐거운 일이었다.

　절름발이 레히텐하일은 한스에게 올바른 낚싯대를 자르는
법이며 말총을 꼬는 법, 낚싯줄에 물들이는 법, 실로 둥글게
올가미 만드는 법, 낚시 바늘 가는 방법 등을 가르쳐주었다.
그리고 날씨를 보는 법, 물을 보는 법, 겨로 탁하게 하는 방법,
올바른 고기밥을 고르는 법과 붙이는 방법을 가르쳐주었고,
또 고기 종류를 구별하는 방법이라든지 고기가 낚시에 걸린
것을 아는 법, 낚싯줄을 적당한 깊이에 드리우는 방법도 가르

쳐주었다. 말로 하는 것이 아니라 오직 현장에서 실제로 시범을 보여줌으로써 줄을 잡아당기고 늘어뜨릴 때의 호흡과 감각, 잘하는 낚시질을 하는 데에 없어서는 안 될 손의 미묘한 민감성을 가르쳐주었다. 상점에서 살 수 있는 깨끗한 낚싯대나 코르크나 유리 줄 등 그러한 모든 인공적인 낚시 도구를 그는 핏대를 세우고서 경멸하고 깔보았으며, 어느 부분이라도 손수 만들어서 맞춘 낚시 도구가 아니고서는 낚아지지 않는다는 것을 한스에게 확인시켜주었다.

한스는 핀켄바인 형제와는 다툰 끝에 헤어졌지만, 말이 없고 성품이 조용한 절름발이 레히텐하일과는 다툰 적도 없었는데 그는 한스를 놓아두고 떠나고 말았다. 그는 2월의 어느 날 초라한 침대에 파고들어가 소나무 지팡이를 의자에 벗어놓은 옷 위에 올려놓은 채 열이 나서 갑자기 죽은 것이었다. 매 소로는 이내 그의 일을 잊어버렸지만 한스만은 오랫동안 그의 일을 그리운 추억 속에 간직하고 있었다.

그러나 매 소로의 괴상한 주민은 그뿐만은 아니었다. 술주정 때문에 목이 달아난 우편 배달부 레텔러를 모르는 사람은 없을 것이다. 그는 2주일마다 만취해서 길바닥에 나자빠져 있거나 밤중에 소동을 일으키기도 했지만 평소에는 어린아이처럼 선량하고 언제나 다정스러운 미소를 띠우고 있었다. 그는 한스에게 달걀 모양의 담뱃갑을 가지고 담배 냄새를 맡아보게도 하고 때로는 한스한테서 얻은 고기를 버터로 프라이해서 한스를 초대해 함께 먹기도 하였다. 또한 그는 눈알이 유리로 되어 있는 박제된 솔개와, 이제는 낡아빠진 댄스 곡을 가늘고

고운 음색으로 들려주는 음악 소리가 나는 헌 시계를 가지고
있었다.

그리고 또 맨발로 걸을 때도 반드시 커프스를 달고 있던 무
척 나이 많은 기계공 포르시를 모르는 사람도 없을 것이다. 엄
격한 구식 초등학교 교사의 아들에 지나지 않았으나 성서의
절반과 격언의 도덕적인 금언 등을 모조리 외우고 있었다. 이
런 것을 암기하고 있는 주제에 또한 머리가 백발이 되었으면
서도 그는 여자들 앞에서 색광을 부리고 자주 만취하는 일을
그만두지 않았다. 좀 취기가 돌면 그는 즐겨 기벤라트의 집 모
퉁이에 있는 연석 위에 앉아 통행인의 이름을 하나하나 부르
면서 많은 격언을 장황히 늘어놓곤 하였다.

"야, 한스 기벤라트 도련님, 내 이야기를 들어보렴! 지라(구
약성서 중의 잠언)는 뭐라고 하였는지? 그릇된 충고를 하지 않
고 그로 해서 나쁜 마음을 갖지 않는 자는 행복하느니라! 아
름다운 나무의 푸른 잎과 같이, 어떤 것은 떨어지고 어떤 것은
다시 살아난다. 사람에 있어서도 또한 그와 같다. 어떤 자는
죽고 어떤 자는 태어난다고, 그런 거야. 그러면 돌아가도 좋
아. 이 바다 표범 같은 놈."

이 포르시 노인은 그의 경건한 격언과는 별도로 유령이나
그러한 등속의 괴상한 전설적인 보고를 굉장히 많이 짊어지고
있었다. 그는 그런 것들이 나오는 장소를 알고 있었다. 그런데
언제나 자기 자신의 이야기에 반신 반의로 흔들리고 있었다.
대개 이야기를 시작할 때에는 회의적이고 과장적이며 내뱉는
듯한 어조로, 마치 이야기 자체와 듣는 사람들을 조소하고 있

는 것 같았다. 그러나 이야기를 하는 도중에는 점점 겁에 질린 듯이 목을 움츠리고 더욱 목소리를 낮추어 나중에는 나지막이 소름이 끼치고 몸에 잦아드는 듯한 속삭임이 되는 것이었다.

이 초라하고 좁은 소로에는 무섭고 불투명하고 이해할 수 없는 매력으로 사람을 유혹하는 것들이 얼마나 많았던가. 자물쇠 장수 푸레들레는 폐업을 한 후 방치해둔 그의 일터가 아주 황폐되어버렸지만 이 소로에 살고 있었다.

그는 언제나 반나절 동안을 작은 창가에 걸터앉아 소란한 거리를 침울하게 바라보곤 하였다. 그리고 이따금씩 해어진 옷을 입고 몰골이 더러운 이웃의 아이가 하나라도 붙잡히면 꼴을 보라는 듯 그 아이를 마구 골려, 귀나 머리카락을 잡아 당기면서 그의 온몸을 퍼렇게 멍이 들 정도로 꼬집는 것이었다. 그런데 어느 날 그는 아연 철사줄로 목을 매고 층계에 매달려 있었다. 그 광경이 너무나도 비참하여 아무도 가까이 가려고 하지 않았으나, 늙은 기계공 포르시가 겨우 뒤로 가서 펜치로 철사줄을 끊었다. 그러자 시체는 혀를 쑥 내민 채 그 앞으로 고꾸라지면서 층계를 굴러 놀란 구경꾼들 한복판으로 떨어졌다.

밝고 넓은 게르바 소로로부터 어둡고 습기 찬 매 소로로 들어설 때마다 야릇하고 뭉클한 공기와 더불어 한스를 에워싸는 것은 유쾌한 듯하면서도 무서운 듯한 압박감과 호기심과 공포와 언짢은 기분과 행복한 모험적인 예감이 뒤얽힌 기분이었다. 매 소로는 지금도 도깨비 이야기나 기적이나 전대 미문의 흥측한 일 등이 일어날 수 있는 유일한 장소이며, 마술이나 요괴의 변화 같은 것이 있을 법하고, 또 믿어질 듯한 유일한 장소였다. 그곳에 가면 전설이나 추잡한 로이트링의 통속적인 책을 읽을 때처럼 괴로울 만큼 달콤한 전율을 맛볼 수가 있었다. 선생에게 빼앗겨버린 그 통속 책에는 존넨뷔르틀레나 쉰데르한네스라든지 메서카를레라든지 포스트미헬 등 그와 같은 암흑가의 영웅, 중죄인, 모험가들의 죄형, 처형에 대한 이야기가 씌어 있었다.

그러나 매 소로 이외에 또 한 군데 보통 장소와는 다른, 무엇인가 특별한 것을 체험할 수 있는 어두운 다락이나 괴상한 방 안에서 자기를 잊을 수 있는 장소가 있었다. 그것은 근처에 있는 커다란 제혁 공장으로서 한없이 낡은 건물이었다. 그 어둠침침한 다락에는 크나큰 가죽이 매달려 있었고 지하실에는 비밀 구멍과 빠져나가는 데 아무 필요가 없는 통로가 있었다. 이전에 저녁이 되면 리제가 아이들에게 재미있는 동화를 들려준 곳도 바로 이 집이었다. 이 집은 맞은편 매 소로보다는 조용하고 친근감 있고 인간미도 있었으나 수수께끼와 같은 마력도 그것에 못지 않았다. 굴이나 지하실이며 제혁공들이 가죽을 다루는 뜰이나 방망이로 일하고 있는 모습은 독특하고 재미가 있었다. 하품이 날 정도로 넓은 방들은 조용하고 매혹적이기도 했지만 정이 떨어지기도 하였다. 횡포하고 무뚝뚝한 주인을 그들은 식인종처럼 무서워하고 싫어했지만 리제는 그 괴상한 집안을 요녀처럼 이리저리 돌아다니며, 뭇 어린아이들이며 새나 고양이나 강아지들에게는 엄마와 같은 보호자가 되고 대단히 상냥하고 이상스러운 동화나 노래의 구절을 많이 알고 있었다.

지금 소년 한스의 생각과 꿈은 이미 오랫동안 동떨어져 있던 이 세계 속에서 움직였다. 커다란 환멸과 절망으로부터 그는 이미 지나가버린 행복한 시절로 다시 도망쳐 돌아온 것이다. 그 무렵에는 그도 많은 희망에 가득 차 있었고, 매우 커다란 마술의 숲과도 같은 세계가 자기 앞에 서 있는 것처럼 보였던 것이다. 그곳에는 가슴이 써늘한 위험이며 마술에 걸린 보물이며 에메랄드의 성 등이 신비스러운 숲 속에 깊숙이 숨겨져 있었다.

그는 이 무서운 숲의 세계로 조금 발을 들여놓았을 뿐이었으나, 기적이 나타나기 전에 이미 지쳐버렸다. 그리하여 또다시 수수께끼의 신비가 어린 입구에 이번에는 내쫓긴 자로서 무위한 호기심을 갖고 서 있는 것에 지나지 않았다.

두세 번 한스는 매 소로에 가보았다. 거기에는 예로부터의 어두움과 악취와 전과 다름없는 한구석이며 햇빛이 비쳐들지 않는 구석이 있었다. 문 입구에는 여전히 늙은 남자며 여자들이 앉아 있었다. 그리고 허술한 차림을 한 연한 금발의 아이들이 소리를 지르며 뛰어다니고 있었다. 기계공 포르시는 더욱 나이를 먹어 이제는 한스를 알아보지도 못했으며 한스가 엉거주춤한 인사를 해도 비웃는 듯한 떨리는 목소리로 답례를 할 뿐이었다. 가리발디라고 불리던 그로스요한은 이미 죽은 후였고 로테 프로뮬러도 역시 마찬가지였다. 우편 배달부 레텔러는 아직 살아 있었다. 그는 어린애들이 음악 소리가 나는 시계를 부숴버렸다고 하소연을 하였고, 한스에게 냄새 맡는 담배를

권하기도 하고 그에게 구걸을 하려고도 했다. 끝으로 그는 핀 켄바인 형제 이야기를 했다. 한 사람은 지금 담배 공장에 있는데 아주 어른이 된 것처럼 폭주를 하고, 또 한 사람은 헌당식 대목장에서 칼부림 사건을 일으킨 후 이미 일 년 전부터 자취를 감추어버렸다는 것이었다. 모든 것이 한심스럽고 비참한 인상을 주었다.

또 어느 날 해질 무렵에 그는 제혁 공장에 가보았다. 이 커다란 낡은 건물 속에는 잃어버린 여러 가지 기쁨과 함께 그의 유년 시절이 숨겨져 있기나 한 것처럼 문간을 통하여 습기 찬 안뜰을 건너 끌려들어갔다.

구부러진 층계와 돌로 포장한 현관을 넘어서서 어두운 층계 옆을 지나, 손으로 더듬어 다듬이터로 나갔다. 그곳에는 가죽이 펼쳐진 채 걸쳐 있었고, 그는 코를 찌르는 듯한 가죽 냄

새와 함께 돌연 솟아오르는 추억의 구름을 들이마셨다. 다시
층계를 내려서 뒤뜰로 나가니 그곳에는 가죽의 털과 기름을
빼는 데 쓰는 나무진 단지와 그 찌꺼기를 말리기 위한 좁은 지
붕이 있는 높은 언덕이 있었다. 과연 벽에 붙은 의자에는 리제
가 한 바구니의 감자를 앞에 놓고 앉아서 껍질을 벗기고 있었
다. 아이들 몇 명이 그녀를 둘러싸고 귀를 기울이고 있었다.

한스는 어두운 문턱에 멈춰 서서 그쪽으로 귀를 기울였다.
아늑한 평화와 안식이 저물어가는 제혁 공장의 뜰에 가득 차
있었다. 뜰의 담장 뒤를 흐르고 있는 시내의 가냘픈 물 소리
외에는 감자 껍질을 벗기는 리제의 칼 놀리는 소리와 아이들
에게 이야기하는 그녀의 말소리뿐이었다. 아이들은 정말로 얌
전하게 웅크리고 앉아서 움직이지도 않았다. 밤중에 어린아이
의 목소리가 강 저편에서 그를 부르더라고 하는 성聖 크리스
토펠 이야기를 리제는 들려주고 있었다.

한스는 잠시 듣고 있다가 살짝 어두운 현관을 빠져 되돌아
나와 집으로 돌아왔다. 두번 다시 어린애가 될 수 없다는 것과
해질 무렵이면 제혁 공장에서 리제의 곁에 앉아 있을 수 없다
는 것을 느꼈기 때문이다. 그는 다시는 제혁 공장이나 매 소로
에 가까이 가지 않기로 했다.

청춘과 환희의 파도

　이미 가을도 한창 무르익고 있었다. 시커먼 전나무 숲 속에서는 여기저기 흩어져 있는 활엽수가 노랗게 또는 빨갛게 횃불처럼 빛나고 있었다. 골짜기엔 벌써 짙은 안개가 끼어 있었고 내에는 아침 무렵의 냉기 때문에 김이 서렸다.

　얼굴이 창백한 전 신학교 학생은 여전히 매일 교외를 산책하였으나 불유쾌하고 피곤하여, 그렇게 하려고 마음만 먹는다면 할 수 있는 조용한 교제도 피하고 있었다. 의사는 물약이며 간유며 달걀이며 냉수 마찰 등을 권유하였다.

　무엇 하나 효험이 없었던 것은 이상한 일이 아니었다. 모든 건강한 생활에는 내용과 목표가 없어서는 안 되는 법인데 젊은 기벤라트에겐 그것이 상실되어 있었다. 아버지는 한스를 서기書記로 만들거나 손일이라도 배우게 하려고 결심하였다. 소년은 아직 허약했으므로 무엇보다도 먼저 몸에 원기를 돋워주지 않으면 안 되었지만 그러나 그의 앞날을 위해서 생각해도 좋았다.

최초의 혼란스럽던 인상도 완화되고 이제 자신도 자살을 믿지 않게 된 이후부터 한스는 흥분하고 변하기 쉬운 불안한 상태로부터 외곬의 우울증에 빠져 있었다. 그리하여 부드러운 진흙탕에 빠져들어가는 것처럼 서서히 저항도 하지 않고 그 속으로 가라앉아갔다.

지금 그는 가을의 들판을 돌아다니며 계절의 영향에 압도 당해버렸다. 저물어가는 가을, 조용한 낙엽, 갈색으로 변하는 초원, 짙은 아침 안개, 성숙될 대로 되어 말라붙으려는 식물 등이 뭇 병자가 그렇듯 무거운 절망적인 기분과 슬픈 생각으 로 그를 휘몰아가고 있었다. 그는 그들과 함께 소멸하고 또 함 께 잠들고 함께 죽고 싶다는 감정을 느끼는 것이었으나, 자신 의 젊음이 그것을 거역하고 그윽한 끈기로 삶에 집착했기 때 문에 더욱 번민하였다.

그는 나무들이 노랗게 되고 갈색이 되고 헐벗어가는 것을 바라보았고, 또 숲 속으로부터 뭉게뭉게 피어오르는 우윳빛 흰 안개를 바라보았다. 또한 그는 마지막 과일을 거두어들인 후에는 생명을 잃어버려 이제는 물든 채 아무도 시들어가는 과꽃을 돌아다보려고도 하지 않는 뜰을 바라보았으며, 미역 감기나 고기잡이도 끝나고 마른 잎들이 덮여 있고 제혁 직공 들만이 아직도 그 추위를 참고 견디며 일하고 있는 내를 바라 보았다. 내에는 며칠 전부터 과즙을 짜낸 찌꺼기 통들이 쉴새 없이 떠내려가고 있었다. 과즙 짜는 공장이나 물레방앗간에서 는 지금 한창 과즙을 짜느라고 모두가 바쁘게 움직이고 있었

기 때문이다. 시내에서는 어느 거리에나 과즙 냄새가 고요히
발효를 하듯 풍기고 있었다.

아랫 마을 물레방앗간에서는 플라크 아저씨도 작은 압착기
를 빌려와 과즙을 짜면서 한스를 불렀다.

물레방앗간의 앞뜰에는 크고 작은 착즙기搾汁機, 수레, 과
일을 가득 담은 광주리와 자루, 물통, 들통, 양푼, 단지, 산더
미 같은 갈색의 찌꺼기, 나무 지레, 손 달구지, 텅 빈 운반구
등이 있었다. 착즙기가 움직이면서 삐걱거리고 찍찍 소리를
내기도 하고 앓는 소리, 떠는 소리를 내기도 하였다. 대개의
착즙기는 녹색의 래커 칠이 칠해져 있었다. 그 녹색은 찌꺼기
의 황갈색과 사과 광주리의 색깔, 담록색의 시내, 맨발의 어린
이들과 맑게 개인 가을 하늘의 햇빛과 어울려서 환희와 삶의
쾌감, 배부름의 매혹적인 인상을 보는 사람에게 주었다. 바스
러지는 사과의 삐걱거리는 소리는 신맛으로 식욕을 돋우는 것
같았다. 관 속에서는 폭 넓은 물줄기를 이루고 짜낸 달고 청신
한 과즙이 적황색으로 햇빛을 받으면서 흘러나왔다. 그곳에
와서 그 광경을 보는 사람은 누구나 한 잔을 청해서 맛을 보지
않을 수 없었다. 그러고는 그 자리에 버티고 서서 눈물을 글썽
이며 달콤하고 상쾌한 흐름이 몸 속으로 흘러 내려가는 것을
느꼈다. 그리고 이 달콤한 과즙은 즐겁고 강렬한 감미로운 향
내로써 근방 일대의 대기에 충만되는 것이었다. 이 향기야말
로 지난 일 년을 두고 가장 훌륭한 것으로서 성숙과 수확의 정
수였다.

다가오는 겨울을 앞두고 그러한 향기를 들이마실 수 있다

는 것은 기분 좋은 일이었다. 왜냐하면 거기에서 사람들은 감사한 마음을 갖고 여러 가지 많은 좋고 훌륭한 것들을 상기하기 때문이다. 포근한 5월의 비, 쏴아 하고 내리는 여름의 비, 차가운 가을 아침의 이슬, 부드러운 봄날의 햇빛……따갑게 내리쬐는 무더운 여름의 작열, 희고 새빨갛게 빛을 내는 꽃, 수확 전 과수의 완숙한 적갈색 광택, 그리고 사이사이에 변해 돌아가는 계절과 함께 찾아오는 모든 아름다운 것과 즐거운 것들.

　그것은 누구에게나 영광의 시기였다. 돈 많은 사람이건 성가成家를 한 사람이건 평민적인 차림으로 몸소 나와 살집이 좋은 사과들을 손에 들고 무게를 가늠해 보기도 하고, 한 다스 혹은 그 이상의 사과 포대를 세어보거나 은으로 만든 회중용懷中用 잔으로 맛을 보기도 했다. 또한 과즙 속에 한 방울의 물도 들어가지 않게 하라고 두루 이르기도 했다. 가난한 사람들은 단 한 포대밖에 과일을 갖지 않았으며, 컵이나 질그릇으로 맛을 보기도 하고, 물을 타기도 했다. 그러나 만족하고 즐거운 기분에는 부자와 조금도 다름이 없었다. 여러 가지 이유로 과즙을 짜지 못하는 사람들은 친지나 이웃의 압착기를 찾아다니며 여기저기에서 한 잔씩 얻어먹고 그들이 사과를 주머니에 넣어주면 받곤 하였다. 그러고는 정통한 듯한 용어를 써가며 그 방면에 다소는 지식이 있다는 것을 과시하였다. 많은 아이들이, 가난한 집 아이건 부잣집 아이건 간에 작은 잔을 들고 돌아다녔다. 그들은 제각기 베어 먹던 사과와 빵 조각을 손에 들고 있었다. 그것은 과즙을 짤 때에 빵을 실컷 먹어두면 후에 배탈이 나지 않는다는 근거 없는 전설이 옛날부터 전해 내려오고 있기 때문이다. 어린애들의 소동은 둘째 치더라도 무수한 고함소리가 뒤엉켜 있었다. 그리고 어느 소리나 분주하고 흥분되어 들떠 있었다.

"오오, 한스야 이리 오너라! 나한테로…… 한 잔만 마셔라!"

"정말 고맙습니다. 이젠 배가 아플 지경이에요."

"백 파운드에 얼마 주었나?"

"4마르크. 아주 훌륭한 상품이야. 그럼 맛 좀 보겠나."

이따금 좀 귀찮은 일이 일어났다. 사과 자루가 약간 빨리 터져 알맹이 전부가 땅바닥으로 뒹굴었다.

"이거 큰일났군. 내 사과다! 모두 좀 도와주시오."

모두들 도와서 주워주었다. 다만 두세 명의 개구쟁이만이 그 사이에 슬쩍 집어넣으려고 하였다.

"이놈들아, 집어넣지 말아라! 먹으려면 떳떳하게 내게 말하고 먹어라. 훔쳐 넣는 것은 안 돼. 거기 놓지 못하겠느냐, 이놈아."

"어, 이웃 친구, 그렇게 재지 말게! 한 알 줘봐."

"야! 꿀맛이로군! 아주 꿀 같아. 도대체 얼마나 만들었나?"

"두 통뿐이야. 그것뿐이지만 나쁘지는 않아."

"한더위에 짜지 않은 게 다행이었어. 한여름이었더라면 그대로 다 마셔버렸을 테니까."

금년에도 없어서는 안 될 서너 명의 상통 사나운 노인들이 얼굴을 내밀었다. 그네들은 이미 오랫동안 자신들이 짜지는 않았지만 무엇이나 잘 알고 있어서 거의 거저 얻은 거나 다름 없이 과일이 손에 들어왔다는 옛날 이야기를 하였다. 무엇이든지 훨씬 더 값싸고 품질도 좋았으며, 설탕을 탄다든지 하는 일은 전혀 알려지지도 않았고 대개 그 당시에는 나무가 열매를 맺는 것부터가 지금과는 달랐다고 했다.

"그때는 그래도 수확이라고 떠들 수 있었지. 나도 사과 나무 한 그루를 가지고 있었는데 그것만으로도 500파운드나 딸 수가 있었으니까 말이야."

그러나 시세가 그토록 나빠지기는 했다지만 염치없는 노인들은 금년에도 실컷 맛보는 것을 잊지 않았다. 아직 이가 있는 노인들은 제각기 사과를 베어 먹으면서 돌아다녔다. 심지어 어떤 노인은 커다란 배를 서너 개나 무리해서 먹었기 때문에 심한 복통을 일으켰다.

"정말이지······."

그 노인은 허풍을 떨었다.

"예전에는 이런 것쯤은 열 개나 먹었는데."

이렇게 말하고는 한숨을 쉬면서 배를 열 개나 먹어 치워도 배앓이가 나지 않던 시절을 회상했다.

플라크 씨는 북적거리는 사람들 한복판에다 압착기를 세워 놓고는 나이 든 제자의 손을 빌리고 있었다. 사과는 바덴에서 구입한 것이어서 그의 과즙은 언제나 제일의 상품이었다. 그는 은근히 만족하고 있었고, '약간 맛보는 것'이면 아무에게도 거절하지 않았다. 더욱 만족하고 있는 사람은 그의 아들들로서 그 일대를 뛰어다니며, 기쁜 듯이 혼잡한 사람들 틈을 헤치고 다녔다. 그러나 겉으로 나타내진 않았지만 가장 만족하고 있는 사람은 그의 제자였다. 그는 산골의 숲에 사는 가난한 농가 출신이었는데 그로서는 다시 노천에서 힘껏 움직이며 일할 수 있다는 것이 온몸에 배어 있어 더할 나위 없이 즐거웠다. 거기에다 상품인 달콤한 과주도 그에게는 별미였다. 그의 건장한 시골 청년다운 얼굴은 산신山神의 가면처럼 이를 드러내며 웃고 있었고 구둣방 직공 같은 그의 손도 오늘은 어느 일요일보다도 더욱 깨끗하였다.

한스 기벤라트는 과즙 짜는 장소에 오자 처음에는 조용하게 불안스러워하고 있었다.

그가 이곳에 온 것은 오고 싶어서가 아니었다. 그러나 맨 처음에 지나치던 압착기에서 과즙 잔이 내밀어졌다. 그것은 나숄트의 리제였다. 그는 맛을 보았다. 과즙을 마시는 동안 달콤하고 강한 과즙의 맛과 더불어 어릴 적 가을의 즐겁던 여러 가지 추억들이 되살아났고 동시에 그들과 같이 어울려 유쾌하게 보내고 싶다는 은근한 욕망이 생겼다. 친지들도 말을 걸어오고 컵도 몇 차례 내밀어져 한스가 플라크의 압착기가 있는 곳까지 왔을 때에는 완전히 다른 사람과 함께 휩쓸려 유쾌한 기분이 되었고 과주의 포로가 되어 기분도 전환되어 있었다. 완전히 가벼운 기분으로 구둣방 아저씨에게 인사를 하고 과즙을 짤 때의 여흥으로 두어 마디 익살을 부렸다. 구둣방 주인은 놀라움을 감추며 기쁘게 그를 반겨주었다.

반시간쯤 지나자 푸른 스커트를 입은 처녀가 그쪽으로 다

가와 플라크와 그의 제자에게 미소를 던지며 일을 거들기 시
작하였다.

"응, 그래" 하고 구둣방 주인은 말하였다.

"이 아이는 하일브론에서 온 내 조카딸 엠마야. 얘는 물론
이런 수확에는 익숙하지 못해. 이 아이의 고향에서는 포도가
많이 나니까."

그녀는 열여덟이나 아홉쯤 되어 보였고 저지대 지방에서
온 사람 같았으며 몸이 가볍고 명랑하였다. 키는 크지는 않았
으나 체격은 훌륭했고, 균형이 잡혀 있었다. 둥근 얼굴 속의
다정스러운 검은 눈과 키스를 하고 싶은 예쁜 입은 쾌활하고
영리해 보였다. 어쨌든 그녀의 모습은 건강하고 명랑한 하일
브론의 처녀다웠으나 아무래도 신앙심 깊은 구두 장수의 친척
처럼 보이지는 않았다. 어디까지나 이 속세의 처녀였으며, 그

녀의 눈은 석양에 또는 밤중에 성서나 고스너의 〈보석 상자〉를 읽는 것을 낙으로 삼는 사람의 눈은 아니었다.

한스는 갑자기 당황한 표정이 되어 엠마가 곧 가버렸으면 좋겠다고 마음속으로 바랐다. 그러나 그녀는 언제까지나 그 자리를 뜨지 않고 웃고 조잘거리며 어떠한 농담에도 일일이 재치 있게 응수하였다. 한스는 부끄러워져서 아무 말도 하지 않았다. 상대방에 대한 예의로 '당신'이라고 불러주어야만 할 젊은 처녀와 교제를 한다는 것은 그렇지 않아도 견디기 어려운 일이었는데 이 처녀는 아주 활발하게 조잘거렸다. 또한 그녀는 그의 존재나 그가 수줍어하고 있다는 것 등은 문제도 삼지 않았기 때문에 그는 당황하였다. 그리고 기분이 상해서 마치 수레바퀴에 닿은 달팽이처럼 촉각을 움츠리고 껍질 속으로 들어가버렸다. 그는 입을 다물고 싫증이 난 듯이 보이려고 했으나 잘 되지 않았다. 그래서 마치 방금 누가 죽기라도 한 것처럼 얼굴을 찌푸렸다.

아무도 그런 것을 눈치챌 틈이 없었다. 엠마는 더욱 말할 나위도 없었다. 한스가 들은 바에 의하면 그녀는 2주일 전부터 플라크의 집에 손님으로 와 있었으나 벌써 마을 사람들을 전부 알고 있었다. 상대방의 신분이 높건 낮건 간에 아무한테나 쫓아다니면서 새로 짠 과즙의 맛을 보이기도 하고 익살을 부리며 웃고, 다시 돌아와서는 사뭇 열심히 일을 거드는 척하였다. 또한 어린애들을 안고서는 사과를 주기도 하며 그 주위 일대에 수다스러운 웃음과 즐거움을 뿌려놓았다. 길 가는 아이를 붙잡고는 "사과 줄까?" 하며 소리를 치고 빨갛고 큼직한 사과 하나를 집어들고는 양손을 등 뒤로 감추고서 "오른쪽? 왼쪽?" 하면서 맞히게 하였다. 그러나 사과는 아이들의 손에는 한번도 있는 예가 없었고 아이들이 투덜거리기 시작하면 그때에야 겨우 사과 하나를 내주는 것이었다. 그것은 작고 푸른 사과였다. 그녀는 한스의 이야기도 들어서 알고 있는 것 같았으며 "당신이 언제나 두통이 난다는 분이에요?"라고 물었으나 한스가 대답도 하기 전에 그녀는 이미 옆에 있는 사람을 상대로 다른 이야기에 휩쓸려들어가 있었다.

한스가 슬쩍 도망쳐서 막 집으로 돌아가려고 하는데 플라크 아저씨가 그의 손에 핸들을 쥐어주었다.

"자, 좀더 이 일을 계속해다오. 엠마가 도울 테니까. 나는 일터에 가봐야겠어."

주인은 가버리고 말았다. 제자에게는 주인 아주머니와 함께 과즙을 운반해가라고 일렀다. 그래서 한스는 엠마와 단둘이 압착기 옆에 남게 되었다. 그는 이를 악물고 적을 맞대고 있는 것처럼 일을 하였다.

어째서 이렇게 핸들이 무거운가 싶어 이상하게 생각하며 한스가 얼굴을 쳐들자 엠마가 깔깔거리며 큰소리로 웃어댔다. 그녀는 장난을 치느라고 반대쪽을 잡고 버티고 있었던 것이다. 한스는 화가 나서 다시 잡아당기자 그녀는 또 버티었다.

한스는 아무 말도 하지 않았다. 그렇지만 반대편에서 그 소녀의 몸이 누르고 있는 핸들을 미는 동안 갑자기 한스는 부끄러움을 느끼며 당황했다. 그러는 동안 차츰 핸들 돌리는 일을 완전히 그만두고 말았다. 그는 달콤한 불안에 사로잡혔다. 젊은 처녀가 대담하게도 그의 얼굴에 웃음을 던졌을 때에는 돌연 이 소녀가 다른 사람같이 다정스러워 보였다. 그러나 동시에 좀더 서먹서먹한 기분이 된 것처럼 생각되기도 했다. 그때 그도 약간 웃었다. 그러나 어딘지 좀 부자연스럽고 어색하였다.

그래서 핸들은 완전히 멎어버렸다. 그러자 엠마가 "너무 지나치게 일하지는 맙시다"라고 말하면서 자기가 막 입을 대고 마신 과즙이 반쯤 찬 컵을 그에게 내밀었다.

이 한 모금은 상당히 강하고 전에 마셨던 것보다 더욱 단 것처럼 생각되었다. 그것을 다 마셔버리자 그는 보란 듯이 컵 속을 들여다보면서 심장의 박동이 심해지고 호흡이 답답해진 것을 이상하게 생각하였다.

그리고 두 사람은 다시 일을 조금 했다. 자신도 무슨 일을 하고 있는지 몰랐으나 한스는 그녀의 스커트가 자기 곁을 슬쩍 스치고 그녀의 손이 자기의 손과 닿을 수 있는 위치로 다가서려고 하는 것을 느꼈다. 그러나 이때마다 그의 심장은 두근거리고 불안한 환희로 숨이 막혔으며 흐뭇하고 달콤한 현기증이 엄습하여 무릎이 약간 떨렸고 머리 속은 핑핑 돌고 윙윙 소리가 나며 어지러웠다.

자기가 무슨 이야기를 하고 있는지 자신도 몰랐다. 그러나 그녀의 이야기를 듣고 대답하고, 그녀가 웃으면 자기도 따라 웃고 그녀가 바보 흉내를 내면 손가락으로 두세 번 위협을 했다. 그리고 그녀의 손에서 두 번 컵을 받아 과즙을 마셨다. 동시에 무수한 추억이 그의 머리 속을 스쳐갔다. 해거름이 되면 남자들과 함께 문간에 서 있던 하녀들의 모습, 이야기 책 속에 나오는 두세 개의 문장, 헤르만 하일너에게서 받은 키스, 거기에 "처녀 또는 애인이 생긴다면 어떤 사람일지 몰라"라고 한 많은 이야기와 소설, 학생들 간의 애매한 회화 등이 머리 속을 오갔다. 그리고 그는 산을 올라가는 노새처럼 호흡을 했다.

모든 것이 달라졌다. 근처의 사람들도, 분주한 움직임도 화려하게 웃는 구름과 같은 것에 녹아들고 말았다. 하나하나의 목소리며 욕지거리며 웃음소리가 멍한 혼잡 속으로 사라져버렸고, 시내며 옛 다리는 멀리 한 폭의 그림처럼 보였다.

엠마의 모습도 달리 보였다. 이제 한스는 그녀의 얼굴을 보고 있지 않았다. 단지 검고 맑은 눈과 붉은 입술과 그 속에 드러난 뾰족한 이 말고는 아무것도 보이지 않았다. 그녀의 모습도 녹아 없어지고 말았다. 그의 눈에 보이는 것은 단지 그녀의 하나하나의 부분뿐이었다.

검은 양말을 신은 반장화가 보였고 목덜미에 흐트러진 고수머리가 보였으며 푸른 목도리 속에 감추어진 햇빛에 그을린 둥근 목덜미가 보였고, 팽팽한 어깨와 그 밑에서 크게 물결 치는 숨결과 빨갛게 비치는 귀가 보일 뿐이었다.

잠시 후 그녀는 컵을 물통 속에 떨어뜨렸다. 그리고 그것을 주우려고 허리를 굽혔다. 그때 물통 모서리에서 그녀의 무릎이 그의 손목을 눌렀다. 그도 서서히 허리를 굽혔다. 그래서 그의 얼굴이 거의 그녀의 머리카락에 닿을 뻔했다. 그녀의 머리에서는 향내가 약간 풍기고 있었다.

그 아래로 흐트러진 고수머리의 그늘 속에 아름다운 목덜미가 훈훈하게 갈색으로 빛나고 있었고 그것은 파란 겉저고리 속에 감추어져 있었다. 그 저고리는 호크로 단단히 채워져 있었으며 호크 틈 사이로 목덜미가 조금 밑에까지 들여다보였다.

그녀는 다시 몸을 일으켰다. 그때 그녀의 무릎이 그의 팔을 스쳤고 그녀의 머리카락이 한스의 뺨에 가볍게 닿았다. 허리를 굽히고 있었기 때문에 그녀의 얼굴은 발갛게 상기되어 있었다. 한스는 온몸이 심하게 떨리는 것을 느꼈다. 그의 얼굴은 창백해졌고, 순간 깊고 깊은 피로감을 느꼈으며 압착기의 나사에 매달리지 않으면 안 되었다. 심장은 경련을 일으키듯 두근거렸고 팔은 맥이 풀리고 어깨는 아팠다.

그때부터 그는 거의 한마디도 하지 않았고 그녀의 눈을 피했다. 그 대신 그녀가 옆으로 쳐다보면 아직껏 맛보지 못한 쾌감과 앙큼한 양심이 뒤섞인 기분으로 그녀를 응시했다. 이때 그의 가슴속에서는 무엇인가가 끊어지고 길게 뻗친 푸른 해안이 있는 이국적이고 신기하며 매력적인 새로운 세계가 그의 영혼 앞에 열려지는 것이었다. 이 불안과 달콤한 고통이 무엇을 의미하는지 그는 아직 몰랐다. 겨우 막연하게 느낄 뿐이었다. 고통과 쾌감 중 어느 편이 더 큰 것인지도 알지 못했다.

그러나 그러한 쾌감은 그의 젊은 사랑의 힘의 승리와 힘찬 생명의 최초의 예감을 의미하는 것이었다. 그리고 그 고통은 아침의 평화가 깨어지고 두번 다시 찾아볼 수 없는 어린이의 세계를 그의 영혼은 떠났다는 것을 의미하고 있었다. 최초의 난파難破를 간신히 면한 그의 조각배는 이제야 비로소 새로운 폭풍의 폭력과 대기하고 있는 심연과 위험하기 그지없는 암초 근처로 몰려들어간 것이다. 최상의 지도자를 가진 청년도 이 길을 뚫고 나가는 안내자를 갖지는 못한다. 자기 자신의 힘으로 활로를 찾아내지 않으면 안 되는 것이다.

때마침 구둣방 아저씨의 제자가 돌아와서 압착기 작업을 교대해주었다. 한스는 잠시 동안 그곳에 그대로 있었다. 다시 한 번 엠마와 닿아보거나 그녀가 친절한 말 한마디라도 걸어주기를 바라는 마음에서였다. 엠마는 또 다른 압착기를 돌아다니면서 지껄이기 시작했다. 한스는 제자에게 신경이 쓰였기 때문에 잠시 후에 인사도 하지 않고 슬그머니 집으로 돌아갔다.

온갖 것은 이상스럽게 변하여 그의 마음을 끌었다. 찌꺼기로 살이 찐 가을 참새들은 소란스럽게 하늘을 날고 있었으나 하늘이 이토록 높고 아름답고 그렇게 그렇게도 푸르렀던 적은 이제껏 한번도 없었다. 냇물이 이처럼 깨끗한 청록색으로 웃는 거울을 갖고 있던 예도 없었다. 둑이 이렇게 눈부시도록 하얗게 거품이 일던 적도 없었다. 어느 것이나 모두가 깨끗한, 방금 그린 그림처럼 환하게 비치는 새로운 유리판 뒤에 서 있는 듯이 보였다. 모든 것이 큰 축제가 시작되기를 기다리고 있는 것처럼 보였다. 자신의 가슴속에도 신기하게 대담한 감정과 이상하고 황홀한 희망이 가슴을 조이는 듯이 강렬하고 불안하게 그러나 달콤하게 파도 치는 것이 느껴졌다. 하지만 거기에는 이것은 꿈에 지나지 않고 결코 진실이 될 수 없다고 하는 의아스러운 불안이 따르고 있었다. 이 분열된 감정은 부풀어올라 몰래 솟아오르는 샘이 되었다. 그리고 무엇인가 아주 강한 것이 그의 가슴속에서 자유롭게 되어 날개를 펼치려고

하는 듯한 기분이 들었다. 그것은 아마 흐느낌이거나 노래이
거나 통곡 아니면 커다란 웃음이었을 것이다. 이 흥분은 집에
돌아와서야 비로소 다소 진정되었다. 물론 집에서는 모든 것
이 평소와 다름없었다.

"어디에 갔었니?"

아버지가 물었다.

"방앗간의 플라크 아저씨한테요."

"그 사람은 몇 통이나 짰니?"

"두 통쯤 되나 봐요."

아버지가 과즙을 짤 때엔 플라크 아저씨의 아이들을 부를
것을 그는 청했다.

"물론이지"라고 아버지는 중얼거렸다.

"다음 주일에 하자. 그때에는 모두 데리고 오너라."

저녁 식사를 하려면 아직 한 시간이 남았다. 한스는 뜰로
나갔다. 두 그루의 전나무 외에는 푸른 것이라곤 거의 없었다.
그는 개암나무 가지 하나를 꺾어서 그것을 공중으로 휘두르며
시든 잎사귀들을 두들겨 떨어뜨렸다. 해는 이미 서산에 숨어
버렸다. 산의 검은 윤곽은 머리카락만큼씩 가느다란 선을 이
룬 뾰족뾰족한 전나무 끝에서 초록색이 감도는 파란 색깔의
맑게 개인 노을 진 하늘을 갈라놓고 있었다. 길게 뻗친 잿빛
구름이 노랗게 갈색을 띤 저녁 노을을 비추면서 희박한 황금
빛 대기를 누비고 마치 귀로를 재촉하는 배처럼 천천히 한가
롭게 골짜기의 위쪽으로 감돌며 흘러갔다.

석양 무렵의 색채의 풍만하고 무르익은 아름다움에 여느

때와는 달리 이상스럽게도 마음을 빼앗긴 한스는 하릴없이 뜰을 거닐고 있었다. 이따금 걸음을 멈추고 눈을 감고는 엠마의 모습을 그려보기도 하였다. 압착기 옆에서 자기와 마주 서 있던 모습, 그녀의 잔으로 자기에게 마시게 해주었던 일, 통 위에 엎드렸다가 얼굴이 빨갛게 물들어 일어났을 때의 모습을 다시 그려보려고 노력하였다. 그녀의 머리카락과 꼭 째이는 푸른 옷을 입은 자태, 검은 머리카락 때문에 갈색으로 그늘진 목덜미가 그의 눈앞에 떠올랐다. 그 모든 것이 쾌감과 전율로써 그의 마음을 가득 채웠다. 다만 그녀의 얼굴만은 아무리 해도 그려낼 도리가 없었다.

해가 이미 저물었어도 그는 냉기를 느끼지 않았다. 짙어가는 황혼은 뭐라 이름지어야 좋을지 모르는 비밀로 가득 찬 면사포처럼 느껴졌다. 그것은 하일브론의 처녀에게 연정을 품고 있다는 것을 알면서도, 그의 핏속에서 남성이 눈을 뜨고 약동하기 시작한 것을 그는 단지 막연히 기묘하고 들뜬 피로가 따르는 상태로밖에는 풀지 못하였기 때문이었다.

저녁 식사 때 그는 변함없는 예로부터의 환경의 한복판에, 완전히 변해버린 자신이 앉아 있다는 것이 이상하게 느껴졌다. 아버지, 할멈, 식탁, 세간살이까지 방 안의 모든 것이 갑자기 낡아빠진 것처럼 보였다. 그는 방금 긴 여행에서 돌아오기라도 한 것처럼 놀라움과 서먹서먹하고 정이 서리는 그리움을 갖고 모든 것을 바라보았다.

지난날 자기가 무서운 나뭇가지에 추파를 던지고 있던 무렵에는 똑같은 사람들과 똑같은 사물을, 떠나가는 사람의 애상이 뒤섞인 우월감을 갖고 바라보고 있었으나 지금 와서는 놀라고 미소짓고 또다시 자신의 것으로 되었다 싶은 기분이었다.

저녁 식사를 마치고 한스가 막 자리를 일어서려 할 때 아버지는 단도 직입적으로 이렇게 말하였다.

"한스야! 너 기계공이 되어볼래, 그렇지 않으면 서기가 되어보든지?"

"왜요?"

한스는 소스라치게 놀라며 되물었다.

"다음주 말에는 기계공 슐러 씨한테, 그 다음주에는 읍사무소 견습생으로 들어갈 수 있을 텐데 잘 생각해보아라. 내일 또 이야기하자."

한스는 일어나 밖으로 나왔다. 갑작스러운 질문에 머리가 혼란스럽고 어리둥절하였다. 수개월 이래 멀리하고 있던 매일 매일의 활발하고 생기 있는 생활이 뜻밖에도 눈앞에 나타났다. 그것은 유혹하는 듯한 얼굴과 위협하는 듯한 얼굴을 갖고 무엇인가를 약속하기도 하고 요구하기도 했다. 그러나 그는 정말로 기계공도 서기도 되고 싶지 않았다. 수공업의 고된 육체 노동을 그는 두려워하고 있었다. 그때 학교 시절의 친구였던 아우구스트가 머리에 떠올랐다. 그는 지금 기계공이 되어 있으니까 사정을 물어볼 수는 있었다.

그 일을 곰곰이 생각하고 있는 동안 그의 생각은 점점 흐리 멍텅해져갔다. 이런 문제는 그토록 서두르거나 중요한 일은 아닌 것처럼 생각되었다. 그의 마음속에 부풀어오르고 있는 것, 그의 마음을 사로잡고 있는 것은 무엇인지 모를 어떤 다른 것이었다. 그는 초조한 발걸음으로 문간을 어슬렁거렸다. 그러다가 갑자기 모자를 집어들고 집을 나와 서서히 거리로 나섰다. 어떻게 해서든지 엠마를 한번 더 만나보아야만 되겠다는 생각이 든 것이었다.

이미 날은 어두워졌다. 근처에 있는 요릿집에서는 사람들이 떠드는 소리와 목쉰 노랫소리가 들려왔다. 등불이 켜진 창문들이 사방에 있었다. 여기저기에 하나씩 둘씩 불이 켜져 희미하고 약한 빨간 불빛이 어두운 창문 밖으로 비쳤다. 젊은 처녀들의 긴 행렬이 보였다. 처녀들은 팔에 팔을 끼고 큰소리로 웃기도 하고 지껄이면서 가벼운 발걸음으로 작은 길을 내려가 희미한 불빛 속에 흔들리면서 청춘과 환희의 따뜻한 커다란 파도처럼 가물거리는 거리를 지나갔다. 한스는 오랫동안 그들을 바라보며 전송하고 있었다.

　그의 심장은 목구멍까지 고동쳐왔다. 커튼이 드리워진 창문 안에서 바이올린을 켜는 소리가 들렸다. 우물가에서는 한 여인이 상추를 씻고 있었다. 다리 위에서는 두 사람의 젊은이가 각각 애인을 데리고 산책하고 있었다. 한 사람은 처녀의 손을 가볍게 잡고 팔을 흔들면서 여송연을 피우고 있었다. 또 한 쌍은 바싹 달라붙어서 천천히 앞으로 걸어가고 있었다. 그 젊은이는 처녀의 허리를 감고 있었고 처녀는 그의 가슴에 어깨와 머리를 파묻고 있었다. 그런 광경은 한스도 옛날에 여러 차례 보았기 때문에 그리 관심을 갖지 않았으나 지금에 와서는 그것이 숨은 의미를 갖고 있었고 분명치는 않으나 마음을 끄는 달콤한 의미를 갖고 있었다. 그의 시선은 두 쌍의 남녀 위로 지그시 쏠렸다. 그의 공상은 황홀한 예감을 갖고 가까워지고 있는 이해를 향해서 달려가고 있었다. 안타깝고 마음속 깊숙이까지 동요를 일으켜 그는 자기가 어떤 커다란 비밀에 접근해 있음을 느꼈다. 그 비밀이 감미로운 것인지 무서운 것인지는 그 자신도 알 수 없는 일이었으나 그 각각의 한 끝을 떨면서 느낄 수가 있었다.

　그는 한참을 걷다가 플라크 아저씨의 집 앞에 멈춰 섰으나, 안으로 들어갈 용기는 나지 않았다. 안에 들어가서 무엇을 하고 무슨 얘기를 해야 좋을지. 그는 열 한두어 살 되던 소년 시절에 자주 놀러왔던 일을 회상하지 않을 수 없었다. 그 무렵 플라크 아저씨는 그에게 성경 이야기를 해주었으며, 지옥이며 악마며 성령에 관해서 꼬치꼬치 묻는 화살 같은 그의 질문에 잘 대답해주었다. 그것은 아름답지 못한 추억으로서, 그의 마음을 어둡게 하였다.

그는 자신이 무엇을 하고 싶어하며, 정말 자신이 원하는 것이 무엇인지 전혀 알 수가 없었다. 그러나 자신이 무엇인가 비밀스러운 것, 금지당한 일 앞에 서 있다는 것만은 부정할 수 없는 사실이었다. 안에 들어가지 않고 어두운 문 앞에 서 있는다는 것은 구둣방 주인 플라크 아저씨에 대해서도 옳지 못한 일인 것 같았다. 만일 자기가 이곳에 서 있는 것을 본다든지, 지금이라도 플라크 아저씨가 문을 열고 나온다든지 하면 아마도 그를 꾸짖지 않고 조소할 것이다. 한스는 그것이 제일 두려웠다.

그는 발소리를 죽이며 집 뒤로 돌아갔다. 그곳에서는 울타리 너머로 불이 켜진 거실이 보였다. 주인은 눈에 띄지 않았다. 부인은 무엇인가 바느질이나 뜨개질을 하고 있는 것 같았으며, 큰 아이들은 아직도 자지 않고 책상에 앉아 책을 읽고 있었다. 엠마는 설거지를 하고 있는 것처럼 보였으며, 왔다갔다 하고 있었기 때문에 잠시 보일 뿐이었다. 주위는 아주 조용하여 먼 곳으로부터 거리의 발자국 소리가 들렸고 뜰 저편으로부터는 흐르는 시내의 낮은 물소리가 똑똑히 들려왔다. 어둠과 밤의 냉기는 급속도로 더해졌다.

거실 창문 곁에는 캄캄한 복도의 작은 창문이 있었다. 한참 후에 이 자그마한 창에 분명치 않은 그림자가 나타나더니 몸을 밖으로 내밀고 어둠 속을 바라보고 있었다. 그 모습으로 한스는 엠마라는 것을 알았다. 불안스러운 기대로 해서 그의 심장의 고동은 멎어버릴 것만 같았다.

그녀는 창가에 서서 오랫동안 조용히 이쪽을 바라보고 있었다. 그녀에게 자기가 보이는지 또 그녀가 자신임을 분간할 수 있는지 한스로서는 알 수 없는 일이었다. 그는 꼼짝도 하지 않고 그녀를 뚫어지게 쳐다보았다. 그리고 불안함을 느끼면서 그녀가 자기라는 것을 알아주었으면 하고 바라면서도 동시에 그것을 두려워하고 있었다.

어렴풋한 그림자가 창문으로부터 사라지자 조그만 뜰의 문이 열리더니 엠마가 밖으로 나왔다. 한스는 당황해서 달아나고 싶었으나 결단을 내리지 못한 채 그대로 담장에 있었다. 그리고 그녀가 어두운 뜰을 지나 천천히 그에게로 걸어오는 것을 보았다. 그녀가 한 발자국을 내디딜 때마다 한스는 달아나려고 마음이 조급했으나 무엇인가 한층 더 강한 힘에 붙잡혀 있었다.

엠마는 그의 바로 앞에 섰다. 낮은 담장이 사이에 있을 뿐 그들은 반 발자국의 간격도 되지 않았다. 그녀는 그를 이상스러운 듯 뚫어지게 쳐다보았다. 둘은 꽤 오랫동안 서로 아무 말도 하지 않았다. 이윽고 그녀가 낮은 목소리로 물었다.

"당신 무슨 일이에요?"

"아무 일도 아냐."

그가 말했다.

그녀에게 '당신' 이라고 다정스럽게 불렀던 것이, 마치 살결이라도 어루만져주는 것처럼 느껴졌다.

엠마는 울타리 너머로 그에게 손을 내밀었다. 한스는 수줍

은 듯이 그러나 정답게 그녀의 손을 잡고 약간 힘을 주어 쥐었
다. 그녀가 손을 빼려고 하지 않는다는 것을 안 한스는 용기를
내어 처녀의 따뜻한 손을 상냥하고 조심스럽게 어루만졌다.
그래도 그녀가 여전히 가만히 있자 그는 그녀의 손을 자기의
뺨에 갖다 댔다. 스며드는 듯한 쾌감과 야릇한 체온, 행복한
피로가 그를 에워쌌다. 그의 몸 주위의 공기는 미지근하고 남
풍과 같은 습기로 차 있었다. 그에게는 이제 길도 뜰도 보이지
않았고, 다만 코앞에 있는 그녀의 흰 얼굴과 검은 머리카락의
흐트러짐만이 보일 뿐이었다.

　그때 그 처녀는 아주 낮은 소리로 "내게 키스해주시지 않겠
어요?" 하고 물었다. 그 소리는 아주 머나먼 밤하늘 저편에서
울려오는 것 같았다.

하얀 얼굴이 바싹 가까이 왔다. 몸무게 때문에 담장의 판자가 약간 밖으로 밀려났다. 그윽한 향내가 풍기는 헝클어진 머리카락이 한스의 이마를 스쳤다. 희고 넓은 눈꺼풀과 까만 속눈썹으로 덮인 그녀의 감은 눈이 바로 한스의 눈앞에 바싹 다가와 있었다. 두려움에 서린 그녀의 입술이 닿았을 때 심한 전율이 그의 온몸을 휩쓸었다. 그는 순간적으로 떨려서 뒤로 엉거주춤했다. 그녀는 두 손으로 그의 머리를 붙잡고 자기 얼굴을 한스의 얼굴에 내려 누르면서 그의 입술을 놓아주지 않았다. 그는 그녀의 입술이 불타오르는 것을, 또 그의 입술을 누르면서 마치 그의 생명을 들이마셔 버리기라도 할 듯 욕심사납게 빨아들이는 것을 느꼈다. 그는 전신의 맥이 풀렸다. 처녀의 입술이 떨어지기 전의 떨리는 쾌감은 정신이 흐려지는 피로와 고통으로 변하였다. 엠마가 입술을 떼었을 때 그는 비틀거리면서 경련을 일으키듯 오그라드는 손가락으로 울타리를 단단히 붙들었다.

"내일 밤에 또 와요."

엠마는 이렇게 말하고 얼른 집 안으로 들어갔다.

그녀가 들어간 지 채 5분도 지나지 않았는데 한스에게는 꽤 오랜 시간이 흘러간 것처럼 느껴졌다. 그는 흐리멍덩한 눈초리로 그녀를 지켜보면서 여전히 담장을 붙잡은 채 너무나 피로해서 한 걸음도 걷지 못할 것 같은 꿈결 속에서 자신의 피가 흐르는 소리를 들었다. 피는 그의 머리 속에서 방망이질을 하고 고르지 못한 고통스러운 거센 파도를 일으키며 심장을 넘나들고 그의 호흡을 멎게 하였다.

방 안에서는 문이 열리고 주인이 들어오는 것이 보였다. 그는 아마 여태껏 일터에 있었을 것이다. 한스는 눈에 띌지도 모른다는 공포심에 사로잡혀 도망쳐버렸다. 약간 취한 사람처럼 흐느적흐느적 위험스럽게 걸었다. 한 발자국마다 푹석 무릎이 꺾일 것 같은 기분이었다. 졸리는 듯한 박공이며 음침한 붉은 창문이 있는 어두운 길이, 색이 바랜 무대의 배경처럼 그의 눈앞을 흘러 지나갔다. 게르바 소로의 분수가 높은 소리를 울리면서 물을 뿜어내고 있었다. 한스는 꿈결 같은 기분으로 문을 열고 캄캄한 마루를 지나 층계를 올라갔다. 그러고는 문을 하나하나 열고는 닫은 뒤 계속 그 자리에 있는 책상 위에 앉았다. 그리고 한참 지난 후에야 자기 방으로 돌아와 있다는 것을 깨달았다. 옷을 벗을 생각이 들기까지는 또 한참이 걸렸다. 그는 무심하게 옷을 벗고는 벌거벗은 채로 창가에 앉아 있었다. 잠시 후 그는 갑자기 가을 밤의 찬바람에 몸을 떨며 이불 속으로 뛰어들었다.

그는 곧 잠들 수 있으리라고 믿었다. 자리에 누워 좀 따스해지자 다시 가슴의 고동이 일기 시작하여 피가 고르지 못하고 거칠게 끓어오르기 시작하였다. 눈을 감으니 아직도 엠마의 입술이 그의 입술에 붙어 있어 그의 영혼을 빨아당기며 괴로운 열로써 그의 몸을 가득 채우는 것처럼 생각되었다.

늦게야 잠이 들었으나 그는 꿈에서 꿈으로 심하게 쫓겨다녔다. 그는 무서운 깊은 어둠 속에 서서 주위를 살피며 엠마의 팔을 잡았다. 그녀는 그를 껴안았다. 그들은 함께 천천히 떨어져서 따뜻한 깊은 물결 속으로 가라앉았다. 갑자기 구둣방 주인이 우뚝 서서 왜 너는 도무지 찾아오질 않느냐고 물었다. 한스는 웃지 않을 수 없었다. 그는 플라크 아저씨가 아닌, 마을 브론의 기도실에서 같은 창가에 나란히 앉아 익살을 부리던 헤르만 하일너라는 것을 깨달았기 때문이다. 그러나 그것도 이내 사라져 없어졌다. 그는 과즙 압착기 옆에 서 있었다. 엠마가 핸들을 거꾸로 잡고 버티고 있어 그는 힘껏 그것에 저항하였다. 그녀는 한스 쪽으로 엎드리고 그는 입술을 찾았다. 주위가 조용해지고 캄캄해졌다. 그리고 또 그는 따뜻하고 어두운 깊은 심연으로 가라앉아 현기증과 죽음의 공포로 정신이 흐려졌다. 동시에 교장의 훈시가 들렸다. 그것이 자기의 일을 말하고 있는 것인지 아닌지 그로서는 알 수 없었다.

그리고 그는 아침 늦게까지 잠을 잤다. 매우 화창하고 좋은 날씨였다. 그는 오랫동안 이리저리 뜰을 거닐면서 잠을 깨고 머리 속을 맑게 하려고 애를 썼으나 역시 짙은 졸음의 안개에 싸여 있었다. 뜰에는 단 하나 홀로 핀 보라색 과꽃이 아직 8월인 양 양지 바른 곳에서 아름답게 방긋 웃고 있었다. 또한 따뜻하고 포근한 햇살이 이른 봄날처럼 귀엽게 어루만지듯 크고 작은 시든 가지들과 잎이 떨어진 덩굴 주위에 내리비치고 있었다. 그러나 그는 그것을 멍하게 바라보고만 있을 뿐 실감나게 느끼지는 못했다. 그는 아무것에도 관심이 없었다. 돌연 이 뜰에서 토끼가 뛰어다니고 그의 물레바퀴며 절구 장치가 움직이고 있던 무렵의 뚜렷하고 강한 추억이 그를 사로잡았다. 그는 3년 전 9월의 어느 날을 생각하지 않을 수 없었다. 그때는 세당 축제(전승 기념 축제)의 전날이었다. 아우구스트가 담쟁이를 가지고 한스에게 왔었다. 둘은 깃대를 깨끗이 씻어서 그 깃대의 황금빛 꼭지에 담쟁이를 달아 매고 내일의 일을 이야기하면서 내일을 손꼽아 기다렸다. 단지 그 일뿐이었고 다른 일은 아무것도 없었으나 둘은 축제에 대한 기대와 커다란 기쁨으로 가득 차 있었다. 안나 할멈은 오얏을 넣은 과자를 굽고 있었다. 밤에는 높은 바위 위에서 제당의 불이 피워지기로 되어 있었다.

한스는 왜 하필이면 오늘 그 날 밤의 일을 생각하지 않을 수 없었으며 또 그 추억이 그렇게도 아름답고 강했고 왜 그를 그렇게도 비참하고 슬프게 하였는지 알 수가 없었다. 이 추억의 옷을 둘둘 말아서 그의 유년 시절과 소년 시절이 이별을 고하고, 흘러서 다시 되돌아오지 않는 커다란 행복의 바늘 흔적을 남기기 위해서 다시 한 번 즐겁게 웃으면서 그의 앞에 되살아났다는 것을 그는 깨닫지 못하였던 것이다. 다만 그는 이 회상은 엠마며 어젯밤의 기억과는 조화되지 않는, 또 그 옛날의 행복과 맺어지지 않는 무엇인가가 마음속에 나타난 것이라고 느낄 뿐이었다. 황금빛 깃대 끝이 번쩍번쩍 빛나는 것이 보이고 친구 아우구스트의 웃는 소리가 들리고 갓 구워놓은 과자 냄새가 나는 것 같았다. 또한 그것이 모두 명랑하고 행복하게 멀리 떨어져 인연이 없는 것으로 생각되었기 때문에 그는 커다란 전나무의 꺼칠꺼칠한 기둥에 기대어 절망적으로 격렬하게 흐느껴 울기 시작하였다. 그것으로써 그는 일시 위안을 얻고 구원을 받은 기분이었다.

정오 무렵 그는 아우구스트를 찾아갔다. 아우구스트는 이미 도제가 되어 있었으며 틀이 잡혔고 키도 상당히 컸다. 한스는 기계공이 되기 위한 자기의 소망을 그에게 이야기했다.

"그건 쉬운 일이 아니야"라고 아우구스트는 이야기하며 세상 물정에 익숙한 얼굴을 하였다.

"그것은 그렇게 쉬운 일이 아니야. 너는 어쨌든 약질이니 말이야. 먼저 처음 일 년 동안은 쇠를 다루는 데 싫증이 나도록 줄곧 망치질을 하지 않으면 안 돼. 망치질은 수프 숟가락과는 틀리니까 말이지. 그리고 또 쇠를 들어 나르고 해질 무렵에는 뒤치다꺼리를 하지 않으면 안 돼. 줄을 미는 데도 힘이 들어. 처음에 얼마간 숙달될 때까지는 헌 줄밖에 주지를 않는데, 이것은 날이 없어서 원숭이 궁둥이처럼 미끈미끈해."

한스는 갑자기 주눅이 들고 말았다.

"그럼 그만두는 게 좋을까?"

한스가 주저하며 그에게 물었다.

"그런 뜻으로 말한 것은 아니야! 처음에는 춤추는 것과는 다르다고 말한 것뿐인데. 그러나 그 이외의 점에서는 기계공이란 확실히 아주 근사한 거야. 머리도 좋지 않으면 안 돼. 그렇지 않으면 그저 대장장이가 되고 말 테니까. 자, 하나 보아라!"

그는 번쩍번쩍 빛이 나는 강철제의 정밀한 작은 기계 부속품 두서너 개를 가지고 와서는 한스에게 보여주었다.

"반 밀리라도 틀어져 있으면 못써. 나사까지 전부 손으로 만들어. 눈을 크게 뜨고 보지 않으면 안 돼. 이것을 갈아서 단단하게 만들면 비로소 물건이 되는 거야."

"아주 깨끗하구나. 그런 줄 알았으면……."

아우그스트는 웃었다.

"걱정되니? 물론 견습공은 구박받기 마련이지. 그것은 어쩔 수 없어. 그러나 나도 있고 하니까 도와주지. 네가 다음 금요일에 일을 시작한다면, 나는 꼭 2년째의 수업을 마치고 토요일에 최초의 주급週給을 받는 거야. 일요일에는 축하연이 있어. 사람들 모두가 참석하니까 너도 왔으면 좋겠다. 그러면 우리들의 사정을 알 수 있을 거야. 그래, 그렇게 하면 알 수 있어. 거기에다 원래 우리는 친한 친구였으니까 말이야."

한스는 식사 때 아버지에게 기계공이 될 작정이며, 일주일 후에 시작해도 좋으냐고 물었다.

"그건 좋다."

아버지는 이렇게 말하고는 오후에 한스와 함께 슐레의 작업장으로 가서 신청했다.

그러나 어두워지기 시작하자 한스는 그런 것들은 거의 잊어버리고 밤에 엠마가 기다리고 있다는 것밖에 생각나지 않았다. 지금부터 벌써 숨이 차고 시간이 매우 길게 생각되기도 하고 짧게 생각되기도 하였다. 그는 뱃사공이 급류를 향하는 기분으로 만나자는 장소로 달음질쳤다. 그 날 밤은 식사 같은 건 문제가 되지 않았다. 우유 한 잔을 겨우 마시고 뛰어나갔다. 모든 것이 어제와 같았다―어둡고 졸린 듯한 작은 길, 빨간 창문, 가로등의 흐린 불빛, 정처없이 거니는 끼리끼리의 연인들. 그는 구둣방 주인 집 뜰의 담장 옆에서 커다란 불안에 휩싸였다. 부스럭 소리가 날 때마다 깜짝 놀라 움츠러들었다. 어둠 속에 서서 주위를 살피는 자신이 도둑놈처럼 생각되었다. 일 분도 채 안 되어 엠마가 그의 앞에 나타나 양손으로 그의 머리카락을 쓰다듬으며 뜰의 문을 열어주었다. 그는 조심스럽게 안으로 들어갔다. 그녀는 덤불로 둘러싸인 길 사이를 지나 뒷문에서 어두운 복도로 그를 끌고 들어갔다.

그곳에서 두 사람은 지하실의 맨 위 층계에 나란히 앉았다. 한참 지난 후 두 사람은 어둠 속에서 간신히 서로의 얼굴을 알아볼 수 있게 되었다. 처녀는 대단히 기분이 좋아서 소곤거리는 소리로 쉴새없이 지껄였다. 그녀는 이미 몇 번이나 키스를 맛본 일이 있어서 그 방면의 일을 잘 알고 있었다. 내성적이며 귀여운 이 소년은 그녀에게 꼭 알맞았다. 그녀는 한스의 가느다란 얼굴을 두 손으로 잡고 이마며 눈이며 뺨에 키스를 하였다. 입술 차례가 되어 오늘도 처녀에게 길고 빨려들어갈 듯한 키스를 당하자 소년은 현기증에 휩싸였다. 그는 맥없이 힘을 잃고 처녀에게 기대고 있었다. 그는 가만히 입을 다문 채 상대가 하는 대로 몸을 맡기고 달콤한 전율과 깊은 행복한 불안에 가득 차 이따금 열병 환자처럼 살짝 꿈틀거리면서 몸을 움직였다.

"당신은 이상스런 애인이야!" 하며 그녀는 웃었다.

"아무것도 하려고 들지를 않아."

그녀는 그의 손을 잡아 자기의 목덜미며 머리카락 속으로 넣었고, 가슴 위에 올려놓고는 몸을 꽉 눌렀다. 한스는 부드러운 형체에 감미로움을 느끼며 눈을 감자, 끝없는 심연 속으로 빠지는 것을 의식하였다.

"그만! 이제 그만!"

그는 엠마가 또 키스를 하려고 하자 막으면서 말했다.

그녀는 웃었다. 그리고 나서는 그를 자기 곁으로 끌어당겨 팔로 끌어안으면서 그의 옆구리를 자기의 옆구리에 꽉 눌러댔다. 그는 그녀의 육체의 감촉에 완전히 당황하여 그 이상 아무 말도 나오지 않았다.

"당신도 내가 좋아요?"

그녀는 이렇게 물었다.

그는 "응" 하고 대답하려 했으나 고개만 끄덕거릴 뿐이었다. 그리고 잠시 동안 계속해서 끄덕였다.

그녀는 다시 한 번 그의 손을 잡아 장난을 하면서 자기의 코르셋 밑으로 잡아넣었다. 그러자 그는 다른 사람의 육체의 맥박과 호흡을 뜨겁게 그리고 너무나 가까이에서 느꼈기 때문에 그의 심장은 멎고 금방 죽기나 할 것처럼 호흡하기가 힘들었다. 그는 손을 잡아당기고 신음 소리를 냈다.

"이젠 돌아가야지" 하고 일어섰을 때 그는 비틀비틀 하여 하마터면 지하실 층계 밑으로 굴러떨어질 뻔하였다.

"왜 그래요?"

엠마는 놀라서 물었다.

"왠지 무척 피로해."

뜰의 담장까지 가는 도중 그녀가 그를 부축하고 바싹 달라붙어 있는 것조차 그는 느끼지 못하였다. 그녀의 잘 쉬라는 인사도, 그의 뒤에서 작은 문을 닫는 소리도 그의 귀에는 들려오지 않았다. 마치 커다란 폭풍우가 그를 휩쓸고 거센 물결이 그를 삼켜버린 것만 같았다.

얼마를 걷다 보니 좌우에는 흐릿한 빛의 집들이 보이고 그 위로는 높은 산등성이며 우뚝 솟은 전나무 끝이며 밤의 어둠이며 커다랗고 조용한 별이 보였다. 바람이 부는 것이 느껴지고 냇물이 다리 기둥에 부딪치며 흘러가는 소리가 들렸으며, 뜰이며 청백의 집들이며 밤의 어두움이며 가로등 그리고 별들이 물에 비친 모습이 보였다.

그는 다리 위에 걸터앉아 둑에서 철썩거리며 물레방아를 돌려서 오르간을 치는 것 같은 소리에 귀를 기울였다. 그의 손은 싸늘했다. 가슴과 목구멍에서는 피가 막히기도 하고 갑자기 밀치고 내려가기도 하여 그의 눈앞을 어둡게 하는가 하면 또 갑자기 심장을 향해서 흘러 머리를 어지럽게 하였다.

그는 집으로 돌아와 자기 방에 눕자마자 바로 잠이 들었다. 꿈속에서 그는 굉장히 넓은 공간을 점점 깊은 곳으로 빠져들어갔다. 한밤중에는 괴로움에 시달려 기진 맥진하여 눈을 떴다. 그는 목이 말라 죽을 듯한 기분과 억제할 수 없는 힘에 의해서 밤새 잠 못 이루고 뒤척이며 아침까지 몽롱한 꿈속에서 누워 있었다. 마침내 새벽녘에는 넘치는 고뇌와 번민은 기나긴 오열로 변하였다. 그리고 나서 그는 눈물에 젖은 이불 위에서 다시 잠이 들고 말았다.

평화와 휴식이 가득 찬 밤

기벤라트는 과즙 압착기 옆에서 제법 점잔을 부리고 수선을 떨며 일하고 있었다. 한스도 일을 거들었다. 구둣방 아저씨 아들 중 두 명이 초청을 받고 와서 과일 나르기에 분주하였다. 둘은 시음용의 작은 컵을 함께 쓰면서 손에는 큼직하고 검은 빵을 쥐고 있었다. 그런데 엠마는 함께 오지 않았다.

아버지가 통을 가지러 가서 반시간쯤이나 자리를 비우게 되어서야 비로소 한스는 겨우 용기를 내어 그녀에 대해 물었다.

"엠마는 어디 있니? 같이 오겠다고 하지 않던?"

아이들의 입 안에는 빵이 들어 있었기 때문에 한스는 그들의 대답을 조금 후에야 들었다.

"그녀는 떠났는걸."

"어디로?"

"집으로."

"돌아갔니? 기차로?"

아이들은 열심히 끄덕였다.

"도대체 언제?"

"오늘 아침에."

아이들은 또 사과에 손을 내밀었다. 한스는 압착기로 짜면서 과즙 통 속을 응시하였다. 그리고 점차 까닭을 알게 되었다. 아버지가 돌아왔다. 모두들 일을 하며 웃기도 하였다. 아이들은 고맙다는 인사를 하고 달음질쳐 사라졌다. 저녁이 되었다. 모두 집으로 돌아갔다.

저녁 식사를 마치고 한스는 자기 방에 홀로 앉아 있었다. 10시가 되고 11시가 되었으나 불은 켜지 않았다. 그로부터 그는 오랫동안 푹 잤다.

여느 때보다 늦게 눈을 떴을 때 그는 단 하나의 불행과 손실을 어렴풋이 느낄 뿐이었다. 잠시 후에 또 엠마가 머리 속에 떠올랐다. 그녀는 인사도 하지 않고 이별도 하지 않고서 떠나가버렸다. 최후의 밤에 그녀한테 갔을 때, 그녀는 이미 언제 출발하리라는 것을 확실히 하고 있었다. 그는 그녀의 웃는 얼굴이며 키스며 능숙한 몸 맡기는 법을 회상하였다. 그녀는 그를 진심으로 상대하고 있지는 않았다.

그것에 대한 분개의 고통과 흥분과 진정되지 않는 사랑의 힘이 뒤얽혀서 슬픈 번민이 되었다. 그것에 못 이겨 그는 집안으로부터 뜰로 거리로 그리고 숲으로 또다시 방황하였다.

그리하여 그는 아마도 그가 맛보아야 할 사랑의 비밀을 너무나 빨리 알게 되었다. 그것은 그에게 있어서 감미로운 것은 아주 조금밖에 포함되어 있지 않고 쓰디쓴 것이었다. 부질없는 한탄과 그리운 추억과 하염없는 번민으로 가득 찬 나날, 가슴의 고동과 답답증으로 잠을 이루지 못하고 억눌리는 듯한 무서운 꿈속으로 떨어지는 밤과 밤. 꿈속에서는 피가 괴상하게 끓어올라 어처구니없이 커다란 무서운 괴물이 되기도 하고 껴안아 죽이려고 하는 팔이 되기도 했다. 또한 눈에서 시퍼런 빛을 내는 괴수怪獸가 되기도 하고 현기증이 나는 심연이 되기도 했으며 불타오르는 커다란 눈이 되기도 하였다. 잠에서 깨면 홀로 이 싸늘한 가을 밤의 고독에 에워싸인 자신을 발견하고 사랑하는 처녀를 그리워하고 번민하며 눈물에 젖은 베개에다 얼굴을 파묻었다.

기계공의 일터로 들어가야 할 금요일이 다가왔다. 아버지는 한스에게 파란 아마 베옷과 파란 반모직 모자를 사주었다. 한스는 그것을 입어보았다. 대장장이 옷을 입으니 그는 마치 다른 사람처럼 우습게 보였다. 학교와 교장 선생이나 수학 선생의 집, 플라크 아저씨의 작업장, 목사의 집 옆을 지날 때에는 비참한 기분이 들었다. 그토록 애썼던 공부도 고생도 땀도, 그토록 몸을 바쳤던 자질구레한 기쁨도 자랑도 공명심도, 희망에 날뛰던 몽상도 그 모든 것이 이제 허사가 되었다. 결국 그는 모든 친구들보다 뒤떨어져 모든 사람들로부터 조소를 받으며 이제 겨우 맨 꼴찌의 견습공이 되어 일터로 들어가게 된 결말을 보게 된 것이다.

하일너가 이 일을 안다면 무어라고 할 것인가?

그래도 차츰 푸른 대장장이 옷에 마음을 붙이자 처음으로 입게 될 금요일이 얼마간은 마음속에 기다려지기도 했다.

그렇게 되면 또 무엇인가를 맛볼 수 있는 기회가 될 수도 있겠지.

그러나 그러한 생각도 시커먼 구름 속의 순간적인 섬광과 별차가 없었다. 그는 엠마가 떠나간 사실을 잊지 못했다. 더욱이 그의 피는 지난 수일의 자극으로 인하여 잊을 수도 억제할 수도 없었다. 또한 그의 피는 더욱 많은 것을 원하고 솟아올라 소리치고 눈뜬 갈망의 구원을, 혹은 자기 혼자서는 풀기 어려운 수수께끼를 풀 수 있도록 도와줄 사람을 찾았다. 숨막히고 괴로운 시간의 흐름이 계속되었다.

가을은 부드러운 햇살로 가득 차 어느 때보다도 아름다웠다. 이른 아침에는 은빛으로, 대낮에는 화창하게 웃고 해질 무렵에는 맑게 개어 있었다. 먼 산들은 비로드처럼 부드럽고 깊은 하늘색을 띠고 밤나무들은 황금빛으로 빛나고, 담벽이며 울타리 위에는 들포도 잎이 보라색으로 드리워져 있었다.

한스는 마음이 안정되지 않아 자기 자신으로부터 도망쳐 다녔다. 온종일 그는 시내며 밭 사이를 뛰어다녔다. 그리고 자신의 사랑의 번민을 다른 사람들이 눈치 채는 것을 두려워하며 피해 다녔다. 그러나 밤에는 길에 나가 하녀를 쳐다보기도 하고 연인 사이의 남녀가 오면 초라한 언짢음을 느끼면서도 뒤를 따랐다. 엠마와 함께 온갖 부러움과 인생의 온갖 노력이 그에게 닥쳐왔으나 그녀와 함께 그것은 원망스럽게도 도망쳐 버린 것 같았다.

그는 이제 엠마에 대해서 느꼈던 괴로움이나 가슴 답답함은 생각하지 않았다. 다시 한 번 그녀를 손에 넣을 수 있다면 이제는 수줍어하지도 않고 그녀로부터 모든 비밀을 빼앗아 마술에 걸린 사랑의 동산으로 망설이지 않고 뛰어들어갈 것이라고 그는 생각하였다.

지금 그 문은 그의 코앞에서 닫혀버리고 말았다. 그의 공상 모두는 이 울적하고 위험한 덤불에 걸려 비틀거리면서 그 속을 방황하였다. 그리고 완고하게 자신을 학대하면서 이 좁은 마경魔境의 밖에는 얼마든지 아름답고 넓은 세계가 밝고 다정스럽게 기다리고 있다는 것을 무시하려고 하였다.

처음에는 불안스럽게 기다려지던 금요일이 드디어 다가오자 결국 그는 기쁜 마음이 되었다. 아침 일찍이 그는 푸른 작업복을 입고 모자를 쓰고 좀 주저하다가 게르바 소로의 슐레씨 집으로 향했다. 아는 사람들 두서넛이 이상스럽다는 듯 그를 바라보았다.

어떤 사람은 "어떻게 된 일이냐? 자물쇠장이가 되었느냐?" 하고 묻기까지 하였다.

작업장에서는 벌써 한창 일을 하고 있었다. 주인은 마침 달군 쇠를 치고 있는 중이었다. 그는 빨갛게 달군 쇠를 모루 위에 올려놓고 직공들은 마주 서서 거기에 무거운 망치질을 하고 있었다. 주인은 자그마하게 모양을 만들면서 치고, 불집게를 놀리며 모루를 치며 박자를 맞추었다. 그 소리는 날카롭고 상쾌하게 활짝 열어젖힌 문을 통해 아침 거리에 울려퍼졌다.

기름과 줄밥으로 까맣게 된 긴 작업대를 향해 나이든 직공과 아우구스트가 나란히 서서 각기 자기 바이스(vise)에서 일을 하고 있었다. 천장에서는 선반이며 숫돌이며 풀무며 천공기를 돌리는 벨트가 급회전하면서 웅웅거리고 있었다. 이곳에서는 수력을 사용하고 있었던 것이다. 아우구스트는 들어온 친구를 향해 고개를 끄덕여 아는 체를 하고는 주인이 틈이 날 때까지 문간에서 기다리라고 하였다

한스는 줄이며 정지하고 있는 선반이며 웅웅거리는 벨트며 공전반空轉盤 등을 놀라서 쳐다보고 있었다. 주인은 조금 전에 하던 일을 마치고 한스 있는 곳으로 와서는 딱딱하고 두터운 큰 손을 내밀었다.

"거기에 네 모자를 걸어라."

그는 벽의 비어 있는 못을 가리켰다.

"그럼, 이리 와. 이것이 네 자리와 바이스다."

그러고 나서 한스를 맨 뒤에 있는 바이스로 데리고 가서는 우선 바이스를 사용하는 방법과 여러 가지 도구며 작업대를 정돈하는 방법을 가르쳤다.

"네가 장사가 아닌 줄은 아버지한테 들었다. 내가 보기에도 그렇군. 자, 좀더 힘이 날 때까지는 망치질은 하지 않아도 좋아."

주인은 작업대 밑에 손을 넣어서 무쇠로 만든 자그마한 톱니바퀴를 끄집어냈다.

"그러면 이것으로 시작해봐라. 이 톱니바퀴는 아직 달군 그대로이고 완성품이 아니야. 여기저기 울퉁불퉁하고 모가 나 있어 그것을 잘 갈아서 없애지 않으면 안 돼. 그렇지 않으면 나중에 정밀한 도구가 못쓰게 돼."

주인은 톱니바퀴를 바이스에 끼워서 낡은 줄을 쥐고 하는

방법을 가르쳐주었다.

"그럼 계속해서 해봐. 그런데 다른 줄을 사용해서는 안 돼.
그것으로 점심 때까지는 충분한 일거리가 될 거다. 끝나거든
나에게 보여다오. 일을 할 때에는 시킨 일 이외에 다른 데에
정신을 팔아서는 안 돼. 견습공이란 주어진 일만 열심히 하면
되니까."

한스는 줄질을 시작하였다.

"기다려."

주인은 소리를 질렀다.

"그렇게 하는 게 아냐. 왼손은 줄 위에 이렇게 놓는 법이야.
너 혹시 왼손잡이냐?"

"아니에요."

"그럼 좋아. 이젠 해봐라."

주인은 입구 옆에 있는 자신의 제일 첫번째 바이스로 갔다. 한스는 어떻게 하면 잘 되는지 신중히 했다. 처음 두서너 번 밀어보니 의외로 톱니바퀴는 연해서 쉽게 밀어졌으므로 그는 이상스럽게 생각하였다. 그리고 쉽사리 잘 벗겨지는 것은 부스러지기 쉬운 표면의 껍질뿐이고, 정작 반들반들하게 밀어야 되는 단단한 쇠는 그 안에 있다는 것을 알았다. 그는 정신을 집중해서 열심히 일을 계속하였다. 그는 소년 시절의 장난질 하던 일을 그만둔 이래로 자신의 손 밑에서 무엇인가 보이는 물건, 쓸 만한 물건이 만들어지는 것을 보는 기쁨을 여태껏 맛본 적이 없었다.

"좀더 천천히 해라."

주인이 이쪽을 향하여 소리질렀다.

"줄을 밀 때는 하나, 둘, 하나, 둘 하고 박자를 맞추지 않으면 안 돼. 그리고 눌러라. 그렇지 않으면 줄이 못쓰게 된단다."

그곳에서는 제일 나이 많은 직공이 선반에서 무슨 일인가를 하고 있었다. 한스는 그쪽을 곁눈질해보지 않을 수 없었다. 강철 쐐기가 선반에 대어져 벨트가 걸렸다. 그러자 쐐기는 급속도로 회전하면서 불꽃을 튀면서 요란한 소리를 냈다. 그 사이에 직공이 번쩍번쩍 빛나는 털같이 얇은 쇳조각을 끄집어냈다.

여기저기에는 연장이며 쇳덩어리, 강철과 놋쇠, 시작하다 만 일거리들과 번쩍거리는 작은 바퀴, 천공기, 둥근 줄, 가지

가지 모형의 송곳이 널려 있었다. 화덕 옆에는 맞받이 망치며 모루 덮개, 불집게, 땜질 인두가 걸려 있었다. 벽을 따라서는 줄이며 절삭기切削器가 늘어서 있었다. 또한 선반에는 기름 걸레며 작은 비, 금강석 줄, 쇠톱, 기름, 펌프, 산소 병마개, 못 상자, 나사못 상자 등이 얹혀 있었다. 그리고 거기에서는 숫돌 이 끊임없이 사용되고 있었다.

한스는 자기 손이 벌써 새까맣게 된 것을 보고 유쾌하게 생 각했다. 헝겊을 대고 기운 다른 사람들의 시꺼먼 작업복에 비 해서 자신의 옷은 새것이었고 푸르게 보였으므로 곧 달아서 헌 옷처럼 되었으면 좋겠다고 생각하였다.

아침 나절의 시간이 흘러감에 따라 외부로부터도 작업장에 활기가 가해졌다. 근처의 기계 편물 공장에서는 작은 기계 부 속을 갈러 오기도 했으며 수선을 하러 일꾼들이 찾아오기도 했다. 그리고 한 농부가 찾아와서 수선해달라고 맡겨놓은 세 탁기는 어떻게 되었느냐고 물었다. 아직 안 되었다고 하니까 그는 욕설을 퍼부었다. 다음에는 점잖게 생긴 공장 주인이 왔 다. 주인은 옆방에서 그와 상담商談을 하였다.

그러는 동안에도 사람들은 계속해서 일을 하였고 바퀴며 벨트는 여전히 돌고 있었다. 이렇게 해서 한스는 태어나서 처 음으로 노동의 찬미가를 듣고 맛보았다. 그것은 적어도 신참 자에게 있어서는 마음을 사로잡았으며 기분좋게 도취케 하는 힘을 가지고 있었다. 그는 자기와 같은 보잘것없는 인간과 자 신의 보잘것없는 생활이 커다란 리듬에 조화되고 있음을 느 꼈다.

9시가 되자 15분간의 휴식이 있었다. 각자에게 빵 한조각과 과즙 한 컵이 돌려졌다. 그때 처음으로 아우구스트는 새로 들어온 견습공에게 인사를 하였다. 그는 한스를 격려하였다. 그리고 처음 받는 그의 주급을 동료들과 함께 재미있게 쓸 다음 일요일에 대해서 정신 없이 지껄이기 시작하였다.

한스는 자기가 지금 줄질을 하고 있는 톱니바퀴가 무엇에 쓰일 것인가를 물었다. 그것은 탑 시계에 쓰일 것이라고 들려주었다. 아우구스트는 한스에게 그것이 나중에 어떻게 움직일 것인가를 가르쳐주려고 하였으나 마침 그때 수직공首職工이 다시 줄질을 시작했으므로 휴식 시간이 끝났음을 알고 모두 서둘러 자기 자리로 돌아갔다.

10시가 지나자 한스는 지치기 시작하였다. 무릎과 오른팔이 약간 쑤셨다. 발을 바꾸어 딛고 몰래 기지개를 켰으나 별로 효과가 없었다. 그래서 잠깐 동안 줄을 놓고 바이스에 몸을 기댔다. 아무도 그에게 주의를 기울이지는 않았다. 가만히 선 채로 쉬고 있으려니까 벨트가 울리는 소리에 현기증이 날 것 같았다. 그는 일 분 동안 눈을 감고 있었다. 그러는 동안 주인이 그의 뒤에 와서 물었다.

"얘! 얘! 왜 그러느냐? 벌써 지쳤나?"

"네, 좀."

한스는 솔직히 말했다.

직공들은 웃었다.

"곧 괜찮아져" 하며 주인은 조용히 말했다.

"이번에는 납땜질하는 법을 가르쳐주지."

한스는 신기한 듯이 주인이 납땜질하는 것을 옆에서 지켜
보고 있었다. 먼저 땜질 인두를 불에 달구고 땜질할 곳을 염산
으로 닦아냈다. 그러면 불에 달군 땜질 인두에서 하얀 금속이
흐르면서 부드럽게 치익 하는 소리가 났다.

"걸레를 가지고 와서 잘 훔쳐내라. 염산은 금속을 썩게 하
니까, 금속에다 묻혀두면 못써."

그러고 나서 한스는 또 바이스 앞에 서서 줄로 톱니바퀴를
쓸었다. 팔이 아팠다. 줄을 꼭 누르고 있던 왼손은 빨갛게 되
어 쓰리고 아프기 시작했다.

정오 무렵 직공 감독이 줄을 놓고 손을 씻으러 가자 한스는
자기의 일감을 가지고 주인에게 갔다. 주인은 그것을 잠깐 보
았다.

"잘됐다. 그렇게 하면 돼. 네 자리 밑의 상자 속에 톱니바퀴
가 또 하나 있으니 오후에는 그것을 시작해라."

그리고 한스도 손을 씻고 집으로 갔다. 한 시간 동안 점심
식사 시간이었다.

옛날 학교 친구였던 상인 견습생들이 그의 뒤를 따라오며
놀렸다.

"주 시험 대장장이!"

그 중 한 놈이 소리쳤다.

한스는 발걸음을 빨리하였다. 그는 정말로 이 일에 만족하
고 있는지 또는 그렇지 않은지 자신도 잘 몰랐다. 일터는 마음
에 들었지만 너무 피곤했다.

집으로 돌아와 현관을 들어서니 몸이 몹시 나른하였다. 그

는 별안간 엠마의 일이 생각났다. 오전 내내 그녀의 일을 잊고 있었는데 지금 또 어제와 엊그제의 고통이 그를 다시 괴롭혔다. 여느 때와 다름없는 괴로움이었다.

그는 살짝 자기 방으로 올라가 침대에 몸을 던지고 깊은 번민으로 신음하였다. 그는 울고 싶었으나 그의 눈은 메말라 있었다. 그의 몸을 불태우는 그리움의 목표는 그에게도 확실치가 않았다. 그것은 오직 잔혹한 병처럼 그를 좀먹고 괴롭힐 뿐이었다. 머리는 미칠 듯이 아팠으며 목구멍도 흐느낌으로 아팠다.

점심 식사는 고통이었다. 아버지는 기분이 좋았기 때문에 그는 아버지의 물음에 대답하고 여러 가지 이야기를 들려주고 쓸데없는 익살을 달게 듣지 않으면 안 되었다. 식사가 끝나자 그는 뜰로 나가 양지 바른 곳에서 15분쯤 꿈을 꾸는 듯이 보냈다. 그러는 동안 일터에 갈 시간이 다가왔다.

이미 오전중에 그의 양손에는 빨간 물집이 생겨 아픔을 참아가며 일을 했으나 저녁 나절에는 더욱 심하게 부풀어올라 아무것도 손에 쥘 수가 없었다. 하루 일이 끝나 집에 돌아가기 전에 아우구스트의 지시로 작업장을 말끔히 치우지 않으면 안 되었다.

이튿날이 되자 양손은 타는 듯이 더 아팠고 물집은 커져서 물주머니가 되었다. 주인은 기분이 좋지 않아 극히 사소한 일에도 욕을 퍼부었다. 아우구스트는 물집 같은 건 2, 3일 지나면 손이 딴딴해져서 아무 감각도 없게 된다면서 그를 위로해 주었다. 한스는 참을 수 없을 지경으로 비참한 기분이 들어 온

종일 시계를 훔쳐보면서 될 대로 되라는 식으로 아무렇게나 톱니바퀴를 쓸었다.

석양에 뒤치다꺼리를 할 때 아우구스트는 소곤거리는 소리로 한스에게 내일 몇 사람의 동료들과 함께 뷰라하에 가서 멋지고 유쾌하게 한잔 할 텐데 너도 꼭 오지 않으면 안 된다면서 함께 가게 2시에 오라고 하였다. 한스는 일요일엔 온종일 집에서 누워 있고 싶었으나 그러겠다고 하였다. 그는 완전히 지쳐서 비참하였다. 집으로 돌아오자 안나 할멈이 상처가 난 손에 붙이는 고약을 주었다. 그는 8시에 잠자리에 들었다. 그리고 아침 늦게까지 꽤 많은 잠을 잤기 때문에 아버지와 함께 교회에 가는 데 서두르지 않으면 안 되었다.

점심 식사 때 그는 아우구스트의 이야기를 끄집어내며 오늘 그와 함께 소풍을 가고 싶다고 말하였다. 아버지는 그것을 반대하지 않았을 뿐더러 그에게 50페니히를 주었다. 다만 저녁 식사 때까지는 돌아와야 한다고 말했다.

한스는 고운 햇살을 받으면서 거리를 빙빙 거닐고 있으려니까 수개월 만에 처음으로 또다시 일요일의 기쁨을 맛보았다. 평일에는 손이 시꺼멓게 되고 온몸이 느긋하도록 일을 하였으므로 일요일에는 거리도 새로워진 느낌이 들고 태양도 한층 화창하게 비치고 모든 것이 화려하고 아름다웠다. 양지 쪽 벤치에는 씩씩하고 명랑한 얼굴을 한 고기 장수가 앉아 있었으며 제혁공이며 빵 장수며 대장장이 등 모두가 밝은 얼굴을 하고 있는 것을 보니 그들의 기분을 알 수 있었다. 이젠 그는 결코 그들을 직업인 근성을 가진 불쌍한 사람으로는 보지 않았다. 그는 노동자와 직공들, 어린 견습공들이 모자를 약간 비뚤게 쓰고 하얀 칼라와 셔츠를 입고 나들이옷에는 솔질을 하여 줄을 지어 산보를 하거나 요릿집에 들어가곤 하는 것을 구경하였다. 꼭 그렇다는 것은 아니지만 대개 목수는 목수끼리, 미장이는 미장이끼리, 이런 식으로 같은 직업인들이 함께 어울려 각각 자기 직업의 명예를 지키고 있었다. 그 중에서도 대장장이는 가장 고상한 동업 조합으로 그 우두머리는 기계공이었다. 그러한 일의 모두가 어떤 정다움을 가지고 있었다. 그 가운데에는 다소 유치하고 우스운 점도 적지 않았으나 직업인 기질의 미점美點과 긍지가 숨어 있었다. 그것은 오늘도 여전히 일종의 기쁨과 믿음직스러움을 나타내고 있으며, 보잘것없는 양복점의 어린 직공까지도 공장 노동자나 상인이 갖고 있지 않은 아름다움과 긍지의 일면을 갖고 있었다.

슐러의 집 앞에는 젊은 기계공들이 조용히 뽐내고 서서는 통행인들을 향해 아는 체를 하기도 하고, 서로 이야기를 주고받는 것으로 보아 그들은 확실한 단체를 만들고 있어 일요일의 놀이에도 타인을 필요로 하지 않는다는 것을 알 수 있었다.

한스도 그것을 느끼고 그 일원임을 기뻐하였다. 그러나 기계공은 향락에 있어서도 정력적이어서 시원찮은 짓으로는 만족하지 않는다는 것을 한스는 이미 알고 있었기 때문에 계획된 일요일의 오락에 대해서 다소 불안을 느끼고 있었다. 반드시 춤도 있을 것이다. 한스는 아직 춤을 출 줄 몰랐다. 그러나 한스는 될 수 있는 대로 원기 있게 행동을 해서 필요하다면 이

틀쯤 취해 떨어지는 것도 사양하지 않을 작정이었다. 그는 맥주를 많이 마시는 축에는 들지 못했다. 담배를 피우는 것도 겨우 여송연 한 대를 조심스레 끝까지 피우는 것으로도 벅찼다. 그렇지 않으면 비틀거려서 창피를 당할 것 같았다.

아우구스트는 즐거운 축제일 기분으로 한스를 맞았다. 나이 많은 직공은 오지 않으나 대신 일터의 동료가 한 사람 오게 되어 있으므로 적어도 네 사람은 되니까 마을 하나쯤 휩쓸어 뒤집는 데에는 그것으로 충분하다고 그는 말하였다. 그리고 "오늘은 모두 맥주를 마시고 싶은 만큼 마셔도 좋다. 전부 내가 혼자서 부담할 테니까"라고 말하기도 했다. 그는 한스에게 여송연을 권하였다. 그러고 나서 네 사람은 시내를 천천히 으스대면서 터덜터덜 거닐었다. 마을 아래에 있는 보리수 광장에서부터는 발걸음을 빨리해 일찍 뷰라하에 도착하려고 하였다.

내의 수면은 푸르게 혹은 황금빛으로 혹은 하얗게 번쩍번쩍 빛나고 있었다. 거리의 가로수에는 거의 잎이 떨어진 단풍나무며 아카시아나무 사이로부터 부드러운 10월의 태양이 따뜻한 햇살을 던지고 있었다. 높은 하늘은 구름 한 점 없이 푸르고 맑게 개어 있었다.

조용하고 깨끗한 한가로운 가을날이었다. 이런 날에는 지나간 여름의 아름다움이 괴로움 없던 즐거운 추억처럼 부드러운 공기를 가득 채우는 것이었다. 또 이런 날에 아이들은 계절을 잊고 꽃을 찾으러 다니지 않으면 안 될 것으로 생각하고, 할아버지나 할머니들은 그 시절의 추억뿐만 아니라, 흘러간

전 생애의 정다운 추억이 맑게 개인 푸른 하늘을 여실히 날아 가듯이 느끼고, 생각에 잠긴 눈으로 창이며 집 앞의 벤치에서 공중을 쳐다보았다. 젊은이들은 좋은 기분으로 각자 타고난 재능이며 성질을 좇아 배불리 마시거나 먹고 또는 노래를 부르거나 춤을 추고 주연酒宴이나 큰 싸움판을 벌여 아름다운 날을 찬미했다. 어디를 가나 새로운 과일과 과자가 구워져 있고 막 익어가는 사과주나 포도주가 지하실에서 솟아오르고 있었다. 요릿집 앞이며 보리수 광장에서는 바이올린이나 하모니카가 일 년 중의 마지막 아름다운 날을 축하하고 춤이며 노래며 사랑의 희롱이 사람들을 불러들였다.

젊은이들은 빠른 걸음으로 앞으로 나아갔다. 한스는 일부러 아무렇지도 않은 듯이 여송연을 피웠는데 그것이 아주 구미에 맞는 것이 자신도 의외로 여겨졌다. 한 직공은 자신이 객

지에 있을 때 품팔이하던 일에 대해서 이야기하였다. 그가 아무리 허풍을 떨어도 어느 누구도 이상하게 생각지 않았다. 그것은 그런 이야기에 으레 따라다니는 것이었다. 아무리 겸손한 직공이라 할지라도 자신이 밥벌이를 하는 사람이라면 목격자가 없는 것이 확실한 경우, 자기가 객지에서 품팔이하던 시절의 일을 과장되고 재미있게, 뿐만 아니라 전설 같은 어조로 이야기하는 법이었다. 젊은 직공 생활의 훌륭한 시詩는 민족의 공유 재산과 같은 것으로서 그 하나하나에서 전통적인 낡은 모험을 새로운 아라비아 무늬로 새로이 창작하는 것이다. 유랑하는 거지일지라도 이야기를 시작하기만 하면 누구든지 불멸의 익살꾼 오일렌슈피겔이며 유랑 노동자 슈트라우빙거의 한 단면을 보여주었다.

"그래서 그 무렵 내가 머물렀던 프랑크푸르트에서 아, 더러워서, 그래도 산 보람이 있었지! 언짢은 자식이었는데 어느 부자 상인이 주인의 딸과 결혼하려고 했었지. 그런데 딸은 그를 퇴짜를 놔버렸어. 오히려 내게 마음이 있었던 모양이야. 그녀는 4개월 동안 내 애인이었지. 주인 영감하고 싸움만 하지 않았더라면 지금쯤은 그곳에 주저앉아 그의 사위가 되었을 텐데."

그리고 더욱 계속해서 그 잔인한 주인 녀석이 자기를 골리려고 실제로 손을 뻗쳤을 때 자기는 아무 말도 하지 않고 단지 망치를 휘두르고 그 늙은이를 노려보았더니 겁이 난 늙은이는 머리가 깨어져서는 안 되겠다고 생각했는지 슬그머니 도망쳐 버렸다, 그 주제에 그 비겁한 바보 녀석은 나중에 서면으로 그를 해고시켰다는 한 토막의 이야기를 하더라고 했다. 그리고 또 오펜부르크에서의 큰 싸움 이야기를 하였다. 그때에는 자기까지 합한 세 명의 대장장이가 일곱 명의 공장 직공을 때려 눕혀 중상을 입혔으며 오펜부르크에 가서 키다리 쇼트슈에게 물어보면 안다고 했다. 그는 아직 그곳에 있으며, 그도 한패에 들어 있었다는 것이다.

그는 그런 이야기를 하나하나 냉담하고 거친 어조로, 그러나 아주 열심히 기분이 좋은 듯 이야기하였다. 모두가 깊이 만족스럽게 듣고 마음속으로는 언젠가 이 이야기를 다른 동료들에게 이야기해주려고 마음먹었다. 그래야만 어느 대장장이라도 주인의 딸을 애인으로 가진 일이 있었고 망치를 가지고 나쁜 주인에게 덤벼든 일이 있으며, 7명의 직공을 모조리 때려 눕힌 일이 있었다는 것으로 되기 때문이다. 그 이야기는 때로는 바덴에서, 헤센에서, 스위스에서 행해지고 있었다. 그리고 때때로 망치 대신에 줄 혹은 불에 달군 쇠붙이였고, 직공 대신에 빵 굽는 사람 혹은 양복장이였다.

그러나 언제나 변화 없는 진부한 이야기였다. 사람들은 그것을 몇 번이고 즐겨서 들었다. 그것은 낡고 재미있으며 동료 직공들의 명예가 되는 일이기 때문이다. 그렇다고 해서 경험의 천재 혹은 이와 마찬가지로 이야기를 꾸며대는 천재가 오늘날의 젊은 유랑 직공들 안에서 없어졌다는 것은 아니다.

특히 아우구스트는 이 이야기에 끌려들어가 기분이 좋았다. 그는 끊임없이 웃으며 맞장구를 쳤다. 그리고 이젠 반몫의 직공이라도 된 것처럼 건방진 건달패의 얼굴을 하고 담배 연기를 한가로운 공중으로 내뿜었다. 이야기를 맡은 직공은 자기의 소임을 계속해나갔다.

딴은, 그가 한몫의 직공이라는 체면상 일요일에는 견습공과 어울려서는 안 되었고 풋내기의 잔돈으로 한잔 얻어먹는다는 것은 응당 부끄러운 노릇이었기 때문에 오늘 함께 온 것만 해도 호의를 베푼 것임을 알려줄 필요가 있었던 것이다.

국도를 따라 강 아래를 향해 상당히 걸었다. 그곳으로부터 완만한 언덕배기로 굽어서 오르막길이 되어 있는 차도나, 그렇지 않으면 거리는 반밖에 되지 않으나 험준한 오솔길, 둘 중 어느 하나를 택해야 했다. 멀고 먼지가 일기는 했지만 차도를 택하였다.

오솔길은 일하는 날에 산보하는 신사들에게 알맞았다. 보통 서민들은 특히 일요일에는 아직 시적인 매력이 상실되지 않은 국도를 좋아하였다.

가파른 오솔길을 올라가는 것은 농부들이나 도시의 자연 애호가들에게 알맞은 것으로 노동이나 운동이기는 하나 보도에서는 편히 걸을 수도 있고 다른 산보객과 부딪치기도 하고 뒤따르기도 하고 치장한 처녀며 노래 부르는 젊은이의 무리도 만날 수 있었다. 누가 뒤에서 농을 걸면 이쪽에서도 웃으면서 응수를 했다. 멈춰 서서 지껄일 수도 있고 혼자라면 처녀의 꽁무니를 뒤쫓아 뒤에서 웃어줄 수도 있었다. 혹은 사이좋은 친구와의 개인적인 불화를 주먹 다짐으로 폭발시키고 그러고 나서 화해할 수도 있었다.

그래서 모두들 차도를 걸었다. 그 길은 크게 굽어서 멀기는 했으나 땀 흘리는 것을 좋아하지 않는 사람처럼 천천히 기분 좋은 오르막길로 되어 있었다. 그 직공은 겉저고리를 벗어서 단장에 걸어 어깨에 걸쳤다. 그는 이야기 대신 이번에는 마음껏 명랑한 음조로 휘파람을 불기 시작하여 한 시간 후 뷰라하에 도착할 때까지 계속해서 불었다. 한스에게도 두서너 번 조롱의 말이 던져졌으나 그다지 심한 것은 아니었다. 아우구스트가 더 열심히 거기에 응수하였다. 그러는 동안 마침내 이들은 뷰라하 마을 앞에 이르렀다.

그 마을은 우뚝 솟은 검은 산림을 배경으로 하여 가을 기운이 깃든 과목 사이에 자리잡고 있으며, 붉은 기와 지붕과 은빛나는 회색의 짚 지붕이 산재해 있었다.

젊은이들은 어느 요릿집으로 들어가야 좋을지 좀처럼 의견이 일치되지 않았다. '닻〔錨〕' 집에는 가장 좋은 맥주가 있었으나, '백조白鳥' 집에는 제일 좋은 케이크가 있었고, '모퉁이' 집에는 아름다운 색시가 있었다. 결국 아우구스트가 버텨서 닻 집으로 가기로 했다. 두서너 잔 들고 있는 사이에 모퉁이 집이 어디로 도망쳐버리는 것도 아니니까 그곳은 나중에라도 갈 수 있다고 눈짓으로 알렸다. 그래서 모두들 이에 따르기로 했다. 그러고는 이들은 마을로 들어가 마구간 옆이며 제라늄 화분을 가득 올려놓은 낮은 농가의 창턱 옆을 지나 닻 집으로 돌진해 들어갔다. 그 집 황금빛 간판은 싱싱하게 자란 두 그루의 어린 밤나무 너머로 햇빛에 반짝반짝 빛나면서 손님을 부르고 있었다. 꼭 방 안에 앉아서 먹고 싶다고 하던 그 직공이 섭섭하게 여긴 것은 방 안은 만원이어서 뜰에다 자리를 잡지 않으면 안 되었던 것이다. 닻 집은 손님들의 말을 빌리자면 고상한 요릿집으로서 낡은 농부들의 요릿집이 아닌 창문이 많은 현대식 네모진 벽돌집이었다. 거기에는 긴 의자 대신 한 사람 한 사람이 앉을 수 있는 의자와 함석으로 만든 색칠 간판도 많이 있었다. 그 집 여급은 도시의 옷차림을 하고, 주인도 소매를 걷어붙인다든지 하는 일이 없이 언제나 멋진 갈색 옷을 단정히 입고 있었다. 원래 주인은 거의 파산 상태였는데 큰 맥주 공장 경영자인 채권자 대표로부터 그 집을 새로 빌려 쓰고 있었다. 그 이래로 한층 고급스럽게 되었다. 뜰은 아카시아 나무와 커다란 철제 격자格子로 이루어졌고 마침 들포도로 반쯤 덮여 있었다.

"여러분의 건강을 축복한다"라고 그 직공은 소리치며 다른 세 사람과 잔을 부딪치며 자기의 실력을 보이기 위하여 술을 단숨에 들이켰다.

"이봐요. 멋쟁이 아가씨, 빈 잔이야. 빨리 또 한 잔 갖다주어요" 하고 그는 여급을 향해 소리지르고 테이블 너머로 잔을 내밀었다.

맥주는 고급이고 시원했으며, 그다지 쓰지 않았다. 한스는 자기 술잔을 명랑한 기분으로 즐겁게 맛보고 있었다. 아우구스트는 마치 주객 같은 표정을 지으며 술을 마시면서 혀를 차고 이따금 막힌 난로처럼 담배를 피워댔다. 한스는 그것을 마음속으로 감탄하였다.

이와 같이 유쾌한 일요일을 가지며, 당연히 그렇게 할 자격이라도 있는 사람처럼 인생을 터득하고 유쾌하게 놀 줄 아는 사람들과 함께 요릿집의 테이블에 마주 앉은 것은 역시 나쁘지는 않았다. 함께 웃고 때로는 자신이 큰 마음을 다져먹고 농을 던져보는 것도 신나는 일이었다. 쭉 들이켜고는 힘을 주어 빈 잔으로 테이블을 딱딱 치면서 아무 거리낌없이 "색시, 한 잔 더" 하며 소리치는 것도 신이 나고 사나이다웠다. 다른 테이블에 앉아 있는 아는 사람을 향해서 축배를 든다거나 다른 사람들과 같이 꺼진 여송연의 꽁초를 왼쪽 손가락에 끼우고 모자를 목덜미 뒤로 젖히는 것도 기분좋은 일이었다.

같이 온 다른 집 직공들도 흥에 겨워 이야기를 시작했다. 그가 알고 있는 울름의 대장장이는 고급 울름 맥주를 스무 잔이나 마실 수 있다고 했다. 그는 그것을 먹어치우고는 입을 쓱 문지르면서 "그럼 이번에는 고급 포도주를 작은 것으로 한 병 더" 하는 것이었다.

또 그가 예전에 알고 있던 간슈타트의 화부火夫는 돼지 순대 열두 개를 한자리에서 먹는 내기에서 이겼지만, 그러나 두 번째 내기에서는 졌다.

그는 무모하게도 작은 요릿집의 메뉴를 빠짐없이 먹으려고 했던 것이다. 사실 전부를 먹어치웠으나 메뉴의 맨 마지막에는 여러 가지 종류의 치즈가 나왔다. 세 번째의 것이 나왔을 때 그는 접시를 밀어붙이면서 "이 이상 한 조각이라도 더 먹느니보다 차라리 죽는 편이 낫겠다"고 말하였다는 것이다.

이러한 이야기도 큰 갈채를 받았다. 누구나가 다 그러한 호걸이나 자부심에 대한 이야깃거리를 갖고 있었기 때문에 세상에는 어느 곳에나 지독한 주객이며 식충이 있구나 하는 것을 알았다. 한 사람이 이야기한 호걸은 '슈투트가르트의 어느 사나이'였고, 또 한 사람의 경우는 틀림없이 '루드비히스부르크의 용기병龍騎兵'이었다. 먹어치운 것만 해도 감자가 17개였고, 또 한 사람은 샐러드가 딸린 계란 과자가 11개라는 것이었다. 모두들 그러한 사건을 구체적으로 열심히 이야기하였으므로 여러 가지 훌륭한 재주가 있는 사람과 기묘한 인간과 개중에는 엉뚱하고 괴팍스러운 사람도 있다는 것을 알고 기분이 매우 좋았다. 이 쾌감과 현실성은 요릿집 단골들의 속된 사회의, 예로부터 존경할 만한 유산으로서 음주며 정담政談이며 담배며 결혼이나 죽음과 같이 젊은 사람들에 의해서 모방되는 것이었다.

석 잔째에 한스는 케이크는 없느냐고 물었다. 여급이 "네, 케이크는 없습니다"라고 대답하였기 때문에 모두가 무섭게 성을 냈다.

아우구스트는 일어서서 과자가 없다면 한 집 더 건너가야 되겠다고 말했다. 다른 집 직공은 지독한 요릿집이라고 욕설을 퍼부었다. 프랑크푸르트의 사나이만이 그대로 있자고 주장하였다. 왜냐하면 그는 여급과 약간 가까워진 사이라 이미 여러 차례 마음껏 애무하고 있었기 때문이다. 한스는 그것을 바라보고 있었다. 맥주와 함께 그 광경은 그를 흥분시켰다.

모두들 이 집을 나가게 되어 그는 기뻐했다. 셈을 치르고 모두 밖으로 나오자 한스는 석 잔의 맥주로 약간 취기가 오르는 것을 느꼈다. 그 절반은 지친 것 같은 기분이었고 절반은 무엇인가 해보고 싶은 유쾌한 기분이었다. 그때 무엇인가 옅은 베일 같은 것이 눈앞에 어려 있는 듯하여 마치 꿈속에서처럼 모든 것이 멀고 거의 현실이 아닌 것처럼 보였다. 그는 끊임없이 웃지 않을 수 없었다. 그리고 모자를 대담하게 비뚜로 쓰고 진짜 껄렁패 같은 기분이 되었다. 프랑크푸르트의 사나이는 다시 용감하게 휘파람을 불었다. 한스는 그것에 박자를 맞추어 걸으려고 하였다.

모퉁이 집은 아주 조용하였다. 몇 명의 농부가 새 포도주를 마시고 있었다. 생맥주는 없고 병에 넣은 것뿐이었다. 이내 각자 앞에 한 병씩 놓여졌다. 다른 집 직공은 자기의 배포를 과시해 보이기라도 하듯 각자 앞에 커다란 사과 케이크를 주문하였다. 한스는 갑자기 심한 시장기를 느꼈기 때문에 계속해서 그것을 몇 조각 먹었다. 낡고 갈색이 된 객실의 딱딱하고 넓은, 벽에 붙은 의자에 앉아 있는 것은 꿈을 꾸는 듯한 좋은 기분이었다. 고대식 카운터 대톨며 커다란 난로는 어둠 속으로 사라져버리고, 나뭇살을 댄 커다란 새장 속에서 곤줄박이 두 마리가 파닥파닥 날고 있었다. 그 새장 살 사이에는 곤줄박이의 모이인 빨간 열매가 가득 붙은 마가목 가지가 꽂혀 있었다. 술집 주인이 잠깐 테이블 옆으로 오더니 손님들을 환영하였다. 그러고 나서 잠시 후 겨우 이야기가 다시 시작되었다. 한스는 병에 든 독한 맥주를 두 모금 마시자 한 병 다 마실 수 있을지 없을지 호기심이 생겼다.

프랑크푸르트의 사나이는 라인 지방의 포도밭 축제며 객지 품팔이며, 값싼 여인숙 생활에 대해 또다시 지독한 허풍을 떨었다. 모두 즐겁게 들었으며 한스도 웃음을 그칠 수 없을 만큼 매우 흥겨웠다.

갑자기 그는 몸이 이상해진 것을 느꼈다. 방이며 테이블이며 병이며 잔이며 친구들이 쉴새없이 부드러운 갈색 구름 속으로 녹아들었다. 그가 정신을 차려 긴장할 때에만 여러 가지 것들이 확실한 형태로 되돌아왔다. 때때로 이야기 소리며 웃음소리가 드높아지면 그도 함께 큰소리로 웃기도 하고, 무엇인가 말하기도 하였으나 무엇을 말했는지 곧 잊어버리고 말았다. 술잔이 서로 부딪칠 때에는 그도 같이 부딪쳤다. 한 시간 후에 자기 병이 비어 있는 것을 보고 한스는 놀랐다.

"꽤 잘하는데. 한 병 더 할래?"

아우구스트가 물었다.

한스는 웃으면서 고개를 끄덕거렸다. 그는 이렇게 과음하는 것은 아주 위험한 짓이라고 생각하고 있었다. 그때 프랑크푸르트의 사나이가 노래를 부르기 시작하여 모두가 박자를 맞춰 노래를 따라 부르자 한스도 목청을 높여 같이 불렀다.

그 동안에 방은 가득 찼다. 여급을 돕기 위해 주인 딸도 나왔다. 그녀는 아름다운 몸매에 키가 큰 여자로서 건강하고 원기 있는 얼굴과 침착한 갈색 눈을 가지고 있었다.

그녀가 한스 앞에다 새 병을 갖다 놓았을 때 옆에 앉아 있던 직공이 바로 그녀에게 매우 능숙한 유언誘言을 퍼부었으나 그녀는 귀도 기울이지 않았다. 그 직공에게 관심이 없다는 것을 보이기 위함인지 혹은 곱상스럽게 생긴 소년의 자그마한 얼굴이 마음에 들어서인지 그녀는 한스 쪽을 보며 재빨리 머리를 매만졌다. 그리고는 카운터로 돌아갔다.

벌써 세 병째를 마시고 있는 직공은 그녀를 따라가서 그녀
와 이야기 꽃을 피우려고 무척 애를 썼으나 아무런 효과가 없
었다. 커다란 소녀는 냉담하게 그를 쳐다보며 대답도 하지 않
고 이내 등을 돌려버렸다.

직공은 테이블로 돌아와서 빈 병으로 통통 치면서 급작스
럽게 열을 내어 소리질렀다.

"기분좋게 놀자, 모두들 축배를 들자."

그리고 이번에는 음탕한 여자의 이야기를 했다. 한스에게
들리는 것은 뒤섞인 흐리터분한 소리뿐이었다. 두 번째 병이
거의 비워질 무렵, 한스는 말하기가 힘들 정도로 혀가 꼬부라
지고 웃는 것까지도 곤란해지기 시작하였다. 그는 곤줄박이
새장 쪽으로 쓰러질 것 같아서 조심스럽게 되돌아왔다.

그때부터 한스의 도를 넘는 들뜬 기분도 차츰 깨기 시작하

였다. 술에 취했다는 것을 알게 되자 곧 과음한 것이 불쾌해졌다. 아주 먼 곳에서 갖가지 불길한 일이 그를 기다리고 있는 것이 보이는 듯하였다. 돌아가는 길이라든지 아버지와의 충돌이라든지 내일 아침 또 일터에 나가지 않으면 안 되는 일 등 이런 생각으로 차츰 머리가 아프기 시작하였다.

다른 사람들은 충분히 만족하고 있었다. 약간 술이 깨자 아우구스트는 셈을 치르려고 얼마냐고 물었다. 1달러를 지불하고도 거스름돈은 얼마 되지 않았다. 왁자지껄하게 웃으면서 모두가 거리로 나오자 밝은 저녁 햇살에 눈이 부셨다. 한스는 거의 똑바로 설 수가 없어 비틀거리면서 아우구스트에게 기대어 끌려갔다.

다른 집 대장장이는 감상적이 되어서 "내일은 이곳을 떠나야 한다"는 노래를 부르며 눈물을 흘리고 있었다.

실은 곧장 집으로 돌아갈 셈이었으나 백조 집 앞에 이르자 그 직공은 여기에도 들어가자고 고집을 부렸다. 입구에서 한스는 몸을 뿌리쳤다.

"나는 돌아가지 않으면 안 돼."

"너는 혼자서는 걸을 수 없잖아."

그 직공은 웃었다.

"걸을 수 있어, 걸을 수 있어. 나는 꼭 집에 돌아간다."

"그럼 브랜디라도 한잔 더 하고 가라, 이 꼬마야. 한잔 더 하면 설 수 있게 되고 위도 가라앉는다. 바로 직통이야."

한스는 손에 작은 잔을 든 것을 느꼈다. 그는 그것을 많이 엎질렀다. 그러고는 나머지를 마시자 목구멍이 불처럼 타는 것을 느꼈다. 심한 구역질이 나서 몸이 떨렸고, 그는 혼자서 문간의 층계를 비틀거리면서 내려와 정신없이 마을 밖으로 나왔다. 집이며 울타리며 정원들이 옆으로 기울어져서 그의 곁을 빙빙 지나쳤다.

사과 나무 밑 젖은 풀밭에 드러누웠다. 온갖 불쾌한 감정과 괴로운 불안과 걷잡을 수 없는 생각 때문에 잠들 수가 없었다. 그는 더럽혀지고 모욕을 당한 것 같은 기분을 느꼈다. 어떻게 해서 집에 돌아갈 수 있을까? 아버지에게는 뭐라고 말할까? 내일 나는 어떻게 될 것인가? 이제 그는 영원히 쉬고 자고 부끄러워하지 않으면 안 될 것처럼 완전히 의기 소침하여 비참한 기분이 들었다. 머리와 눈이 아팠고, 도저히 일어서서 더이상 걸어갈 기운조차 없어져버렸다.

갑자기 뒤늦게, 눈깜짝할 사이에 밀려오는 파도와도 같이 조금 전의 환락의 비말飛沫이 되돌아왔다. 그는 얼굴을 찡그리고 멍청히 음송해보았다.

오, 내 사랑하는 아우구스틴
아우구스틴, 아우구스틴이여.
오, 내 사랑하는 아우구스틴
모든 것은 이제 끝장이다.

한스는 노래를 그치자마자 왠지 가슴속이 아파왔고 막연한 영상이며 기억이며 수치감이며 자책의 흐린 조수가 그에게로 몰려들었다. 그는 큰소리로 신음하고 흐느끼면서 풀숲에 넘어졌다. 날은 이미 어두워졌다. 그는 정신을 차려 일어서서 비틀 거리며 고개를 내려왔다.

아들이 식사 때까지 돌아오지 않아 기벤라트 씨는 몹시 욕설을 퍼부었다. 9시가 되어도 돌아오지 않자 그는 오랫동안 사용하지 않던 단단한 등나무 지팡이를 꺼내 들었다. '그놈이 이제는 아버지의 매를 맞지 않을 나이가 되었다고 생각하고 있을지도 몰라. 돌아오기만 하면 가만두지 않겠다. 아들놈이 밤놀이를 하겠다고 하면 어디서 밤을 새워야 되는지 두고 보는 것도 좋아'라고 생각한 그는 10시가 되자 현관 문에 자물쇠를 채웠다. 그래도 그는 자지 않고 더욱더 화를 내면서 한스의 손이 핸들을 돌리고, 두려움에 싸여 주저주저하며 벨의 줄을 잡아당기기를 이제나저제나 기다리고 있었다.

그는 그 장면을 상상하였다─하릴없이 싸돌아다니는 놈에게 본때를 보여주어야지. 틀림없이 그 망할 자식이 술에 취해 곯아떨어졌겠지. 그러나 반드시 술도 깨겠지. 그 못난 놈, 고약한 놈! 거지 같은 놈! 그놈의 자식, 뼈가 산산이 부숴질 때까지 두들겨 패주어야지.

마침내 그도, 그의 분노도, 잠에는 지고 말았다.

그 무렵 그처럼 위협을 받고 있던 한스는 벌써 싸늘하고 조용하게 천천히 냇물을 따라 아래로 흘러 내려가고 있었다. 구역질도 부끄러움도 괴로움도 그에게서 떠나갔다. 어둠 속을 흘러 내려가고 있는 그의 허약한 몸을 가을 밤만이 내려다보고 있었다. 그의 손이며 머리카락이며 창백해진 입술을 까만 물결이 희롱하고 있었다. 날이 새기 전에 먹을 것을 잡으러 나오는 겁쟁이 물개가 교활하게 곁눈질을 하여 소리없이 스쳐지나가지만 않았던들, 아무도 한스를 보는 사람은 없었으리라. 어떻게 하여 그가 물 속에 빠졌는지 아무도 몰랐다. 아마도 길을 잃고 험준한 장소에서 발이 미끄러진 것이겠지. 혹은 물을 마시려다 몸의 균형을 잃었을지도 몰라. 아니면 아름다운 물을 보고 마음이 끌려 그 위에 엎드렸을지도 모른다. 그리하여 평화와 깊은 휴식으로 가득 찬 밤과 달의 창백한 빛이 그를 바라보았기 때문에 그는 피로와 불안 때문에 슬슬 죽음의 그늘 속으로 끌려들어갔을지도 모른다.

한낮이 되어서야 그의 시신이 발견되어 집으로 운반되었다. 놀란 아버지는 지팡이를 곁에다 놓고 쌓이고 쌓인 분노를 풀지 않으면 안 되었다. 그러나 그는 울지도 않고 무표정한 얼굴을 하였으며, 다음날 밤에도 자지 않고 이따금 문틈 사이로 말을 하지 못하게 된 아들을 바라보았다. 깨끗한 침대에 누워 있는 아들은 여전히 고운 이마와 창백하고 영리하게 생긴 얼굴을 하고서 무엇인가 특별한 것으로 다른 사람과는 다른 운명을 가진, 태어나면서부터의 권리를 가지고 있는 것처럼 보였다. 아들의 이마와 양손의 피부는 약간 보라색으로 벗겨져 있었고 그 고운 얼굴은 살짝 잠들어 있는 것 같았다. 눈에는 하얀 눈꺼풀이 덮여 있었고 꼭 다물지 않은 입은 만족한 듯이 거의 명랑하게까지 보였다. 소년은 한창 좋은 시절에 별안간 꺾여 즐거운 행로로부터 억지로 잡아당겨 떨어진 것처럼 보였다. 아버지도 피로와 외로운 슬픔 속에서 그러한 기꺼운 착각

에 사로잡혔다.

　장례식에는 조합원이며 구경꾼들이 많이 몰려들었다. 한스 기벤라트는 또다시 유명한 인물이 되어 모든 사람들의 흥미를 끌었다. 선생들이며 교장 선생이며 고을 목사도 또다시 한스 의 운명에 관심을 가졌다. 그들은 모두 프록 코트를 입고 엄숙 한 실크 해트를 쓰고 나타나 장례 행렬을 뒤따르고 서로 이야 기를 주고받으면서 잠시 무덤가에 멈추어 섰다. 라틴 어 선생 은 특히 우울해 보였다.

　교장 선생은 그를 향해 낮은 소리로 말하였다.

　"선생님, 정말 저 아이는 훌륭하게 되었을 텐데요. 거의 예 외없이 가장 우수한 학생들 가운데서 불운한 결과를 보는 것 은 비참한 일 아닙니까?"

아버지와 줄곧 엉엉 울고 있는 안나 할멈과 함께 플라크 아저씨가 무덤 곁에 남았다.

"정말 이건 괴로운 일이에요. 기벤라트 씨" 하고 그는 동정하며 말했다.

"나도 그 아이를 사랑하고 있었는데."

"아무래도 이유를 모르겠어" 하며 기벤라트는 한숨을 내쉬었다.

"그처럼 천성이 착하고 더욱이 학교도 시험도 만사가 잘 되어나갔는데―그러고는 별안간 불행이 뒤따르다니!"

구둣방 주인은 묘지 문을 나가는 프록 코트를 입은 사람들 일행을 손으로 가리켰다.

"저기 가는 놈들도 한스를 이런 지경으로 만드는 데 조력한 거야."

그는 낮은 소리로 이렇게 말했다.

"뭐라고?"

기벤라트는 놀라서 펄쩍 뛰며 구둣방 주인을 의아스러운 듯이 바라보았다.

"천만의 말씀. 도대체 그것을 어째서?"

"진정하십시오, 기벤라트 씨. 나는 단지 학교 선생들을 말했을 뿐입니다."

"어째서? 도대체 왜?"

"아니, 이젠 아무 말도 하지 않겠어요. 당신이나 나나 아마 이 아이를 위해 여러 가지로 소홀한 점이 있었을지도 몰라요. 그렇게 생각하지 않습니까?"

작은 고을의 상공에는 한가로이 푸른 하늘이 펼쳐져 있었고 골짜기에는 개울이 반짝이며 빛나고 있었다. 전나무 산은 부드럽고 동경하는 듯이 멀리 저편까지 푸른색을 던져주고 있었다. 플라크 아저씨는 슬픔에 잠긴 미소를 짓고 동행의 팔을 잡았다. 기벤라트는 이 한때의 정적과 이상스럽게 괴로운 갖가지 추억으로부터 떠나, 지향 없이 정든 생활의 골짜기를 향해 머뭇거리면서 걸음을 옮겼다.

연 보

1877년 7월 2일 남부 독일 칼브에서 태어남.

1881년 스위스의 바젤로 이주함.

1890년 라틴 어 학교에 입학함.

1891년 어려운 주州 시험을 통과하고 마울브론의 신학교에 들
 어감.

1893년 칸슈타르 고교를 중퇴함.

1895년 서점 견습 점원이 됨.

1899년 처녀시집《낭만적인 노래(Romantische Lieder)》와 산문
 집《자정 이후의 한 시간(Eine Stunde hinter Mitternacht)》
 을 발간함.

1901년 시문집《헤르만 라우셔(Hermann Lauscher)》를 내어 시
 인 부세의 주목을 끎.

1902년 《시집(Gedichte)》을 어머니에게 헌정했으나, 어머니는
 출판 직전에 별세함.

1904년 최초의 장편소설 《페터 카멘친트(Peter Camenzind)》로
　　　　일약 인기 작가가 됨. 9세 연상인 피아니스트 마리아
　　　　베르누이와 결혼함.
1906년 제2의 장편소설인 《수레바퀴 아래서(Unterm Rad)》를
　　　　발표함.
1907년 소설집 《이 세상 이야기(Diesseits)》를 발간함.
1908년 《이웃 사람(Nachbarn)》을 발간함.
1910년 《게르트루트(Gertrud)》를 발간. 방랑벽이 심한 그와 피
　　　　아니스트인 아내와의 불화로 인도 지방으로 여행함.
　　　　귀국 후 스위스 베른으로 이주함.
1911년 시집 《도상(途上, Unterwegs)》을 발간함.
1912년 《우회로(迂廻路, Umwege)》를 발간함.
1913년 〈로스할데(Roßhalde)〉를 씀. 이 작품에 그려진 예술가
　　　　의 결혼 생활의 파국은 마침내 헤세 자신의 현실이 되
　　　　었다. 제1차 세계대전 때 반전주의자로 지목받아 국적
　　　　을 스위스로 옮겼으며, 같은 입장에 있던 R. 롤랑과 친
　　　　교를 맺음.
1915년 서정적인 방랑자의 이야기 《크눌프(Knulp)》와 시집
　　　　《고독자의 음악(Musik des Einsamen)》을 발간. 전쟁의
　　　　체험과 정신병이 악화된 아내와의 이별 등은 헤세의
　　　　작품 경향을 일변시켰음.
1919년 정신 분석 연구로 자기 탐구의 길을 개척한 대표작인
　　　　《데미안(Demian)》을 발간함.
1922년 《싯다르타(Siddhartha)》와 〈내면에의 길(Weg nach

Innen)〉에서 불교적 해탈의 비밀을 추구하였음.

1927년 《황야의 이리(Der Steppenwolf)》를 발표. 이 작품은 내
외의 분열과 고뇌를 그린 《데미안》과 일관되어 있음.

1928년 에세이집 《관찰(Betrachtungen)》을 발간함.

1929년 시집 《밤의 위안(Trost der Nacht)》을 발간함.

1930년 스위스에 있으면서 《지(知)와 사랑(Narziss und
Goldmund)》을 발표. 이 작품은 신학자로서 지성의 세
계에 사는 나르치스와, 여성을 알고 애욕에 눈이 어두
워진 골드문트와의 우정의 역사를 다룬 것임.

1933년 소설집 《작은 세계(Kleine Welt)》를 발간함.

1942년 《시집(Die Gedichte)》을 발간함.

1943년 20세기의 문명 비판서라 할 수 있는 미래 소설 《유리알
유희(Das Glasperlenspiel)》를 발표함.

1945년 시선집 《꽃 피는 가지(Der Blütenzweig)》를 발간함.

1946년 괴테상과 노벨 문학상 수상. 《전쟁과 평화(Krieg und
Frieden)》를 발간함.

1951년 《만년의 산문(Späte)》을 발간함.

1954년 《헤세와 로망 롤랑의 왕복 서한》을 발간함.

1955년 《악마를 부름(Beschwörungen)》을 발간함.

1962년 8월 9일 사망함.

❋ 옮긴이 소개

박환덕

서울대학교 독문학과 졸업. 독일 뮌헨에서 독어독문학 연구.
한국 독어독문학회 부회장, 서울대 인문대학장보,
독어독문학과장 역임, 서울대 명예교수.
역서로 《파우스트》, 《넙치》, 《양철북》, 《젊은이의 변모》,
《변신 유형지에서》, 《유리알 유희》, 《성》, 《심판》, 《실종자》,
《어느 투쟁의 기록》, 《밀레나에게 보내는 편지》 등이 있음.

수레바퀴 아래서

발행일 | 2023년 8월 22일 초판 1쇄 발행
　　　　　2024년 1월 20일 초판 2쇄 발행

지은이 | 헤르만 헤세　　　　**옮긴이** | 박환덕
펴낸이 | 윤재민　　　　　　**펴낸곳** | 종합출판 범우(주)
교 정 | 윤아트　　　　　　**인쇄처** | 태원인쇄

등록번호 | 제406-2004-000012호 (2004년 1월 6일)
　　　　　　(10881) 경기도 파주시 광인사길 9-13 (문발동)
대표전화 | 031-955-6900　　**팩 스** | 031-955-6905
홈페이지 | www.bumwoosa.co.kr　**이메일** | bumwoosa1966@naver.com

ISBN　978-89-6365-529-1　03850